Peter Gerdes
Langeooger Lügen

LEDA

Peter Gerdes
Langeooger Lügen
Inselkrimi

1. Auflage 2014
ISBN 978-3-86412-067-1

Leda-Verlag, Rathausstraße 23, D-26789 Leer
info@leda-verlag.de
www.leda-verlag.de

Lektorat: Maeve Carels
Korrektorat: Julia Gerdes
Titelillustration: Jutta Gerdes
Druck und Bindung: GGP Media GmbH, Pößneck
Printed in Germany

Peter Gerdes

Langeooger Lügen

Inselkrimi

LEDA

Alles gelogen – glauben Sie mir!

1.

Das Licht da unten ging später an als erwartet. Er war schon etwas unruhig geworden. Jetzt aber erstrahlten die übergroßen Fenster der Gartenhütte wie die Flächen eines illuminierten Kluntjes, und die Gestalt dahinter, die soeben den Schalter betätigt hatte, war deutlich zu sehen, als sie durch den Raum schlurfte.

Der Mann auf der Düne lächelte. Einwandfrei, dachte er. Kein Zweifel, das ist er. Schmal und schlacksig und schlampig und schlurig. Wie immer eben. Was für ein Vollpfosten!

Sein Lächeln wurde breiter, und er konnte spüren, wie seine Wange stärker gegen den Gewehrkolben drückte.

Der Boden unter ihm war immer noch warm. Ein heißer, sonnendurchfluteter Juli-Tag war das gewesen, ein Kurze-Hosen-Abend war es jetzt. In seinem dunkelgrauen Overall schwitzte er ein wenig. Aber sicher war sicher, der angestrahlte Wasserturm war nicht allzu weit weg, ebenso wenig wie das Toilettenhäuschen und die Promenade, da gab es Streulicht und womöglich nächtliche Spaziergänger. Hätte er sich mit bloßen Beinen auf die Lauer gelegt, kalkweiß wie sie waren, könnte ihn das vielleicht verraten.

Kalkweiß, und das in diesem traumhaften Sommer! Man kommt wirklich zu gar nichts mehr, außer zum Arbeiten, dachte er. Und dann kommen auch noch welche und wollen einem alles kaputt machen, einfach so.

Er fasste das Gewehr fester.

Die dürre Gestalt da unten im Gartenhäuschen taperte weiter hin und her. Der Typ schien irgendetwas auszumessen. Nackte Füße in ausgelatschten Sandalen, eine ausgeblichene, verfleckte, viel zu weite Jogginghose, ein labberiges T-Shirt, das an einer Seite aus dem Hosenbund hing. Was für ein Schlunz! Kopf und Schultern des Dürren waren nicht zu sehen, vom Fensterrahmen abgeschnitten, das machte der Winkel, der Schütze auf der Düne lag höher. Aber egal, das, was er sah, reichte ihm völlig.

Er war kleinere Trefferflächen gewohnt.

Die Waffe lag völlig ruhig, gebettet in die Fläche seiner linken Hand, die wiederum auf dem Dünengras ruhte. Perfekte Auflage. An seiner rechten Augenbraue spürte er den oberen Rand der Zieloptik. Der Rücken des schmalen Mannes schien zum Greifen nahe.

Jetzt blieb der Dünne einen Augenblick stehen, weiterhin abgewandt, die Arme halb erhoben. Der Mann auf der Düne spürte den Abzug an seinem Zeigefinger, suchte automatisch den Druckpunkt. Kernschuss-Situation, besser ging es nicht.

Aber nein, stopp. Noch nicht, noch war es zu früh. Er musste noch warten.

Vorsichtig löste er den Zeigefinger vom Schutzbügel des Abzugs, nahm den Kopf etwas zurück, massierte sich die Augenbraue. In seiner linken Handfläche konnte er spüren, wie das Gewehr leicht zur Seite kippte. Er ließ es kippen. Lieber gleich noch einmal neu ins Ziel gehen als zu verkrampfen. Gleich, wenn es so weit war.

Weit hinter sich hörte er Schritte, rhythmische, stampfende Schritte. Dazu Stimmen, eine männliche, ungedämpft und dominant, und eine weibliche, die sich auf zustimmende Laute zu beschränken schien. Vorsichtig drehte er Kopf und Schultern: nichts zu sehen. Dann sahen die Jogger ihn ja wohl auch nicht.

Als er sich wieder nach vorne drehte, war da eine Veränderung. Erst erkannte er nicht, was es war. Sein Herz begann stärker zu pochen, und der Drang zu fliehen war stark. Er aber bezwang den Fluchtimpuls, bezwang auch sich selbst, zwang sich zur ruhigen Analyse. Wie im Wettkampf, dachte er, genau wie im Wettkampf. Das ist doch auch nichts anderes hier.

Gar nichts anderes. Es geht ums Gewinnen, ganz einfach.

Das half. Jetzt erkannte er auch, was sich verändert hatte. Im Nachbarhaus war ebenfalls Licht angeschaltet worden; durch die dünnen Vorhänge fiel ein Schimmer auf die Gasse zwischen den Häusern, genau in den Zwischenraum, den er sich als Schusskanal auserkoren hatte. Baugrund war teuer auf Langeoog, die Häuser standen entsprechend eng, und wenn man von einer Düne aus in einen nach hinten gelegenen Garten treffen wollte, musste man seinen Standort schon genau wählen.

Das hatte er getan. Seine Position war perfekt, daran änderte auch dieses Streulicht nichts.

Bloß, dass dort offenbar jemand zu Hause war, passte ihm nicht. Damit hatte er nicht gerechnet. Eigentlich sollten doch alle beim Hafenfest sein, auf der anderen Seite der Insel, auf der Wattseite, die dem Festland zugewandt war. Er hatte sich vergewissert, wer in diesem Haus einquartiert war, ebenso wie im Nachbargebäude. Diese Typen ließen doch sonst keine Festivität aus!

Ebenso wenig wie er selbst, gestand sich der Mann auf der Düne ein. Auch er müsste jetzt eigentlich beim Hafenfest sein. War er ja auch, jedenfalls offiziell! Für diesen kleinen Abstecher hier hatte er eine hervorragende Ausrede. Nur für den Fall der Fälle, falls ihn hinterher jemand fragen sollte. Was aller Voraussicht nach nicht passieren würde.

Blöd, dass diese Leute da noch zu Hause waren! Was, wenn es jetzt gleich so weit war? Unwillkürlich drehte er sein linkes Handgelenk. Aber seine Armbanduhr hatte keine Leuchtziffern, wohlweislich, und so hell, dass er ohne die etwas hätte erkennen können, war es zum Glück nicht.

Das Licht im Nachbarhaus wurde wieder ausgeknipst. Wenig später klappte die Haustür. Laute, unbekümmerte Stimmen, scheppernde Fahrradbleche. Gelächter, das in zunehmender Entfernung verklang. Alles klar, jetzt waren die auch weg, feiern, wie vermutet. Endlich! Waren vorher wohl nur noch 'ne Runde auf Matratze gewesen. So oder so.

Der Kluntje im Garten schimmerte unverändert hell, und auch die dürre Gestalt war nach wie vor gut im Blickfeld. Sein Gefühl sagte ihm, dass der Zeitpunkt näher rückte. Er fasste den Gewehrschaft wieder fester, kniff das linke Auge zu und ging ins Ziel. Wunderbar, besser konnte es kaum sein.

Plötzlich kam der Dürre näher, schien ihn durchs Okular förmlich anzuspringen. Auch das Leuchten des Gartenhaus-Kluntjes veränderte sich. Was zum …

Ach so, der Dürre hatte die gläserne Terrassentür entriegelt. Jetzt rollte er sie zur Seite. War ihm wohl zu warm dort drinnen. Das wurde ja immer besser! Nicht, dass ihn die Glasscheibe am Treffen gehindert hätte. Aber so war es natürlich optimal.

Für einen kurzen Moment war das Gesicht des Dürren in der Zieloptik aufgetaucht. Jetzt aber visierte der Mann in den Dünen wieder den schmalen Rücken an. Ruhig ein- und ausatmen. Finger krümmen, Druckpunkt nehmen.

Es knallte durchdringend. Ein Lichtblitz tauchte Dünen und Häuser für einen Sekundenbruchteil in gespenstisches Licht. Dann ein weiterer Knall, gefolgt vom Geknatter einer ganzen Salve. Die Lichtblitze schienen von einer gigantischen Discokugel zu kommen, in Rot, Gelb und Weiß.

Aus der Ferne waren Stimmen zu vernehmen, ein gedämpfter Chorsatz aus »Aaahh«, »Oohh« und »Jaaa«. Das Höhenfeuerwerk, der Höhepunkt des alljährlichen Hafenfests, hatte begonnen. Der Zeitpunkt war gekommen.

Mitten in eine Serie von Kanonenschlägen hinein krümmte der Mann in den Dünen seinen Zeigefinger. Das Knallen seines Gewehrs wurde vom Feuerwerkslärm verschluckt, und sollte jemand das Mündungsfeuer bemerkt haben, so hätte er es gewiss für einen Widerschein des Farbenspiels am Himmel gehalten. Tatsächlich aber blieb der Schuss unbemerkt.

Der dürre Mann im Gartenhaus brach lautlos zusammen und blieb regungslos liegen.

Der Mann in den Dünen beobachtete ihn noch eine halbe Minute lang durch sein Zielfernrohr. Kein Zucken, nicht die kleinste Bewegung, gut so. Dann richtete er seinen Oberkörper ein wenig auf und griff nach seinem Gitarrenkoffer. Da drinnen würde wohl niemand ein Gewehr vermuten.

Kaltes Metall berührte seine Stirn. Entsetzt riss er die Augen weit auf. Eine dunkle Silhouette beugte sich über ihn. Ein grauer Schemen, dem der Schein einer weiteren Feuerwerksrakete für den Bruchteil einer Sekunde Farbe und Gesicht verlieh.

»Du …?«, stieß der Mann hervor.

Der Pistolenschuss ging im Lärm des Feuerwerks-Finales unter.

2.

»Was, dreiunddreißig? Erst?« Nico Backhaus beugte sich über den Toten, mit weit ausgebreiteten Armen, sichtlich bemüht, nichts und niemanden zu berühren. »Sieht irgendwie älter aus, hager wie er ist. Ziemlich schlaffe Haut außerdem, so an der Wange und am Hals. Ich hätte ihn eher für über vierzig gehalten.«

Was bist du denn für ein Bürschchen, dachte Lüppo Buss, ohne eine Miene zu verziehen. Blond und rosig, wie frisch von der Schulbank, bestimmt zehn Jahre jünger als ich, aber schon Hauptkommissar. Wenn du mal überhaupt schon dreiunddreißig bist! Wie du so dastehst, machst du jedenfalls eher den Eindruck, als würdest du Twister spielen. In der Grundschule. Daran ändern auch deine Designer-Jeans und dein modisches Sakko nichts.

»Kommt vielleicht vom Arbeiten«, sagte der Inselpolizist laut. »Manfred Zempel war Tischler. Schon möglich, dass das mehr an die Substanz geht als … als …« Lüppo Buss rieb sich mit der Hand über den Mund, um sein Grinsen zu verbergen.

Nico Backhaus schaute hoch und schickte seinem Kollegen einen betont freundlichen Blick. »Sesselpupen ist das Wort, stimmt's? Keine Ursache, ich helfe gern aus. Dafür bin ich ja hier.« Noch ein unterstreichendes Nicken, dann nahm er seine Twisterposition über der Leiche wieder ein.

Der Inselpolizist ließ seine Hand, wo sie war, obwohl er längst nicht mehr grinste. Jawohl, Sesselpuper, dachte er trotzig, dass du's nur weißt, du grüner Junge! Kommst hier rüber aus Aurich, herbeordert von den hohen Herrschaften der übergeordneten Inspektion Aurich-Wittmund, strumpelst von der Fähre und sollst mir zeigen, wie der Hase läuft. Hier, auf meiner Insel! Eine Frechheit ist das.

Dabei hatte er so gehofft, dass man ihm diesmal keinen Festlandskollegen vor die Nase setzen würde, wie sonst so gut wie immer, wenn auf Langeoog ein Kapitalverbrechen geschah. Ein wenig hatte er sich natürlich auch davor gefürchtet, solch eine Aufgabe in Eigenregie bewältigen zu müssen – aber das war mehr so lampenfiebermäßige Furcht, wie vor einer Herausforderung eben, aus Sorge, womöglich zu versagen. Nur war die Lust, solch eine Herausforderung anzunehmen und zu bestehen, eben doch weit größer.

Am besten mit Stahnke an seiner Seite, quasi als Hilfestellung.

Tatsächlich war der bullige Hauptkommissar aus Leer der Erste gewesen, den er angerufen hatte, als er heute in aller Frühe aus dem Schlaf gerissen und zu dieser Leiche hier gerufen worden war. In der Hoffnung, Stahnke könnte sich gerade auf der Insel befinden, was ziemlich oft der Fall war, schließlich arbeitete seine Freundin hier in einer Klinik. Diese Hoffnung aber hatte nicht lange Bestand gehabt; Stahnke befand sich in Leer, hatte mit einem schwierigen Fall zu tun und war unabkömmlich. Behauptete er zumindest. »Das packst du schon«, hatte er Lüppo Buss aufzumuntern versucht und das Gespräch eilig beendet.

Na toll. Und jetzt musste er hier diesem Frischling zuarbeiten. Gab es etwas Entwürdigenderes?

Nico Backhaus twisterte immer noch um den Toten herum. Zempel lag auf dem Bauch, den Kopf leicht zur Seite gedreht, so dass die rechte Gesichtshälfte zu sehen war. Seine Hände lagen rechts und links in Kopfhöhe, so als hätte er sich seinem Mörder ergeben wollen. Was durchaus denkbar war, auch wenn der tödliche Schuss ihn in den Rücken getroffen hatte. Der Teppichboden unter ihm war in Brusthöhe vom ausgetretenen Blut dunkel gefärbt.

»Hat der eigentlich hier gewohnt?«, erkundigte sich Backhaus, ohne aufzublicken. »Ich meine, ist zwar nur ein Gartenhäuschen, aber doch ziemlich komplett eingerichtet. Kleines Bad, Küche, alles da.«

Der Inselpolizist schüttelte den Kopf. »Nee. Manni wohnt im Polderweg. Da hat er auch seine kleine Werkstatt.« Hatte, korrigierte er sich in Gedanken.

»Wer sagt es der Familie?«, fragte Backhaus mit einem Seitenblick, der erkennen ließ, dass er nicht gerade scharf darauf war. »Ich meine, da wäre doch derjenige von uns prädestiniert, der hier alles und jeden kennt …«

Drückeberger, dachte der Oberkommissar. Laut sagte er: »Danke für die Blumen, aber das können wir uns schenken. Manni Zempel lebte allein, und Angehörige hatte er auch keine mehr. Vor ein paar Monaten ist seine Tante gestorben, das war die letzte.«

»Entschuldigung?« Lüppo Buss fühlte sich sanft, aber nachdrücklich zur Seite gedrängt. Eine weiße Kapuzengestalt schob sich an ihm vorbei. Nico Backhaus hatte natürlich auch die Kriminaltechnik aus Aurich mitgebracht, und jetzt wuselten die Vermummten im Garten zwischen Pavillon und Wohnhaus herum. Rings um den Toten waren sie schon fertig, sonst hätten sie den Inselpolizisten ganz bestimmt nicht hier geduldet.

»Und? Wie ist die Spurenlage?« Nico Backhaus richtete

sich auf und entfernte sich rückwärts von der Leiche. »Wissen wir schon, wie der Täter hier hereingekommen ist?«

»Durch die Tür«, erwiderte der Weiße in dem leicht genervten Tonfall, den jeder Kriminaltechniker offenbar schon in seiner Ausbildung beigebracht bekam. »Die ist nämlich von innen geöffnet worden. Keinerlei Anzeichen von Gewaltanwendung, und unter den zahlreichen Fingerabdrücken innen an Glas und Rahmen haben wir auch welche des Toten gefunden. Machen einen frischen Eindruck.«

»Dann hat er seinen Mörder also selbst hier hereingelassen«, stellte Nico Backhaus fest.

Der Kriminaltechniker wiegte den Kopf. »Wenn der überhaupt hier drinnen war. Der Teppichboden ist nämlich äußerst unergiebig. Kein Stäubchen, keine Fasern, keine erkennbaren Fußabdrücke außer denen des Opfers. Nichts ansonsten. Wie frisch gesaugt.«

Ein Mörder, der nach vollbrachter Tat den Teppich saugte? Ja, wollten die ihn hier veräppeln? Aber Lüppo Buss kannte sich selbst lange genug, um es nach Kräften zu vermeiden, immer gleich den ersten Gedanken auszusprechen, der ihm durch den Kopf schoss. So hielt er lieber den Mund.

Der zweite Gedanke ließ denn auch nicht lange auf sich warten. »Der Schuss wäre demnach also von draußen abgegeben worden?«

Der Weißgekleidete nickte bedächtig. »Wir suchen schon mal den Rasen und die Beete ab. Bisher aber noch ohne Resultat.«

Der Inselpolizist taxierte den Garten. Schmal, aber langgestreckt. Die nächste halbwegs brauchbare Deckung war mindestens ein Dutzend Schritte entfernt. Für einen Pistolen- oder Revolverschützen schon eine Herausforderung. Es sei denn, er hätte mitten auf dem Rasen gestanden. Was aber hier, dicht umgeben von Häusern, mehr als leichtsinnig gewesen wäre.

»Vielleicht also ein Gewehrschuss.« Nico Backhaus schien zum selben Resultat gekommen zu sein. Er deutete dorthin, wo sich der Teppichboden mit Blut vollgesogen hatte: »Das Projektil scheint vorne wieder ausgetreten zu sein. Ordentlich Wumms dahinter also, das würde passen. Habt ihr es schon gefunden?«

Der Kriminaltechniker schüttelte den Kopf. »In der in Frage kommenden Wand konnten wir keinen Einschuss entdecken. Kann ich mir noch nicht so recht erklären.«

An der betreffenden Wand gegenüber der Terrassentür hing ein großes Bild, ein Aquarell offenbar, das eine windzerzauste Dünenlandschaft mit leuchtend roten Wildrosen im Vordergrund zeigte, in einem gläsernen Rahmen mit Passepartout über einem niedrigen, mit Büchern vollgestopften Regal. Die Zimmerwand war mit weiß gestrichener Raufaser tapeziert. Ein Einschuss hätte hier auf jeden Fall deutlich sichtbar sein müssen.

Lüppo Buss drehte sich um, musterte vom mutmaßlich letzten Standort des Ermordeten aus durch die offene Terrassentür hindurch den Garten, den Durchgang zur Straße, die Fenster des Nachbarhauses. War der Schuss womöglich von dort gekommen? Da würde es Alibis zu überprüfen geben.

Obwohl: Gestern hatte doch das Hafenfest stattgefunden. Da war es vermutlich einfacher, zu fragen, wer nicht dort gewesen war.

Als der Inselpolizist einen Notizblock zückte, rutschte ihm der Kugelschreiber weg und fiel lautlos auf den weichen Teppichboden. Lüppo Buss ging in die Hocke, griff nach dem Stift, schaute hoch. Schob sich die Mütze in den Nacken, rieb sich die Stirn. Die Aussicht hatte sich entscheidend verändert.

Der Inselpolizist erhob sich, öffnete den Mund in der Absicht, sich bei Backhaus abzumelden, entschied sich jedoch anders. Wer war er denn! Und wer war der! Von wegen. Also marschierte er einfach los. Die KTU-Leute würdigten ihn keines Blickes.

Er musste einen kleinen Umweg machen, um nicht über Zäune steigen und geschütztes Terrain betreten zu müssen, aber er hatte sich die Stelle am Dünenkamm genau eingeprägt. Die struppigen Büsche dort schienen eine ideale Deckung zu bieten. Wenn Lüppo Buss auf jemanden in diesem Gartenhaus hätte schießen wollen, genau dieser Platz wäre seine Wahl gewesen.

Mit einem kurzen Kopfschütteln versuchte er jeden Gedanken an Hauptkommissar Backhaus zu vertreiben.

Der Inselpolizist näherte sich dem Gebüsch von hinten, hielt jedoch in einiger Entfernung an. Diese Lücke dort zwischen den Dornenranken wäre genau der richtige Einschlupf, also musste er sie unbedingt meiden, um nicht mögliche Spuren zu zerstören. Er machte einen weiten Bogen nach rechts und näherte sich von der Seite her, unmittelbar am Dünenhang entlang.

Das Erste, was ihm ins Auge sprang, war ein schwarzer Gitarrenkoffer, der hier ziemlich deplatziert wirkte. Dann, als eine Windböe die dornigen Zweige der Büsche beiseite wehte und ein paar Sonnenstrahlen einließ, sah er etwas

Metallenes schimmern. Die Silhouette eines Gewehrs war unverkennbar, eines Gewehrs mit langem Lauf und aufwändig aussehender Zieloptik. Hatte der Mörder etwa seine Waffe samt Behältnis hier zurückgelassen?

Der Inselpolizist trat noch zwei Schritte näher. Nein, korrigierte er sich, zurückgelassen hatte der Todesschütze die Sachen nicht. Er hatte sie immer noch bei sich.

Also war wirklich von hier oben geschossen worden. Und das tödliche Geschoss war, nachdem es das Opfer durchdrungen hatte, nicht in das Bild oder die Wand dahinter eingeschlagen, sondern in das Regal darunter. Irgendwo zwischen den Büchern dort musste es stecken. So weit, so logisch.

Aber warum war der Schütze jetzt tot?

Lüppo Buss musterte die kräftige Männergestalt, die in ihrem dunklen Overall auch bei Tageslicht unter den Büschen nur schlecht zu erkennen war. Der Kopf des Toten lag auf der rechten Seite, das Gesicht abgewandt; trotzdem kam der Mann dem Inselpolizisten vage bekannt vor. An der linken Schläfe war Blut auszumachen. Allem Anschein nach war dort ein Einschussloch.

Wie passte denn das zusammen?

Lüppo Buss rieb sich nachdenklich mit zwei Fingern den Nasenrücken. Zeit, die anderen zu holen und ihnen seinen Fund zu präsentieren. Sollten sie ruhig Mund und Nase aufsperren vor Staunen, die lieben Kollegen vom Festland! Langeoog war sein Revier, das dürfte damit ja wohl hinreichend bewiesen sein.

Und was das alles zu bedeuten hatte, das durfte ihm gerne der vorgesetzte Kollege Nico Backhaus erklären. Da war er ja nicht so.

Ehe der Inselpolizist den vorläufigen Rückzug antrat, ließ er noch einmal seinen Blick über die Leiche wandern, um das Bild nachhaltig in sich aufzunehmen. Von den ausgestreckten Armen, der Langwaffe und dem zerschossenen Kopf, dem stämmigen Rumpf und den Beinen bis zu den …

Auf einmal waren da zwei Paar Füße. Das zweite Paar stand aufrecht auf seinen Sohlen, wenn auch nicht allzu fest, wie die Spitze eines Gehstocks vermuten ließ. Lüppo Buss ließ seinen Blick gleich weiterwandern, aufwärts, hoch an der so unvermutet aufgetauchten Gestalt.

Nun, allzu hoch war das nicht. Die Gestalt war klein und gebeugt, wie eingeschrumpft. Das hutzelige Gesicht darüber bestand überwiegend aus spitzem Kinn und spitzer Nase, die einander fast zu berühren schienen, und einem so gut wie lippenlosen Mundspalt dazwischen. Der alte Klaas Reershemius, realisierte Lüppo Buss. Was hatte denn der hier zu suchen? Der sollte ihm bloß nicht den zweiten Tatort dieses noch jungen Tages kontaminieren!

Der Alte gab ein Grunzgeräusch von sich. Dann spuckte er herzhaft aus, direkt neben die Füße des Toten. Lüppo Buss schnappte nach Luft.

Der alte Reershemius schien ihn noch gar nicht wahrgenommen zu haben. Seine ganze Aufmerksamkeit galt dem Toten. »So«, murmelte er vor sich hin, so leise, dass nur der Inselpolizist es hören konnte. »So, nu hem se di dood maakt, Ulf Diekmann, du oll Rött! Mi wunnert dat neet, und di wall ook neet. Neet mehr.« Er nickte anhaltend. Dann setzte er auf Hochdeutsch hinzu: »Höchstens, dass es so lange gedauert hat.«

Der Alte drehte sich um und schlurfte davon. Der Inselpolizist starrte ihm fassungslos nach.

3.

»Zwei tote Insulaner – ein Doppelmord also.« Mehr eine Feststellung als eine Frage. Der TV-Reporter nickte dem Hauptkommissar über sein puscheliges Mikro hinweg auffordernd zu.

Nico Backhaus blieb höflich. »Nein, kein Doppelmord im eigentlichen Sinne, da wir davon ausgehen müssen, dass die beiden Personen von zwei verschiedenen Tätern getötet worden sind. Von einem Doppelmörder sprechen wir nur dann, wenn ein und dieselbe Person zwei Menschen umgebracht hat.«

»Und wieso schließen Sie das aus? Ich meine, dass beide Opfer vom selben Täter erschossen worden sein könnten?«

»Nun, weil wir bei Opfer Nummer zwei nur eine Tatwaffe gefunden haben, die ihn als denjenigen auszuweisen scheint, der Opfer Nummer eins erschossen hat. Tatwaffe Nummer zwei jedoch haben wir bei Opfer Nummer zwei nicht gefunden.«

»Ja, na gut, aber reicht denn nicht eine Waffe aus, um mehrere Morde zu begehen? In diesem Fall zwei, also einen Doppelmord?«

Lüppo Buss wandte sich ab. Ein letzter Seitenblick auf das Gesicht seines neuen Vorgesetzten verriet ihm, dass dieser bald selbst zu einem Doppelmord fähig sein dürfte, allen Schulungsmaßnahmen zum Trotz. Wieder einmal musste der Inselpolizist ein hämisches Grinsen kaschieren, indem er sich heftig über Mund und Kinn rieb.

Dabei hatte Backhaus doch schon alles so ausnehmend

korrekt und detailliert erläutert! Auf dem Podium des kleinen Saales im *Haus der Insel,* der die vielköpfige Meute angereister Journalisten aller medialen Erscheinungsformen und Niveau-Stufen kaum zu fassen vermochte, hatte er eine erstklassige Figur gemacht, das musste der Neid ihm lassen. Wie und wo man die beiden Toten aufgefunden hatte, warum man das Projektil, mit dem die erste Tat begangen worden war, zunächst nicht hatte auffinden können, dass sich jedoch nach dessen Entdeckung mit absoluter Sicherheit hatte feststellen lassen, dass der tödliche Schuss aus der oben auf der Düne gefundenen Langwaffe abgegeben worden war. Auch die Rolle von Lüppo Buss bei der Überwindung dieser ersten ermittlungstechnischen Hindernisse war angemessen gewürdigt worden, doch, doch, da gab es nichts zu meckern.

Trotzdem büßte das Rätsel, vor dem sie standen, an Verzwicktheit dadurch kaum ein. Nach wie vor durchschauten sie nicht einmal im Ansatz, womit sie es hier zu tun hatten.

Der Inselpolizist fuhr herum, als ihn jemand leicht an der Schulter berührte. Wehe, dieser Nervtöter vom Prekariats-TV wollte jetzt auch noch ihn vor die Linse zerren! Aber nein, es war nur Marian Godehau, der Alleinredakteur des *Langeooger Inselboten*. Der hatte hier Heimrecht, ebenso wie er selbst. Lüppo Buss entspannte sich und erwiderte Marians genickten Gruß.

»Eins verstehe ich ja nicht«, sagte der Journalist leise, während er in seinem zerfledderten Notizblock blätterte. »Was hatte Manni Zempel im Gartenhaus von Etti Luitjens zu suchen?«

Lüppo Buss zuckte die Schultern. »Was weiß ich. War

vielleicht auf der Suche nach etwas Neuem? Tant' Etti vermietet ja schließlich.«

Marian schüttelte den Kopf. »Frau Luitjens vermietet nur an Feriengäste. An Dauermietern hat sie kein Interesse.«

»Tja, dann hatte er hier eben etwas zu tun. Irgendwelche Holzarbeiten.« Wieder zuckte der Inselpolizist die Achseln. »Schließlich ist Manni Tischler, nicht wahr? Vielmehr, er war es. Und Tischler nehmen doch wohl Aufträge an, soviel ich weiß.«

Marian wiegte zweifelnd den Kopf. »Manfred Zempel war Kunsttischler. Ich hab ihn mal interviewt, für eine Künstler-Serie letzten Sommer. Damals hat er gesagt, er wäre ziemlich eigen, was die Art seiner Aufträge anginge. Sah sich eben selber auch eher als Künstler denn als schlichten Tischler. Möbel habe er gebaut, Tische oder Schränke, auch wohl repariert. Aber nur, wenn es etwas Besonderes wäre, eine Herausforderung. So etwas wie dieses Treppengeländer in der alten Villa am Friedhof zum Beispiel, alles gedrechselt und geschnitzt, das sei was für ihn gewesen.«

Zum dritten Mal zuckte Lüppo Buss mit den Schultern. So langsam fand er das selber etwas einfallslos. »Ja und? Dann hat er eben bei Etti Luitjens ein ... eine ...« Er überlegte, welches Einrichtungsdetail des Tatort-Gartenhäuschens wohl am ehesten die Handschrift eines Kunsttischlers erkennen ließ. Aber es fiel ihm nichts ein. Alles quadratisch, praktisch, schlicht. Inbusschlüssel-Konfektion.

Fast wäre ihm das mit den Schultern zum vierten Mal passiert. Er warf Marian Godehau einen hilflosen Blick zu.

»Ja, nicht wahr? Merkwürdig.« Der Journalist kritzelte

etwas auf seinen Block. »Was sagt denn Frau Luitjens dazu?«

»Ja die … hmm …« Der Inselpolizist räusperte sich. »Darüber darf ich dir gar keine Auskunft geben. Laufende Ermittlungen, du verstehst?« Mit der Hausbesitzerin hatte er noch gar nicht gesprochen. Er nahm sich vor, das baldmöglichst nachzuholen.

»Na klar. Verstehe ich vollkommen.« Marian lächelte, tippte sich mit dem Kuli grüßend an die Stirn und wandte sich ab.

Was sollte denn das? Konnte der Kerl etwa Gedanken lesen?

»Völlig korrekt. Solche Details gehen die Presse zum gegenwärtigen Zeitpunkt überhaupt nichts an.« Nico Backhaus war an Lüppo Buss' linker Schulter aufgetaucht wie aus dem Nadelfilz gewachsen. »Wobei dieser fusselbirnige Zeilenschinder durchaus etwas Wahres gelassen ausgesprochen hat. Denn Frau Luitjens gibt an, Herrn Zempel definitiv *nicht* mit irgendwelchen Arbeiten an ihrem Gartenhäuschen beauftragt zu haben.« Backhaus grinste. »Natürlich habe ich mich längst mit ihr unterhalten. Eine resolute Dame übrigens. Sie kannte Manfred Zempel durchaus, ließ aber durchblicken, dass sie nicht sonderlich viel von ihm hielt.«

»Was Wunder!« Lüppo Buss schnaubte verächtlich. »Logisch kannte sie Manni. Hier auf Langeoog haben wir keine zweitausend ständigen Einwohner, da ist es normal, dass jeder jeden kennt. Und dass Tant' Etti von Manni nichts gehalten hat, kann auch durchaus daran liegen, dass der für seine Arbeit auch Geld haben wollte. Das mag die Gute nicht so gern.« Er rieb Daumen und Zeigefinger seiner rechten Hand aneinander. »Sie meint nämlich, vom Geldausgeben wäre noch keiner reich geworden.«

»Da ist was dran«, feixte Backhaus. »Scheinen ja ein nettes Völkchen zu sein, diese Insulaner! Stammen wohl direkt von Strandräubern ab.«

»Vorsicht.« Lüppo Buss verschränkte seine muskulösen Unterarme vor der Brust; ein Abwehrbollwerk, welches deutlich machte, dass er bei derart pauschalen Vorurteilen immer noch mehr Insulaner als Polizist war. »Mit solchen Bemerkungen wird man hier schnell *persona non grata*. Und dann erfährt man von den Leuten gar nichts mehr.«

»Ist notiert.« Backhaus' Grinsen aber ließ sich nur eine gute Sekunde lang unterdrücken. »Hauptsache, ich werde nicht *persona non granata*. Diese kleinen Krabben sind nämlich echt lecker.«

Jetzt musste auch Lüppo Buss lächeln. Obwohl er den Spruch schon derbe albern fand. »Wie ist Manni denn eigentlich in das Gartenhaus reingekommen, wenn er dort nichts zu suchen hatte?«, fragte er.

»Schlüssel unter dem Blumentopf. Man glaubt es nicht!«

»Ach. In Aurich ist das wohl nicht üblich.« Lüppo Buss bemerkte selbst, wie gereizt er klang. Völlig überflüssig eigentlich, sich über jedes Wort aufzuregen, das sein neuer Vorgesetzter von sich gab, jede einzelne Bemerkung als Angriff auf Langeoog und damit auf sich selbst zu interpretieren. Manche Dinge waren einfach blödsinnig, und solche Haustürschlüssel-Verstecke gehörten eindeutig dazu. Schwachsinn, darauf so beleidigt zu reagieren! *Das* war nun wirklich provinziell.

»In Aurich? Keine Ahnung. Da bin ich erst seit drei Wochen. Hab noch nicht einmal eine eigene Wohnung, sondern hause in einer Frühstückspension. Direkt an einer Durchgangsstraße. Da gibt's nicht mal Blumentöpfe.«

»Drei Wochen erst? Wo warst du denn ... äh, wo waren Sie denn vorher?«

Backhaus streckte Lüppo Buss die Hand hin: »Ich bin Nico. Ich meine, wenn es, äh, recht ist. Das Du muss ja eigentlich der Ältere vorschlagen.« Jetzt grinste er wieder: »Na ja, als Gesichtsältester könnte ich heute vielleicht durchgehen.«

Der Inselpolizist griff zu, ohne zu zögern. »Lüppo. Und glaube mir, gesichtsmäßig kann ich noch viel älter.« Erleichtert stimmt er in Nico Backhaus' Lachen ein. Na bitte, dachte er, diese Peinlichkeit wäre also schon mal bereinigt. Und der Händedruck hatte sich angenehm kernig angefühlt.

»Hamburg«, sagte Backhaus.

Lüppo Buss brauchte einen Moment, bis er kapierte, dass das die Antwort auf seine letzte Frage war. »Ach so. Na, da ist die Wohnsituation ja noch viel schlechter, nach allem, was man hört.«

»Kannste glauben.« Backhaus lächelte schief. »Ich hatte da 'ne Bude nahe beim Sternschanzenpark. Offene Drogenszene und so. Wenn du da deinen Schlüssel unter einen Blumentopf legst, kannst du deine Wohnung auch gleich selber abfackeln.«

Nach Sesselpupen klang das nicht gerade, musste Lüppo Buss zugeben. Vielleicht hatte er seinen neuen Kollegen doch falsch eingeschätzt. Na, das sollte ihn freuen. Da stand weniger Frust bei der Zusammenarbeit in Aussicht und eine bessere Chance auf Erfolg. Und das war schließlich die Hauptsache.

»Apropos Frühstückspension.« Backhaus schnippte mit den Fingern. »Diese Frau Luitjens, mit der habe ich mich ja etwas länger unterhalten.«

Lüppo Buss nickte: »Na klar, länger. Da kommt man bei der kaum drum herum.«

»War aber ganz interessant.« Backhaus schob sich näher an Lüppo Buss heran und senkte seine Stimme. »Wusstest du, dass die Frau gar keine Zimmer vermietet?«

»Was?« Der Inselpolizist hatte Mühe, seine Stimme zu dämpfen. »Was ist das denn für ein Quatsch! Natürlich vermietet sie. An Feriengäste, wie praktisch jeder hier! Es gibt welche, die würden im Sommer am liebsten in den Keller ziehen, um noch ein Zimmer mehr vermieten zu können, wenn sie nur einen Keller hätten. Und genau so eine ist Tant' Etti.«

»Mir hat sie aber gesagt, sie vermietet nicht.«

»Von wegen. Die beiden Zimmer unterm Dach, das nach vorne raus und das im Anbau. Na ja, und die Gartenhütte…« Nachdenklich rieb sich der Inselpolizist das Kinn. »Wobei die Hütte wohl noch nicht abgenommen ist. Offiziell, meine ich.«

»Mit anderen Worten, die Dame lügt«, stellte Backhaus fest.

»Hört sich zumindest so an«, bestätigte Lüppo Buss. »Auch Langeooger lügen hin und wieder, genau wie die Leute anderswo auch.«

»Und genau wie anderswo werden sie ihre Gründe haben. Die würden mich mal interessieren.«

Der Inselpolizist kratzte sich nachdenklich im Nacken. »Tant' Etti, vielmehr Frau Luitjens behauptet, sie würde nicht vermieten, aber alle hier wissen, dass sie das doch tut. Außerdem behauptet sie, Mordopfer Manfred Zempel nicht mit Arbeiten in ihrem Gartenhaus beauftragt zu haben. Tja. Wer einmal lügt …«

Backhaus nickte. »Da sollten wir mal nachfassen. Wenn das auch gelogen war, dann dürfte es nicht so schwer herauszufinden sein. Willst du dich mal erkundigen? Nachbarschaft, andere Handwerker, dito Künstler, überhaupt und so?«

»Kann ich machen. Obwohl, eigentlich …«

»Was, eigentlich?«

»Na ja. Da wäre ja noch dieser Gitarrenkoffer.«

Nico Backhaus prustete los. »Ausgerechnet! Stell dir bloß mal die letzten Worte des Schützen vor: ›Isch 'abe gar keine Gitarre!‹«

Lüppo Buss stimmte mit Verspätung in das Lachen ein. »Die Mafia ist doch eher für Geigenkoffer bekannt. Eine MP passt da ja auch ganz gut rein.«

»Tja, auf größere Entfernungen muss es eben etwas Längeres sein«, meinte Backhaus. »Stell dir vor, er hätte noch einen Schalldämpfer benutzt! Dann hätte der Schütze sich eigens ein Cello kaufen müssen für die Tarnung. Oder wenigstens eine Cellotasche. Obwohl, so unauffällig wie ein Gitarrenkoffer wäre so ein Ding ja nicht.«

»Stimmt, Gitarren erregen am wenigsten Aufsehen. Viele Leute haben schließlich so ein Ding.« Lüppo Buss stutzte, fuhr sich erneut mit den Fingern unter den Hemdkragen, überlegte. »Tja, sehr viele Leute«, fuhr er dann fort. »Aber Ulf Diekmann nicht.«

»Keine Gitarre? Sicher?«

»Todsicher. Der hat Musikmachen immer für Zeitverschwendung gehalten«, sagte Lüppo Buss. Um sich gleich darauf zu korrigieren: »Außer Shanties natürlich. Hat ja sogar selber bei den Flinthörners mitgesungen. Aber das lief bei ihm vor allem unter Kontaktpflege. Die Musik selber war ihm immer herzlich egal. Na, und ein Instrument zu lernen, dazu hätte er gar nicht die Geduld gehabt.«

»Du kanntest den aber ziemlich gut.« Backhaus kniff die Augen zusammen.

Lüppo Buss zuckte die Schultern. »Ach, wie man sich halt so kennt auf einer Insel. Gar nicht so besonders gut. Ist viel Hörensagen dabei.« Er schmunzelte: »Aber hier auf Langeoog, da ist Hörensagen eine harte Währung.«

»Wie auch immer«, erwiderte Backhaus. »Wenn Diekmann keine Gitarre hatte, dann besaß er wohl auch keinen Gitarrenkoffer. Wem also gehört das Ding, in dem der Täter – beziehungsweise das zweite Opfer, will sagen, alles beides in einer Person – vermutlich die Tatwaffe transportiert hat? Jemandem aus seiner Familie vielleicht?«

»Kann ich gerne mal nachfragen«, sagte der Inselpolizist. »Vorher sollte ich mir das Ding allerdings noch einmal näher anschauen. Hab's ja nur einmal kurz gesehen. Wo ist es jetzt eigentlich?«

»Ach, Mist.« Nico Backhaus schlug seine linke Faust in die rechte Handfläche. Es knallte eindrucksvoll. »Ich habe den Koffer zur kriminaltechnischen Untersuchung gegeben. Fürchte, er ist schon in Aurich.«

»Kann man nichts machen. Wie sah er denn aus? Schwarz, klar, so weit erinnere ich mich. Aber sonst? Besondere Kennzeichen? Neu oder abgenutzt?«

»Abgenutzt, auf jeden Fall.« Backhaus tippte sich mit zwei Fingern an die Stirn, als gelte es, die Erinnerung vorsichtig loszuklopfen. »Ein großes, rot ausgeschlagenes

Ding. Schätze mal, dass da alles bis hin zur Westerngitarre reingepasst hat. Und es klebte irgendetwas dran.«

»Ein Sticker?«

»Jaaa ... kann aber auch ein CD-Cover gewesen sein.«

»Kannst du dich noch an den Namen erinnern?«, fragte der Inselpolizist gespannt.

»Tja – klingt komisch, aber es war irgendetwas mit waschen, glaube ich.«

»Washhouse Company?«

»Ja, genau!« Backhaus riss die Augen auf: »Kennst du auch wieder, was?«

»Na logisch«, erwiderte Lüppo Buss. »Und jetzt weiß ich auch, wo wir fragen müssen.«

4.

»Moin.« Ungewohnt sanft ließ Bodo Schmidt seinen schweren Körper auf die Bahnhofsbank sinken. Vielleicht, weil Harm Bengen dort bereits saß und sein Kopf auf dem dürren Hals heute noch stärker wackelte als üblich. Die Brille mit den flaschenbodendicken Gläsern rutschte bedenklich Richtung Nasenspitze.

»Moin«, nuschelte Bengen aus zahnlosem Mund zurück. »Auch endlich hoch aus der Furzmulde?«

Schwach, dachte Schmidt und würdigte diese Eröffnung der täglichen Verbal-Gefechte keiner Erwiderung. Ruhm gab es sowieso nicht zu ernten, solange die Viererbande nicht vollständig war.

Schmidt zog sein Taschentuch und wischte sich über die schweißnasse Glatze. »Wo sind die anderen denn?«, fragte er, während sein Blick über das Bahnhofsgelände schweifte. Nicht viel los im Moment; es wurde Zeit, dass die Inselbahn den nächsten Schwung Touristen von der Fähre herbrachte, damit es wieder etwas zu lästern gab.

»De Ocko mach woll noch bi d' Schandarmen wesen«, nuschelte Bengen, den Blick stur geradeaus gerichtet.

Schmidt ließ beinahe sein Tuch fallen. »Bei der Polizei? Du lieber Himmel, was hat der denn ausgefressen? Auf der Höhenpromenade Damen belästigt?«

Benge lachte kurz und bellend. »Wenn se di bi 't Schlawittchen harrn, dann wullt ick dat woll glöven! Man de Ocko, de is nich so een.«

»Als ob ich so einer wäre!«, empörte sich Schmidt. »So was tu ich doch nicht!«

»Proten kummt vör doon«, orakelte Bengen. »Un proten deist du ja haast de heele Dach van nix anners.«

»Na und? Reden darf man doch wohl noch«, erwiderte Schmidt. Ein halbherziges Rückzugsgefecht. »Aber nun sag schon, was will Lüppo denn von unserem Ocko?«

»Na was wohl.« Auch Harm Bengen fiel jetzt ins Hochdeutsche. »Die ganze Insel redet von nichts anderem als von den beiden Morden, und du fragst, was die Polizei wohl zu fragen hat! Außerdem wollte nicht Lüppo etwas von Ocko, sondern dieser andere, der vom Festland.« Schmatzend leckte er sich die blassen Lippen. »Soll ja wohl 'nen höheren Rang haben, obwohl er noch ziemlich jung ist. Mann, das wird unseren Lüppo tüchtig ärgern.«

Kein schlechtes Thema für gehässige Kommentare der Bahnhofs-Hocker – normalerweise. Heute aber schüttelte Schmidt nur ungeduldig den Kopf. »Wie jetzt? Die glauben doch wohl nicht, Ocko hätte etwas mit den Morden zu tun? Ich meine – hallo? Der Gute geht doch auch schon auf die achtzig zu.«

»Ach. Nur Junge kommen in Frage?« Bengen blinzelte Schmidt von der Seite her an. »Dann werden sie ja bald dich holen. Bist doch mit Abstand der Jüngste von uns.«

»Nun hör aber mal auf mit dem Blödsinn!«, fuhr Bodo Schmidt hoch. »Lästern schön und gut, aber das hier ist doch wirklich ernst! Was wollen die Bullen von Ocko Onken?«

»Reg dich bloß nicht so auf.« Bengens Kopf schwang gleichmäßig auf und ab wie der eines Hutablagendackels in einem Mittelklassewagen der sechziger Jahre; sein Gesicht hatte einen zufriedenen Ausdruck angenommen. »Ist doch reine Routine. Die interessieren sich wohl für alle, die irgendwas beim Hafenfest gemacht haben. Und Ocko war da ja auch mal kurz auf der Bühne.«

»Ach Gott, hat er die Leute wieder mit seinen plattdeutschen Döntjes genervt?« Schmidt zog ein angewidertes Gesicht, um zu verbergen, wie sehr er Ocko Onken darum beneidete, sich regelmäßig vor Publikum aufspielen zu können. Dann fiel ihm etwas auf. »Aber sag mal, die beiden Leichen wurden doch da hinten beim Wasserturm gefunden, und das Hafenfest war an der Wattseite. Wie kann denn das was miteinander zu tun gehabt haben?«

»Tja, da fragste watt«, nuschelte Bengen.

Schmidt schwieg noch einen Moment, aber bei dieser Feststellung schien es sein Banknachbar belassen zu wollen. Also fragte er weiter: »Und was ist mit Klaas, warum ist der nicht hier? Ist der auch bei der Polizei, weil er beim Hafenfest irgendwie in Erscheinung getreten ist?«

Wieder bellte Bengen einen kurzen Lacher. »Was du wohl denkst! Dem sind da doch viel zu viele Touris. Höchstens die Shanties würde er sich anhören, aber mit den meisten von den Flinthörners ist er ja überkreuz, der olle Streithammel!«

»Hör mal, wer da spricht«, murmelte Schmidt.

»Watt?«

»Och, nichts.« Betont unbeteiligt verschränkte Bodo Schmidt die Arme über seinem massigen Bauch. Eine sanfte Brise wehte vom Wasserturm her und trug einen leicht säuerlichen Geruch mit sich. Dass dieser Harm Bengen auch sein ewig hellblaues Oberhemd so selten wechselte! Oder besaß er womöglich nur dieses eine?

»Jetzt, wo du's sagst«, nuschelte Bengen.

»Wo ich was sage? Ich sag doch gar nichts«, knurrte Schmidt.

»Na doch! Ich meine, gerade eben. Von wegen Klaas Reershemius und der Polizei«, beharrte Bengen.

»Von mir aus. Na und?«

»Na ja. Tatsächlich hat unser Dorfsheriff vor 'ner Weile nach ihm gefragt.«

»Ach. Also doch! Dann war er tatsächlich beim Hafenfest?«

»Quatsch, nee.« Bengen schüttelte energisch seinen Kopf, und das sah nun wirklich beängstigend aus. »Er muss wohl dort gewesen sein, wo Lüppo Buss dem Ulf Diekmann seine Leiche gefunden hat. Obwohl die doch im Gebüsch gelegen haben soll, ziemlich gut versteckt. Und der Klaas, der soll sich wohl ziemlich merkwürdig benommen haben. Darum wollte Lüppo ihn sprechen. Aber er konnte ihn nirgends finden.«

»Na und?«, blaffte Schmidt. »Merkwürdig benehmen, das ist für Klaas doch völlig normal! Und wenn der nicht will, dann findet ihn niemand, das weißt du doch. Vor allem, wenn seine Frau was für ihn zu tun hat.«

Er verknotete seine Arme noch fester über dem Bauch und lehnte sich zurück, um deutlich zu machen, dass dieses Thema für ihn erledigt war.

Aber in seinem Kopf rumorte es.

5.

In der *Buchhandlung Am Wasserturm* herrschte Hochbetrieb, obwohl Sonntag war, und es dauerte ein Weilchen, ehe der Inselpolizist die Aufmerksamkeit des Buchhändlers auf sich lenken konnte.

»Moin, Lüppo! Scharf auf einen neuen Langeoog-Krimi?« Torsten Meyer lächelte freundlich und schüttelte ihm die Hand. »Obwohl, Mord und Totschlag habt ihr ja selber genügend zur Zeit, da sollte dein Bedarf eigentlich gedeckt sein.«

»Stimmt.« Der Oberkommissar machte eine Kopfbewegung in Richtung Büro. »Können wir mal kurz unter vier Augen?«

»Oh. Ja, natürlich.« Das Lächeln hinter der schwarzrandigen Brille verschwand. »Suntje, ich bin mal eben hinten.«

»Ist gut.« Seine hellblonde Frau war in ein Beratungsgespräch mit einer schwäbelnden Touristin vertieft und schaute sich gar nicht um, als ihr Mann sich mit dem Inselpolizisten an der Kasse und dem Regal mit den Inselkrimis vorbei ins Büro quetschte.

Der Raum war klein und fast komplett mit offenbar neu eingetroffenen Büchern und Stapeln von Katalogen und Prospekten vollgestellt. Der Inselpolizist vermied jede unbedachte Bewegung, um bloß nichts umzustoßen und in Unordnung zu bringen.

»Was gibt's denn?« Torsten Meyer wischte sich über die hohe Stirn. »Um welchen der beiden Fälle geht es? Ich meine, es ist ja praktisch hier nebenan passiert.«

»Hast du denn irgendwas Auffälliges beobachtet gestern Abend?«

Meyer schüttelte den Kopf. »Nee, ich war ja gar nicht hier. Jedenfalls ab dem Nachmittag. Die *Washhouse Company* hat doch gestern beim Hafenfest gespielt, in dem Bühnencontainer. Da gab es allerhand vorzubereiten.«

»Tja, das macht ihr alles selber, was?« Lüppo Buss konnte sich ein Grinsen nicht verkneifen. »Andere Bands lassen das von ihren Roadies erledigen. Sagt bloß, ihr habt noch keine! Dann ist das wohl noch nicht so weit her mit eurer Karriere, was?«

Der Buchhändler lachte. »Sag mal nichts, ein paar Leute, die uns helfen, haben wir schon. Bloß, dass wir denen kein Geld bezahlen. Das ist der Hauptunterschied zwischen uns und den Rolling Stones.«

»Ach so! Und ich dachte, es wäre das Alter. Dann habt ihr euch aber gut gehalten, muss man schon sagen, verglichen mit den Herren Richards und Jagger.«

Während Torsten Meyer gutmütig lachte, rief sich Lüppo Buss innerlich zur Ordnung. Lockere Atmosphäre bei einer Befragung, alles schön und gut. Aber dies hier lief doch etwas aus dem Ruder. »Wer sind denn so die Leute, die für euch die Hand- und Spanndienste machen?«, fragte er in geschäftsmäßigerem Ton.

Auch der Buchhändler wurde wieder ernst. »Na ja. Gute Frage. Einer davon ist, vielmehr war, Ulf Diekmann. Der eine Tote. Tja. Der war auch gestern dabei. Jedenfalls beim Aufbau. War ja schließlich für das Hafenfest.«

»Ulf Diekmann? Ich dachte, der hätte mit Musik nie etwas am Hut gehabt. Auf jeden Fall nicht mit eurer.«

»Stimmt, hat er auch nicht. War meistens am Lästern, wenn er uns die Boxen und Verstärker geschleppt hat. Kann mich auch nicht erinnern, dass er während der Konzerte dageblieben wäre. Aber geholfen hat er immer gerne. Und nachher beim Bier, da ist er auch immer dabei gewesen. Einen heben und schön ablästern.« Torsten Meyer hielt den Blick gesenkt, als hätte er dem Toten Unrecht getan. »Hilfsbereit ist er immer gewesen. Manchmal etwas kratzbürstig, aber hilfsbereit.«

Sekundenlang schwiegen sie gemeinsam – Torsten Meyer vielleicht aus Pietät, Lüppo Buss, weil er nicht wusste, wie viel von dem bisher Ermittelten er preisgeben sollte. Obwohl, sonderlich viel war es ja noch nicht. Bloß hatte es wenig Sinn, den Buchhändler nach einem Gitarrenkoffer zu fragen, denn der war in der Band eher für Waschbrett und Percussion zuständig.

»Habt ihr nach dem Konzert irgendetwas vermisst?«, fragte er schließlich.

Torsten Meyer hob den Blick und runzelte die Stirn. »Wieso das denn jetzt? Ich denke, hier geht es um …«

Der Inselpolizist schnitt ihm das Wort ab. »Habt ihr oder habt ihr nicht?«

»Na ja … da war diese Sache mit Ralfs Gitarre«, erwiderte der Buchhändler. »Aber das war vorher, ich meine, vor dem Konzert.«

Lüppo Buss bemühte sich um ein Pokerface. »Erzähl's mir trotzdem.«

»Tja, also Ralf kriegte plötzlich Panik, weil er dachte, er hätte seine Gitarre zu Hause vergessen. Wäre ja doch ein bisschen peinlich für einen Gitarristen, so ohne Klampfe auf der Bühne. Jedenfalls war das Ding nirgendwo zu entdecken. Ralf konnte aber auch schlecht weg, weil er sich noch um die Verkabelung kümmern musste. Ulf hat sich dann bereit erklärt, zu Ralf nach Hause zu gehen und das Ding zu holen.«

»Und?« Lüppo Buss behielt seine stoische Miene bei. »Hat er?«

Torsten Meyer nahm seine Brille ab, rieb sich den Nasenrücken und starrte sekundenlang ins Leere. »Ulf ist überhaupt nicht mehr zurückgekommen«, sagte er dann leise. »Das ist mir bis jetzt gar nicht aufgefallen.«

»Wieso nicht? Ich meine, ein Konzert ohne Gitarre?«

»Die Gitarre war ja da!«, rief der Buchhändler aus. »Irgendwann hat sie einer von uns entdeckt, hinter dem Container, der uns als Bühne diente. Stand da angelehnt, einfach so, ohne Koffer und alles. Ralf konnte sich das überhaupt nicht erklären. Aber weil ja nicht mehr viel Zeit war bis zu unserem Auftritt, haben wir das auf sich beruhen lassen. Hauptsache, das Ding war da.«

Na gut, dachte Lüppo Buss. Dann wissen wir also jetzt, wie Ulf Diekmann zu einem Gitarrenkoffer gekommen ist. Ziemlich dilettantisch nämlich, wenn man bedenkt, wie viel Aufsehen er damit erregt hat. Kein sonderlich schlauer Plan.

»Kommst du vielleicht mal wieder nach vorne?« Suntje Krebs, Torsten Meyers Ehefrau und Inhaberin der Buchhandlung, steckte ihren Kopf durch die Tür. »Die Leute stehen schon bis auf die Straße, und irgendwie habe ich nicht genügend Hände.«

Der Buchhändler setzte die Brille wieder auf und schaute den Oberkommissar fragend an. Als der nickte, verschwand er eilig in Richtung Laden.

Lüppo Buss rührte sich nicht. Ulf Diekmann, dachte er. Will eine Waffe tarnen, um nicht damit aufzufallen, und klaut dafür einen Gitarrenkoffer in denkbar auffälliger Art und Weise. War der Mann wirklich zu dumm gewesen, um seine Tat ein bisschen vernünftiger zu planen?

Es sei denn er, er hätte sie überhaupt nicht geplant. Sondern hätte spontan gehandelt, hätte auf irgendetwas reagiert, was am gestrigen Abend vorgefallen war. Ohnehin wurden ja die meisten Tötungsdelikte spontan und im Affekt begangen. Das würde passen.

Oder auch nicht. Ulf Diekmann hatte ein Gewehr mit Zielfernrohr benutzt und sich ein Versteck auf einem Dünenkamm gesucht, von dem aus er freies Schussfeld auf das Gartenhaus hatte. Sah das etwa nach Affekt aus?

Lüppo Buss seufzte und verließ den Laden. Die beiden Buchhändler waren zu beschäftigt, um ihn noch einmal zur Kenntnis zu nehmen, und er war froh darüber.

Mehr denn je vermisste er Stahnke.

6.

Dass man auf Langeoog am besten Fahrrad fuhr, wenn man irgendwo hin wollte, hatte er schnell rausgehabt. Auch, wo man relativ günstig eins mieten konnte. Nico Backhaus war kein heuriger Hase; solche bekamen in Hamburg schnell das Fell über die Ohren gezogen. Ebenso in Gelsenkirchen, wo er geboren und aufgewachsen war. Aber das ging ja keinen etwas an. Den Ruhrpott-Tonfall hatte er sich erfolgreich abtrainiert, da gab es nichts mehr, was ihn verraten konnte. Schließlich wusste er, wie seine Landsleute hier in Ostfriesland angesehen waren. Und wie man sie nannte. Potti, Nordrhein-Vandale – darauf konnte er verzichten. Hier war es schon schlimm genug, wenn man nur aus einer größeren Stadt kam. Das hatte ihm Kollege Buss ja bereits nachdrücklich demonstriert.

Vorurteile sind Mist, dachte Nico Backhaus, während er die letzten Meter Richtung Hafen strampelte. Großer Mist, ebenso wie Pauschalurteile. Alle, samt und sonders. Für ihn das einzige Pauschalurteil, auf das diese Regel nicht zutraf.

Natürlich musste er zugeben, dass der eine oder andere seiner Landsleute schon dazu neigte, gelegentlich etwas distanzlos zu werden oder sonstwie aus der Rolle zu fallen. Und – na ja, es gab eben so viele von ihnen, und die meisten davon liebten Ostfriesland und fuhren andauernd hierher. Aber anstatt auf die dafür eigentlich verdiente Gegenliebe zu stoßen, stießen sie bei den Ostfriesen auf Vorbehalte. Wenn nicht gar auf blanke Ablehnung. Backhaus fand das zutiefst ungerecht, und Ungerechtigkeit konnte er auf den Tod nicht leiden.

Genau deshalb war er wohl auch Polizist geworden. Und nichts, was ihm seither widerfahren war, hatte ihn an seinem Entschluss zweifeln lassen.

Obwohl es ein paarmal dicht dran gewesen war. Denn wenn Nico Backhaus zweifelte, dann an Nico Backhaus. Sich selbst konnte er es nur schwer recht machen, und die Angst vor Versagen und Blamage war sein ständiger Begleiter. Vielleicht hatte er es deshalb auf seinen bisherigen Dienststellen so schwer gehabt, mit den anderen warm zu werden. Wer sich selbst nicht akzeptierte, wurde eben auch von anderen nicht wirklich akzeptiert, ohne dass den Beteiligten klar war, woran das lag.

Hinter dem Deichschart kam der Fährhafen in Sicht, und Backhaus hielt an. Jetzt erst registrierte er den Schiebewind von rechts hinten; er hatte sich schon gewundert, wieso ihm das Radeln trotz mangelnder Praxis so leichtfiel. Links ging es zum Yachthafen. Das große Gebäude dort am Ufer schien ein Restaurant zu sein. Auf der Wiese daneben war ein aufgebockter Container zu erkennen. Backhaus nahm wieder Fahrt auf und steuerte dorthin. Jetzt kam der Wind direkt von hinten, und er brauchte kaum noch in die Pedale zu treten.

Das Wetter war herrlich, fast wolkenloser Himmel und eine spürbare Brise, die es auch in der prallen Sonne nicht zu heiß werden ließ. Entsprechend war der Betrieb im Yachthafen. Aus der Distanz schienen sämtliche Boxen belegt zu sein; trotzdem näherten sich zwei weiße Boote, offenbar soeben eingelaufen, den Anlegern. Parksuchverkehr, schoss es Backhaus durch den Kopf. Hoffentlich wollen die gleich nicht in dieselbe Lücke, dann gibt es Krach. Das hatte er in Hamburg alles schon erlebt, wenn auch nicht auf dem Wasser. Beim Kampf um einen Parkplatz war es dort mehrfach zu Körperverletzungen gekommen.

Das schlankere der beiden Boote, dessen Großsegel noch provisorisch gerefft um den Baum schlappte, schien die Nase vorn zu haben. Allerdings um den Preis, dass das Anlegemanöver mit viel zu hoher Geschwindigkeit angegangen wurde. Ein stämmiger Mann auf dem Vordeck, der mit einer Festmacherleine in Bereitschaft stand, signalisierte beidhändig nach achtern: langsamer, langsamer! Die Geste war eindeutig, der Skipper aber reagierte nicht darauf. Die Bugwelle schäumte immer noch, obwohl die Yacht die anvisierte Box schon fast erreicht hatte. Backhaus machte sich auf einen harten Einschlag und erheblichen Sachschaden gefasst. Ob er den dann wohl aufnehmen musste? Hier auf der Insel war man als Polizist ja für alles zuständig.

Ein Mann kam den Steg entlanggesprintet. Erst dachte Backhaus, der Typ trüge trotz der Wärme einen Schal, ehe er bemerkte, dass es seine lange Mähne war, die nach achtern auswehte. Was hatte der Mann vor? Jetzt war er zwischen den festgemachten Booten verschwunden. Backhaus trat kräftiger in die Pedalen. Das wollte er sich nicht entgehen lassen.

Der Bug der schlanken Yacht tauchte in die freie Lücke ein; der Liegeplatz-Konkurrent hatte bereits resigniert und war abgedreht. Ein dumpfes Grollen war zu hören, und über dem Achterschiff der Segelyacht stieg ein dicker, dunkler Ballen Qualm auf. Aha, der Skipper hatte endlich das Wendegetriebe umgeschaltet und gab Gas, um sein Boot mit rückwärts laufender Schraube zu stoppen.

Reichlich spät, fand Nico Backhaus, selbst wenn dem der Motor jetzt nicht verreckte. Um einen Aufprall auf den Mittelsteg und einigen Sachschaden würde der wohl nicht mehr herumkommen.

Der Stämmige auf dem Vordeck schien das auch so zu sehen. Er ließ den Tampen fallen und griff sich den Peekhaken. Backhaus schüttelte unwillkürlich den Kopf. Was wollte der wohl mit diesem spillerigen Ding ausrichten? Damit konnte er sich beim Aufprall höchstens selbst verletzen.

Da war der Mann auf dem Steg wieder in Sicht. Backhaus hielt an. Für einen Moment glaubte er, der Langhaarige wollte ins Wasser hechten, so vehement warf er sich der heranrauschenden Yacht entgegen. Seine Hände packten den verchromten Bugkorb, als seine Füße gerade noch die Stegkante berührten. Der sehnige Körper des Mannes spannte und bog sich wie eine Feder, als er mit aller Kraft die überschüssige Fahrt aus dem Boot stemmte und zugleich dessen Bug seitlich in die Ecke der Box lenkte. Damit gewann er vielleicht einen zusätzlichen Meter Anhalteweg. Genügend, um aus dem erwarteten splitternden Aufprall ein sanftes Auflaufen zu machen. Der schräge Bug der Yacht schob sich ein Stückchen über das Holz, bis das Boot all seine Fahrt verloren hatte, und rutschte dann wieder zurück, während das Grollen des Motors erstarb. Der Schwimmsteg gab etwas nach, tauchte ein wenig ab und schüttelte sich leicht. Ernsthafter Schaden schien nicht entstanden zu sein.

Respekt, dachte Backhaus, während der Langhaarige das Boot noch in Liegeposition schob – anscheinend mühelos, obwohl er beileibe kein Riese war –, mit dem

Stämmigen auf dem Vordeck Grüße austauschte und sich wieder davonmachte. Der hat's drauf. Das hat der nicht zum ersten Mal gemacht.

»Ja, ja, unser Hafenmeister! Ohne den wären die Bootsversicherungen längst pleite.« Eine ausladende Gestalt schob sich an Backhaus vorbei. Der wogende Kugelbauch streifte dabei seinen Fahrradlenker. »Dabei war das gerade noch nicht mal seine Spitzenleistung. Wenn da 'n Frominsk auf dem Vordeck steht, dann kann der hübsche Bursche noch schneller!« Der Dicke zwinkerte Backhaus aus schmalen, tief liegenden Augen zu. »Sie sind nicht von hier, was? Frominsk heißt Frau.«

Der Kriminalbeamte zuckte zurück und hütete sich, das schiefe Grinsen zu erwidern, so schmierig nahm es sich aus. Bestimmt schleimte dieser Kerl alles um sich herum allein mit seinen Gedanken voll.

Der Kugelbauchträger zuckte die Achseln, wischte sich über die schweißbeperlte Glatze und walzte davon.

Das Restaurant am Yachthafen hieß *Kajüte*. Eine Fünfergruppe Männer im besten Alter stand auf der Wiese daneben dicht beim Bühnen-Container beisammen. Gesenkte Köpfe, bedrückte Mienen. Trauerten sie um einen der beiden Ermordeten? Oder fürchteten sie nur schlechte Presse und sinkende Einnahmen?

Beim Näherkommen schnappte Backhaus die Worte »Ulf« und »Nachwahlen« auf. Aha, so war das also.

»Moin.« Backhaus, wie immer in Zivil, zückte seinen Dienstausweis und stellte sich kurz vor. »Wer von den Herren hier gehört denn zum Vorstand des Seglervereins?«

Die Art, wie das Grüppchen automatisch Front gegen ihn machte, die Arme in die Seiten gestemmt, ließ auf tief verwurzeltes Misstrauen gegen staatliche Autoritäten schließen. Zweifaches, kaum merkliches Kopfnicken musste als Antwort reichen. Die drei anderen wandten sich wortlos zum Gehen.

»Ulf Diekmann.« Angesichts solcher Maulfaulheit hielt sich auch Backhaus nicht mit langen Vorreden auf. »Er gehörte ebenfalls zum Vorstand, richtig? Ebenso wie Sie beide.«

Wieder doppeltes Nicken. Die Ellbogen der beiden Männer blieben abgespreizt.

»Welchen Posten hatte er denn inne?«

Die beiden wechselten einen kurzen Blick. »Pressewart«, knurrte der linke.

»Stellvertretender Schatzmeister«, brummelte der rechte.

Jetzt war es an Backhaus, die Fäuste einzustemmen. »Bis Sie sich in dieser Sache geeinigt haben, sagen Sie mir doch bitte mal Ihre Namen, ja?« In seinem Ton klang ein klein wenig Eisen mit.

Der links Stehende räusperte sich. »Take Hülsebus«, sagte er, jetzt nicht mehr ganz so abweisend. »Das hier ist Bernhard Bottmeier. Wir gehören beide zum Hauptausschuss des Seglervereins. Ebenso wie Ulf. Ich meine, wie Ulf Diekmann ... früher eben.«

»Und welche der genannten Positionen hatte Herr Diekmann nun in diesem erweiterten Vorstand?«

»Na ja, beide«, erwiderte Hülsebus. »Stellvertretender Schatzmeister war er schon länger. Pressewart erst neuerdings, da ist er kurzfristig eingesprungen, damit wir nicht extra nachwählen mussten. Aber da kommen wir jetzt ja nicht mehr drum herum.«

»Da haben Sie wohl recht«, bestätigte Backhaus, um das gerade aufkeimende Gespräch im Fluss zu halten. Zwei Posten gleich, soso. Ulf Diekmann war ja Witwer, da hatte er wohl Zeit genug für solche Sachen gehabt. »Ist ja nicht einfach für einen bedeutenden Verein, ich meine, so ganz ohne Pressewart …«

Bottmeier lachte auf. »Von wegen! Paar Zeilen aufs Papier, das können wir auch noch selber. Oder mal eben bei der Zeitung anrufen. Davon verstand der Ulf auch nicht mehr als wir. Aber von Geld!«

Backhaus nickte aufmunternd. Wurde es hier gerade interessant?

Aber Hülsebus wiegelte schon wieder ab. »Wissen Sie, unser eigentlicher Schatzmeister war in letzter Zeit häufig unpässlich. Deshalb hatte Ulf nach und nach sehr viele seiner Aufgaben übernommen. Na ja, dafür ist einer ja Stellvertreter – aber er hatte die Arbeit schon dauerhaft gemacht, das meine ich. Hätte auch bald auf den Vorstandsposten aufrücken sollen. Ach ja.« Wieder ließ Hülsebus den Kopf hängen.

»Aber von Geld verstand er wirklich etwas?«, hakte Backhaus nach.

»Aber hallo!«, sagte Bottmeier. »Geld zählen war seine Hauptbeschäftigung!« Als Hülsebus ihn in die Seite knuffte, fuhr er etwas leiser fort: »Er war ja Filialleiter bei der *Sparkasse* hier. Und außerdem hatte er allerhand Ferienwohnungen zu vermieten. Also, man kann schon sagen, dass er ein Händchen für das liebe Geld hatte.«

»Gibt es eventuell jemanden, der das nicht so erfreulich fand?«, fragte Backhaus. »Ich meine, gab es Neider? Oder sonst jemanden, der mit Ulf Diekmann verfeindet war?«

Wieder wechselten die beiden Segler einen Blick. Dann schüttelten sie im Gleichtakt die Köpfe. »Nein«, antwortete Hülsebus. »Nicht dass wir wüssten.«

»So, wir müssen dann auch weiter«, sagte Bottmeier und straffte sich. »Der ganze Kram hier auf der Festwiese klart sich ja nicht von alleine auf. Ist noch was, Herr Oberinspektor?«

»Hauptkommissar«, korrigierte Backhaus automatisch. »Nein, erst einmal nicht. Vielen Dank so weit.«

Die beiden Männer nickten und gingen grußlos.

Viel war das ja nicht, dachte Backhaus. Hier scheint Geduld gefragt zu sein.

Er wandte sich dem Yachtanleger zu. Vielleicht war vom Hafenmeister ja etwas mehr über Diekmann zu erfahren. Aber der Langhaarige war nirgendwo zu entdecken. Stattdessen stand der Dicke mit der spiegelnden Glatze am Stegkopf und schickte einen schmierigen Blick zu ihm herüber.

Schnell schwang sich Backhaus in den Sattel und radelte davon.

7.

Lüppo Buss liebte den Geruch von Holz. Manfred Zempels Werkstatt war erfüllt davon – kein Wunder angesichts der allgegenwärtigen Dünen von Schleifstaub, Sägemehl und Hobelspänen. Von Sauberkeit und Ordnung am Arbeitsplatz schien der frühere Kunsttischler nicht viel gehalten zu haben, stellte der Inselpolizist missbilligend fest. Werkzeug aller Art, Holzabschnitte, Leimtöpfe und -tuben, Schrauben und Nägel, alles lag wild und unsortiert herum. Auf dem Boden bildeten wirre Kabelschlingen gefährliche Stolperfallen.

Nicht, dass von diesem Boden sonderlich viel zu sehen gewesen wäre. Der gar nicht einmal so kleine Raum war zugestellt mit Hobelbänken, Kreis- und Bandsägen, Tischen voller Kram und Kommoden, in deren unzähligen Schubladen sich vermutlich weiterer Kram verbarg. Eine Ecke der Werkstatt schien dem Malerwerkzeug vorbehalten. Von dort aus mischte sich der Geruch von Lack, Lösungsmitteln und Leinöl in den Holzduft.

Der Oberkommissar zögerte nur kurz, dann bahnte er sich einen Pfad mitten hinein in das Chaos. Immerhin war dies kein Tatort, übertriebene Vorsicht war also nicht geboten. Was Lüppo Buss suchte, war kein Holz, sondern Papier. Aufzeichnungen, Notizen, Aufträge, Rechnungen. Normalerweise fand sich sowas in Ordnern oder Ablagekörbchen, vielleicht auch in einem PC. Nichts davon schien es in diesem Raum zu geben.

Hatte Zempel vielleicht irgendwo ein Büro? Lüppo Buss tastete sich durch das halbdunkle Durcheinander.

Aha, hier war das Sägemehl etwas beiseite getreten, das sah aus, als wäre hier regelmäßig jemand gegangen. Der Trampelpfad wand sich um einen bekleckten Sägebock und führte auf eine eingestaubte Tür zu. Nur die Klinke glänzte blank. Der Inselpolizist trat näher und streckte die Hand aus.

»Sie kommen zurecht?« Eine melodische Frauenstimme fuhr ihm von hinten ins Gehör und ließ ihn schuldbewusst zusammenzucken. »Nur zu, keine falsche Scheu! Schauen Sie sich ruhig ein bisschen um. Ist ja nicht so, als ob das hier Privatbesitz wäre.«

Lüppo Buss trug seine Dienstmütze unter dem Arm; gut möglich, dass seine schwarze Hose und das kurzärmelige weiße Hemd trotz der Schulterstücke von hinten und im schwindenden Tageslicht, das nur trübe durch die staubblinden Scheiben fiel, nicht als Uniform zu erkennen waren. Also drehte er sich um – ganz vorsichtig, um nichts umzustoßen und sich nichts zu brechen – und bereitete sein freundlichstes Lächeln zum Abschuss vor.

Stattdessen aber zuckte er erneut zusammen und konnte einen Schreckensschrei nur mit Mühe unterdrücken. Die Frau dort an der Eingangstür sah aus, als hätte ihr ein Granatsplitter den halben Schädel wegrasiert. Für einen Augenblick glaubte der Inselpolizist, großflächig verkrustetes Blut an der rechten Seite ihres Kopfes zu erkennen, während von ihrer linken Schläfe dunkelrote Blutströme auf ihre Schulter rannen. Bleiche Haut und weit aufgerissene Augen passten ins Bild. Schockzustand! Noch spürte sie offenbar nichts von ihren grauenvollen Verletzungen. Das aber würde sich wohl bald ändern, und dann …

Die Frau lachte laut los. »Ach Gott, Sie sind es, Herr

Buss! Hatte Sie nicht sofort erkannt, so von hinten. Was machen Sie denn für ein Gesicht!« Mit der linken Hand strich sie sich ihr langes, dunkelrot gefärbtes Haar über die Schulter nach hinten. Dabei drehte sie den Kopf ein wenig ins spärliche Licht. Auf der rechten Seite waren ihre Haare sauber abrasiert, und was der Oberkommissar für Blutkrusten gehalten hatte, waren die nachwachsenden Stoppeln; in die waren ein paar wilde Linien hineinrasiert worden.

So falsch habe ich gar nicht gelegen, dachte Lüppo Buss, sobald er sich wieder gefangen hatte. Eine Frisur wie eine Kriegsverletzung! Dabei sah diese Frau doch eigentlich recht gut aus. Groß, sportliche Figur, markantes, aber sympathisches Gesicht. Inzwischen hatte er sie erkannt. Karen Moosbach, keine gebürtige Insulanerin, aber schon seit einigen Jahren auf Langeoog ansässig. Malerin. Das war sicherlich der Grund, warum der Inselpolizist sie bisher wohl zur Kenntnis genommen, aber nicht näher kennengelernt hatte. Mit Malerei hatte er wenig am Hut. Und mit Kunstmalern noch viel weniger. So war ihm denn wohl auch diese Katastrophe von einer Frisur entgangen.

»Moin, Frau Moosbach. Bitte entschuldigen Sie mein Eindringen, aber es war offen. Warum ich hier bin, können Sie sich sicher denken.«

Karen Moosbachs Gesicht, gerade noch zu einem spöttischen Lachen verzogen, verdüsterte sich in dem Maße, das der Situation angemessen war. »Ja, selbstverständlich. Der arme Manni! Wie konnte das nur … ich meine, wissen Sie schon, wer das getan hat?«

Lüppo Buss schüttelte den Kopf. Seinen Blick hielt er dabei an den der Frau geheftet. Hatte sie eigentlich grüne Augen? Wohl nicht; die hätten gut zu ihren Haaren gepasst, die jedoch waren sicher nicht von Natur aus so rot. Aber was für eine Augenfarbe war es dann? In dem Zwielicht der Werkstatt konnte man wirklich kaum etwas erkennen. »Darf ich erfahren, wie Ihr Verhältnis zu dem Toten war?«, fragte er.

»Mein … Verhältnis?« Wieder lächelte Karen Moosbach, diesmal ziemlich kokett. »Oh nein! Wenn Sie das denken, dann liegen Sie völlig falsch. Wir waren nur … nun, Partner ist wohl das richtige Wort, obwohl das heute ja auch schon wieder so einen Beiklang hat. Ich habe einen kleinen Teil dieser Werkstatt hier mit genutzt, verstehen Sie? Gegen finanzielle Beteiligung.« Sie deutete auf die Ecke mit den Malerutensilien. »Malen kann ich hier zwar nicht, unmöglich bei all dem Staub. Aber so kann ich immerhin all das Zeug unterstellen, das ich momentan nicht benötige. In der Wohnung oder im Laden kann ich das ja nicht alles gebrauchen.«

Lüppo Buss kannte das Geschäft in der Nähe der Höhenpromenade, wo Karen Moosbachs Werke ausgestellt waren. Überwiegend Landschafts- und Schiffsmotive. Dünen und Pflanzen, Fähren und Segelyachten. Nichts, was man auf Langeoog nicht mit bloßem Auge beobachten und mit jedem Handy knipsen konnte. Einmal war er dort drin gewesen, weil Stahnke und dessen Freundin Sina ihn mitgeschleppt hatten. Auf einer Staffelei hatte ein halbfertiges Bild gestanden, und es hatte durchdringend nach Farbe gerochen, fast genauso intensiv wie hier in der Werkstatt.

Der Inselpolizist breitete die Arme aus – wiederum ganz vorsichtig – und deutete auf das allgegenwärtige Chaos in dem vollgestellten Raum. »Wundert mich ein bisschen, dass Manfred Zempel, äh, quasi untervermietet hat«, sagte er. »Allzu viel Platz hatte er hier ja wirklich nicht.«

»Allzu viel Geld aber auch nicht«, gab Karen Moosbach trocken zurück. »Er musste sich halt entscheiden, was er nötiger brauchte.«

Korrekt, dachte Lüppo Buss. Wenn auch nicht sehr feinfühlig.

»Außerdem hatte er seinerzeit, als wir den Vertrag machten, eigentlich sowieso vorgehabt, mittelfristig in eine größere Werkstatt umzuziehen.« Sie wandte dem Oberkommissar die linke Gesichtsseite zu. Das wallende rote Haar milderte ihre etwas kantigen Züge. »Irgendwie wurde dann aber doch nichts daraus, und wir mussten uns so behelfen. Aber der Manni war ja ein Netter, mit dem konnte man gut auskommen.«

»Es wurde nichts draus? Wieso denn?«

Karen Moosbach zuckte die Achseln. »Keine Ahnung. So dicke waren wir auch wieder nicht.« Sie blickte sich in der Werkstatt um, als sähe sie den Raum zum ersten Mal. Diesmal war Lüppo Buss vorgewarnt, trotzdem empfand er den Anblick der verunstalteten Kopfseite wie einen Schlag ins Gesicht. »Vielleicht übernehme ich die Werkstatt ja jetzt ganz«, fuhr die Frau fort. »Kommt drauf an, ob der Vermieter die Gelegenheit nutzt, die Miete kräftig hochzusetzen. Ausnehmen lassen werde ich mich natürlich nicht.«

Nein, sehr dicke waren die beiden wirklich nicht, registrierte der Inselpolizist. »Wer ist denn der Vermieter?«, fragte er.

»Weiß ich nicht. Schauen wir doch mal.« Karen Moosbach kam auf Lüppo Buss zu, drängte sich an ihm vorbei und öffnete die Tür, die der Oberkommissar bereits als die zum Büro ausgeguckt hatte. »Da drin hat Manni seine Ordner aufbewahrt, und in einem davon klemmt unsere Vereinbarung. Schätze, dass der Hauptmietvertrag auch dort sein wird.«

Lüppo Buss stand schweigend da und rührte sich nicht. Sollte er die Frau nicht zur Ordnung rufen, ihr untersagen, in den Sachen eines Toten herumzuwühlen, gefälligst? Schließlich war das sein Job, und von den beiden Menschen hier in der Werkstatt war schließlich er derjenige, der dazu befugt war, und zwar nur er. Anderseits … jedes Wort, jede Bewegung von ihm konnte die Moschuswolke vertreiben, in die sie ihn soeben eingehüllt hatte. Und außerdem glaubte er genau gespürt zu haben, dass diese Frau keinen BH trug. Oder wenn, dann einen ganz weichen.

»Schauen Sie, da ist er ja.« Karen Moosbach knallte einen geöffneten Aktenordner auf den alten Schreibtisch, der das kleine Büro – eigentlich war es mehr eine Kammer – weitgehend ausfüllte. Weitere Ordner standen dicht gedrängt auf zwei Regalbrettern darüber. »Hier, das ist der Vertrag. Und das ist der Name des Vermieters.« Auffordernd piekte sie mit dem Zeigefinger auf das Papier. Als der Inselpolizist aber keine Anstalten machte, näher zu kommen, las sie den Namen mit ungeduldiger Stimme selber vor. »Diekmann heißt er. Ulf Diekmann.«

Sie zögerte einen Augenblick, dann sah sie Lüppo Buss mit großen Augen an. »Das … ist das nicht … war das nicht dieser andere?«

Der Inselpolizist nickte, unfähig, seinen Blick von Karen Moosbachs rechter Kopfseite zu lassen.

8.

Beim Einkaufen im *Ideal-Supermarkt* benutzte Bodo Schmidt immer nur den Henkelkorb, niemals einen Wagen. Selbsterziehung nannte er das. In so einen Einkaufswagen ging einfach zu viel hinein, und das Gewicht spürte man erst, wenn man das Eingekaufte in die Plastiktüten gestopft hatte. Vom hohen Preis ganz zu schweigen. Bodo Schmidts Rente war bescheiden; außerdem hasste er es, auf dem Nachhauseweg unnötig in Schweiß zu kommen. Was ihm ja sowieso sehr leicht passierte.

Gerade jetzt aber fand er seine eigene Selbsterziehungsmethode mehr als lästig. In seinen Korb nämlich hatte er vor allem flüssige Nahrung gestopft, kaschiert durch zwei Kartons mit Fertigpizzen. Und diese Ladung zerrte jetzt unbarmherzig an seiner Hand, während er einfach nicht in Richtung Kasse vorankam. Denn er war Etti Luitjens in die Arme gelaufen.

»Seit gestern hab ich nun die Polizei im Haus, kannst du dir das vorstellen, Bodo? Ich weiß gar nicht mehr, wo mir der Kopf steht. Die kommen und gehen, wie sie wollen, und tun so, als wäre das ihr Grund und Boden und nicht meiner! Also nee, ich kann dir sagen, da wirst du reinweg bregenklöterig dabei.« Tant' Etti redete Stakkato, legte auf Zwischenfragen und Kommentare sichtlich keinen Wert, und Bodo Schmidt fragte sich, wann sie eigentlich Luft holte. Von besonders guten Saxophonisten wusste er, dass sie die Kunst beherrschten, gleichzeitig zu pusten und dabei durch die Nase Luft einzusaugen. Konnten ostfriesische Hausfrauen so etwas auch? Na ja, dachte Schmidt, Mund und Nasenlöcher wären auf jeden Fall groß genug dafür.

»Und Manni?«, warf er ein, ohne länger auf eine Redepause zu warten. »Was ist mit dem? Geht dir das nicht nahe?«

Etti Luitjens stockte kurz. »Nahe? Wieso nahe?«, fragte sie zurück, lauter und schriller als zuvor. »Wenn einer wie der tot in meiner Gartenlaube liegt zu bluten, dann ist mir das gerade nah genug, das kannst du mir glauben! Überhaupt, all das Blut auf meinem Teppichboden, was glauben die denn, wer das da wieder rausmachen soll! Ich etwa? Aber wie denn, jetzt ist doch alles eingetrocknet, und als es noch frischer war, da wollten die mich ja partout nicht …«

»Ja, tot! In deiner Laube!«, polterte Schmidt dazwischen. »Interessiert dich das denn gar nicht? Ich meine, du musst ihn doch gekannt haben!«

»Gekannt? Wieso muss ich?« Tant' Etti stierte ihn argwöhnisch an.

»Ist doch klar.« Bodo Schmidt wollte die Arme ausbreiten, aber der Inhalt seines Einkaufskorbes klirrte verdächtig, also ließ er es lieber. »Weil er doch auf deinem Grundstück war, in deinem Gartenhäuschen! Und einen Zollstock soll er auch dabeigehabt haben, hört man. Also musst du ihn doch wenigstens so gut gekannt haben, dass du ihm einen Auftrag erteilt hast. Logisch.«

Etti Luitjens kniff ihre Augen zu Schlitzen zusammen. »Von wegen logisch«, zischte sie. »Ich hab Zempel bloß vom Sehen gekannt, verstehst du? Bloß vom Sehen! Guten Tag und guten Weg, sonst nichts! Und einen Auftrag erteilt hab ich dem schon gar nicht. So ein Künstlertyp, da wird doch gleich alles doppelt so teuer! Kennt man doch, benutzt nur Naturholz und Naturlacke, weder Spanplatten noch Kunstharz, von wegen der Ausdünstungen – als ob mich das interessieren würde! Wegen so einem schmeiß ich doch kein Geld raus.«

»Ja, aber …« Bodo Schmidt wischte sich über die Glatze, als gäbe es dort noch Haare zu glätten. »Was hat er denn dann bei dir gewollt?«

»Sag du's mir!«, keifte Tant' Etti. »Ich jedenfalls hab mit alldem überhaupt nichts zu tun, das kannst du dir mal merken. Von wegen, dass du jetzt etwa irgendwas rumerzählst. Ich kenne euch doch, dich und deine Maulhelden vom Bahnhof! Ich hab mit Manni Zempel nie etwas zu tun gehabt. Und was der in meiner Gartenlaube wollte, das mag der Henker wissen.«

Mann, ist die in Brass, dachte Schmidt. Warum eigentlich? »Ich will denn mal wieder«, sagte er, um weiterem Gekeife aus dem Weg zu gehen. »Mach's gut! Wollen wir mal hoffen, dass die Bullen sich möglichst bald verziehen, damit du die Laube wieder vermieten kannst.« Er deutete ein Nicken an und schob seinen mächtigen Bauch ein Stückchen in Richtung Kasse.

Etti Luitjens aber, kaum weniger ausladend gebaut als er, versperrte ihm den Weg. »Pass bloß auf, was du sagst«, knurrte sie ihn an. »Ich vermiete meine Gartenlaube nicht, klar? Hast du verstanden? Wehe, du erzählst so was rum.«

»Wie jetzt. Wieso das denn nicht?« Bodo Schmidt war völlig ratlos. Auf Langeoog wurde doch alles, was irgendwie bewohnbar war, an Touristen vermietet. Räume waren bares Geld; nicht ohne Grund waren die Immobilienpreise hier so hoch. Immer mehr Leute, die auf der

Insel arbeiteten, mussten auf dem Festland wohnen und mit der Fähre hierher pendeln, weil ihre Löhne in keinem Verhältnis zu den örtlichen Mieten standen. Und dann hatte jemand so eine nette, hübsch eingerichtete Laube – und wollte sie nicht vermieten? »Was stimmt denn nicht mit der Hütte?«, fragte er.

»Nichts! Überhaupt nichts!« Etti Luitjens rückte ihm so dicht auf den Pelz, dass er jeden Speicheltropfen einzeln spüren konnte. »Alles ist gut mit der Laube. Ich vermiete sie bloß nicht. Ist ja schließlich meine Sache, oder etwa nicht?« Ihr spitzer Zeigefinger traf ihn schmerzhaft unter dem Brustbein. »Und jetzt will ich nie wieder etwas davon hören.« Sie drehte sich auf dem Absatz um und stapfte davon.

Bodo Schmidt blieb mit offenem Mund stehen, bis er von hinten angerempelt wurde, weil er den Durchgang zwischen zwei Konservendosenregalen versperrte. Ein breiter Typ mit kurzgeschorenem Haar drängte sich vorbei und warf ihm einen missbilligenden Blick zu. Aus seinem Einkaufskorb klirrte es ebenfalls.

Gute Idee, dachte Bodo Schmidt, erst mal einen Klaren, das klärt den Blick. Und dann mal in Ruhe drüber nachdenken, warum eine wie Etti Luitjens, die den ganzen Tag mit Eurozeichen in den Augen rumläuft, bares Geld liegen lässt, ohne sich danach zu bücken. Die Antwort darauf konnte spannend sein.

9.

»Er war also sein Vermieter.« Nico Backhaus rührte etwas lustlos in seinem Milchkaffee; die Julisonne brannte vom Himmel, und vor dem *Café Leiß* waren sämtliche Schattenplätze besetzt. Hätte er sich doch bloß etwas Kühles bestellt! Aber das mit dem Kaffee, das saß einfach so drin, das kam beim Bestellen schon automatisch über die Lippen.

»Ja. Was immer das heißt.« Lüppo Buss schenkte sich Tee ein; der Kluntje in der zarten Tasse knisterte vorschriftsmäßig. »Laut Aktenlage gab es darüber keinen Streit zwischen den beiden. Gezahlt wurde immer pünktlich. Mieterhöhungen gab es zwar, aber immer moderat. Wenn Diekmann den Manni hätte raushaben wollen, hätte er einfach nur warten müssen, denn der Vertrag war befristet und wäre nächstes Jahr im Herbst sowieso ausgelaufen. Es gibt aber keine Hinweise darauf, weder in Manni Zempels Unterlagen noch bei Ulf Diekmann.« Der Inselpolizist hatte beide Wohnungen in Augenschein genommen, ohne dass ihm etwas Verwertbares aufgefallen wäre.

»Wenn das Haus Ulf Diekmann gehörte, warum hat er denn nicht selbst darin gewohnt?«, fragte Backhaus und nippte an seinem Milchkaffee.

»Es war ja nicht sein einziges«, erwiderte Lüppo Buss. »Dass er Immobilienbesitz hatte und an Touristen vermietete, das wusste ich zwar – jeder hier wusste das. Aber als ich vorhin in Diekmanns Ordner geguckt habe, war ich doch erstaunt, wie viele Objekte das sind. Bin noch nicht annähernd durch mit seinen Unterlagen. Der Typ war ziemlich vermögend, alle Achtung.«

»Ach. Und wie kommt's? Müssen wir bei seiner Bank mal 'ne Buchprüfung beantragen? Man hört ja so mancherlei von Bankfilialleitern, die plötzlich anfangen, Wallstreet zu spielen.«

Der Inselpolizist schmunzelte. »Das war doch die *Postbank*, wenn ich mich nicht irre – die in Leer. Nicht die *Sparkasse*. Nee, bei Ulf liegen die Dinge etwas einfacher. Seine ersten beiden Häuser hat er schlicht und einfach mitgeheiratet. Und was den Rest angeht, tja, da hat er wohl gut gewirtschaftet. Die Gewinne immer gut angelegt und so. Konnte er sich ja leisten, ich meine, von seinem Gehalt alleine konnte er bestimmt auch gut leben.«

»Gewinnbringend geheiratet also.« Nico Backhaus schnaubte durch die Nase. »War er so ein Typ? Ich meine, einer, bei dem die Liebe durchs Portemonnaie geht?«

Der Inselpolizist zuckte die Achseln. »So gut kannte ich ihn auch wieder nicht. Sein Beruf scheint ja darauf hinzuweisen, dass Geld ihm so einiges bedeutete ... Aber konkret wüsste ich da nichts, nein. Eher im Gegenteil, er und seine verstorbene Frau sollen angeblich mal ziemlich verliebt gewesen sein. Er hat sich als junger Mann im Urlaub verknallt und ist dann gleich hiergeblieben.«

»Ach, er stammt nicht von Langeoog? Ich dachte, ihr Insulaner heiratet prinzipiell untereinander.« Unschuldig lugte Nico Backhaus über den Tassenrand, während er den nächsten Schluck Milchkaffee nahm. Inzwischen war das Zeug so weit abgekühlt, dass es schon fast gut tat.

»Du verwechselst uns wohl mit Tiroler Alpentälern, wo die Inzucht noch von der Kanzel gepredigt wird.« Lüppo Buss leerte seine Teetasse und schenkte nach. »Bei uns ist das anders, wir haben hier viele Zugereiste. Insulaner sein ist weniger ein Schicksal als eine Entscheidung. Eine Entscheidung fürs Leben.« Er runzelte die Stirn. »Klingt irgendwie nach unserem Langeooger Werbespruch, fällt mir gerade auf. Ist aber was dran.«

»Im Falle von Ulf Diekmann war es auch eine Entscheidung für das gute Leben«, bohrte Nico Backhaus nach. »Jedenfalls ist er ja offensichtlich auch nach dem Tod seiner geliebten Frau hier geblieben. Oder ist das noch nicht lange her?«

»Doch, etliche Jahre schon«, sagte der Inselpolizist. »Aber inzwischen war Ulf Diekmann hier schon ziemlich verwurzelt. War immer dabei und mischte überall mit. Vor allem natürlich beim Segelverein. Und bei den Schützen.«

»Natürlich.« Backhaus seufzte. »Eine ordnungsgemäß angemeldete Sportwaffe. Eine von mehreren. Ist doch immer schön, wenn man sowas zur Hand hat, wenn man gerade mal auf jemanden Hass schiebt.«

»Was willst du?« Lüppo Buss breitete die Arme aus. »Unser Waffenrecht ist doch wirklich schon scharf genug. Finde ich wenigstens. Ich meine, wie weit will man die Freiheitsrechte denn noch einschränken!«

»Scharf genug, ach ja? Mann, hier wurde ein Mensch mit so einer legalen Waffe erschossen! Und das findest du gut?«

»Und der andere wurde vermutlich mit einer illegalen Waffe erschossen«, gab der Inselpolizist ebenso erregt zurück. »Der Projektil-Abgleich hat jedenfalls keine Übereinstimmung mit einer eingetragenen Waffe ergeben. Da siehst du es, mit Verboten kann man auch nicht alles erreichen.«

An einem der benachbarten Tische hatte ein Pärchen

gezahlt; jetzt erhoben sich die beiden und schickten sich an zu gehen. Damit wurde ein schattenspendender Strandkorb frei. Die beiden Ermittler tauschten einen schnellen Blick, schnappten sich ihre Tassen und das Teekännchen und zogen um, ehe der begehrte Platz anderweitig vergeben war.

Ebenso wortlos einvernehmlich, wie sie den Platzwechsel beschlossen hatten, ließen sie das Waffen-Thema auf sich beruhen. Wie ein altes Ehepaar, dachte Nico Backhaus. Und das schon nach so kurzer Zeit! Dabei hatten sie sich doch anfangs so angekeift. Na ja, wie ein Ehepaar eben.

Sein Kaffee war kalt. Kalter Kaffee. Gab denn hier jeder seine Kommentare ab?

»Hallo, Herr Buss!« Eine hochgewachsene, rothaarige Frau schlenderte die Barkhausenstraße entlang und winkte freundlich zu ihnen herüber. »Die Welt ist klein, was? Und hier auf Langeoog ganz besonders!«

Lüppo Buss winkte zurück; Backhaus brachte schnell seine leere Tasse in Sicherheit. »Nette Menschen trifft man immer gern!«, rief der Inselpolizist. »Vor allem, wenn die beim dritten Mal einen ausgeben.«

»Oder Sie!« Die Rothaarige lächelte Lüppo Buss im Weggehen noch einmal an und wandte sich dann ihrem Begleiter zu. Nico Backhaus zuckte zusammen, als er dabei die rasierte Kopfseite der Frau erblickte. Jetzt wusste er, wer die Frau war; von dieser ›Kriegsverletzung‹ hatte sein Kollege ihm brühwarm erzählt. Wie konnte man sich nur derart zurichten lassen! Dabei hatte diese Karen Moosbach doch so schöne Haare.

Nicht so schöne allerdings wie ihr Begleiter. Der Mann

an ihrer Seite, mittelgroß, braungebrannt und drahtig, besaß eine Mähne, die ihm wie ein Fächer über den halben Rücken hing, kastanienbraun und glänzend. Bei diesem Anblick konnten nicht nur grau und kahl werdende Männer, sondern auch viele Frauen neidisch werden.

Nico Backhaus' Blick wanderte zurück zu Lüppo Buss und fiel mitten in dessen vielsagendes Schmunzeln hinein. »Ein schönes Pärchen, nicht? Na ja, bis auf diese Kopfverstümmelung. Aber das ist ja nur Mode, nichts von Dauer.«

»Das Pärchen? Nichts von Dauer? Dann kann ich mir ja noch Hoffnungen machen«, witzelte Backhaus.

»Auf die Kriegsverletzte? Oder etwa auf unseren Freibeuter? Glaub mir, der ist nicht vom anderen Ufer.« Der Inselpolizist knuffte ihn mit dem Ellbogen.

Jetzt wird es mir aber bald zu vertraut, dachte Nico Backhaus. Ist sowieso recht eng für uns beide in diesem Strandkorb. Nicht, dass die Leute denken, das andere Ufer wäre hier! Dabei hatte er selbstverständlich nichts gegen Schwule, oh nein, die Zeiten waren vorbei. Aber selber für einen gehalten zu werden ... die Scheu davor war tief verwurzelt.

»Freibeuter also«, sagte Backhaus. »Was kapert der denn so? Und wie heißt er wirklich?«

»Michael Gödecke«, sagte Lüppo Buss. »Klingt fast wie Gödeke Michels, was? Und der war bekanntlich ein Spießgeselle von Klaus Störtebeker.«

»Aha, deswegen also sein Spitzname Freibeuter.«

»Und wegen seines Berufs.« Der Inselpolizist hob den Zeigefinger: »Er ist nämlich unser Hafenmeister.«

»Ich weiß.« Backhaus dachte an den Vorfall mit der Beinahe-Havarie und dem beherzten Eingreifen des Langhaarigen zurück. Donnerwetter, der Bursche verstand sein Handwerk! Und kräftiger, als er aussah, musste er auch sein, sonst hätte er die Yacht nicht mit bloßen Händen abstoppen können.

Lüppo Buss schmunzelte immer noch. »Letztes Jahr um diese Zeit hätte ich dir zum Thema Freibeuter noch mehr erzählen können. Da hat der gute Hafenmeister eine Lady nach der anderen gekapert und abgeschleppt. Nicht nur Touristinnen, wie man sich erzählte! Aber die Zeiten sind vorbei. Jetzt hat ihn die Frau Moosbach fest an die Kette gelegt.«

»So so, also doch etwas Festes. Schade«, entfuhr es Nico Backhaus.

»Moment mal.« Der Inselpolizist wurde schlagartig ernst. »Du hast dich doch nicht ernsthaft in die Malerin verguckt?«

»Quatsch, nein!« Backhaus winkte ab. »Ich dachte nur, es wäre vielleicht motivmäßig etwas zu holen auf dem Gebiet. Etwa, dass unser Witwer Diekmann scharf gewesen wäre auf die Moosbach, während die aber etwas mit ihrem Untervermieter Manni Zempel am Laufen gehabt hätte. Ulf Diekmann schafft Zempel als Rivalen aus dem Weg, Moosbach rächt sich dafür an Diekmann ...«

»In ein und derselben Nacht, vermutlich innerhalb weniger Minuten? Weil die Dame ja immer mit 'ner Waffe rumläuft? Schön wär's«, sagte Lüppo Buss. »Ich meine, ermittlungstechnisch. Aber nee, das passt hinten und vorne nicht. Zwischen der Moosbach und Manni Zempel lief definitiv nichts; in solchen Dingen ist der Buschfunk hier sehr zuverlässig. Und Ulf Diekmann – na ja, von dem hieß es schon, er wäre wieder auf Brautschau, wie man so sagt. Aber mehr nach etwas Höherem als so einer Malerin. Diekmann hatte, sagen wir mal: gesellschaftliche Ambitionen. Er hat sich also mehr bei der Inselprominenz umgetan. Entscheidend zum Zuge gekommen ist er dabei aber noch nicht. Buschfunk, wie gesagt.«

»Während die Moosbach bei ihrem Hafenmeister in festen Händen war und ist.« Nico Backhaus nickte. »Verstehe. Da ist für uns nichts zu holen.«

»Tja. Was könnte Ulf Diekmann dann so gegen Manni Zempel aufgebracht haben, dass er beigeht und ihn erschießt? Auch noch mit seiner eigenen Waffe! Die Untersuchung des tödlichen Projektils hätte uns auf jeden Fall zu ihm geführt.«

»Bloß, dass uns das jetzt nicht mehr viel weiterhilft.« Nico Backhaus lehnte sich zurück und kreuzte die Arme vor der Brust.

Lüppo Buss zuckte die Achseln. »Och, rein statistisch schon. Dieser Fall kann doch schon mal als gelöst gelten! Täter und Tatwaffe eindeutig identifiziert, Akte zu und fertig …«

Backhaus schüttelte unwillig den Kopf. »Wenn wir wissen wollen, wer Diekmann erschossen hat, müssen wir zuerst klären, warum Diekmann den Zempel tötete. Das hab ich im Urin.«

»Klos sind drinnen«, sagte der Inselpolizist, ohne eine Miene zu verziehen. Dann nahm er die gleiche Position ein wie sein Kollege. Schweigend blickten sie den Passanten nach.

Nach einer Minute brach Backhaus das Schweigen. »Wohin würdest du gehen, wenn du dir auf Langeoog illegal eine Knarre besorgen wolltest?«

»Oldenburg«, antwortete Lüppo Buss wie aus der Pistole geschossen. »Delmenhorst. Oder Bremen vielleicht. In eine der einschlägigen Kneipen rein und dann durchfragen. Ist heutzutage gar nicht mehr so schwer, seit im Osten die Grenzen offen sind.«

»Weiß ich selber«, knurrte Nico Backhaus. »Was glaubst du wohl? Nee, ich meine hier! Gibt es nicht vielleicht hier auf der Insel jemanden, der entsprechende Kontakte hat?«

»Da war mal einer. Aber der sitzt«, erwiderte der Inselpolizist nachdenklich. »Aber sonst wüsste ich ...« Lüppo Buss richtete sich auf und schnippte mit den Fingern. »Doch! Einen gibt es hier.« Er grinste Backhaus an. »Lust auf Pommes? Zum Abendbrot?«

10.

Diesmal waren die anderen drei Mitglieder der Viererbande schon zu ihrer abendlichen Sitzung versammelt, als Bodo Schmidt sich schwer auf die Bank am Inselbahnhof fallen ließ. Harm Bengens Kopf schwankte bedenklich auf dem dürren Hals und wollte gar nicht mehr aufhören zu pendeln, und Klaas Reershemius hielt krampfhaft seinen Gehstock fest, als die Bank unter Schmidts Gewicht nachgab. Nur Ocko Onken saß unverrückbar da und verzog keine Miene.

Bodo Schmidt wischte sich die Glatze zum wiederholten Male mit seinem Taschentuch ab. Obwohl der Sommertag schon auf den Rest zuging, war es immer noch sehr warm. »Und?«, fragte der dicke Mann in die Runde. »Was läuft hier so?«

»Irgendwas läuft hier«, knurrte Ocko Onken.

Schmidt legte den Kopf schief wie ein neugieriger Labrador. Das klang so gar nicht nach der üblichen Touristen-Häme, das klang irgendwie – ernster. Na ja, immerhin waren hier gerade erst zwei Morde geschehen. Vermutlich hatte es damit zu tun.

»Wenn das stimmt, dass hier was läuft«, krächzte Bengen, »dann werden wir in nächster Zeit aber so richtig Krawall auf der Insel haben.«

»Wieso in nächster Zeit?«, fragte Schmidt erstaunt. »Ich finde, zwei Tote sind gerade genug Krawall, oder etwa nicht?«

Drei Augenpaare fixierten ihn unter zusammengezogenen Brauen. Drei Köpfe wurden im Gleichklang geschüttelt. Der von Harm Bengen wippte am längsten nach.

»Du mit deinen zwei Toten«, höhnte Onken. »Die sind doch schon wieder Schnee von gestern. Du bist nicht auf dem Laufenden, alter Pottwal!«

Zwei Tote, heute früh entdeckt – und schon Schnee von gestern! Bodo Schmidt blieb der Mund offen stehen. Nicht einmal für den späten Strom frisch eingetroffener Urlauber, der gerade aus der Inselbahn quoll und sich unter lebhaftem Ruhrpottgeschnatter, Kinderquengeln und Rollkofferquietschen auf den Weg in den Ort machte, hatte er einen Blick. Die anderen drei allerdings ebenso wenig. Was zum Henker mochte denn da passiert sein, dass es wichtiger war als zwei frische Morde *und* die übliche Hetze gegen Touristen?

»Dor is een anscheten worn«, verkündete Klaas Reershemius mit heiserer Stimme. »Un nich blots een. So as sük dat anhöört, kummt dor all paar Daag wat hinterher.«

»In Wittmund, beim Landkreis«, fistelte Harm Bengen.

»Von wegen Bauvorschriften«, sekundierte Ocko Onken.

Bodo Schmidt nickte auffordernd und ließ seine rechte Hand im Gelenk kreisen. »Na und? Was denn nun? Worum geht es überhaupt? Lasst euch doch nicht die Würmer aus der Nase ziehen!«

»Bau-vor-schrif-ten«, wiederholte Onken wie für ein begriffsstutziges Kind. »Es wurden Anzeigen erstattet, weil verbindliche Normen nicht beachtet worden sind. Tür zu schmal, Treppe zu steil, Badezimmer zu klein und so. Verstehst du?«

Der dicke Schmidt nickte und schüttelte gleichzeitig den Kopf – das machte ihm so schnell keiner nach, außer

Harm Bengen vielleicht. »Ja, sicher! Und nee. Da kriegt einer Ärger mit dem Bauamt, oder vielleicht auch mehrere Leute, na gut. Und? Das soll auf einmal heißer sein als zwei tote Leichen?«

»Wer die Normen nicht einhält, darf keine Urlauber beherbergen«, krächzte Bengen.

»Und glaube mir, es gibt hier viele, die auf die Normen pfeifen und trotzdem Zimmer an Badegäste vermieten«, knarrte Reershemius.

»Manche wissen das auch, dass ihre Zimmer nicht nach Norm gebaut sind«, ergänzte Onken. »Die melden die dann vorsichtshalber gar nicht erst offiziell an. Und die Einnahmen auch nicht, wenn du verstehst, was ich meine.«

»Das betrifft bestimmt Dutzende von Vermietern hier«, setzte Reershemius hinzu. »Wenn nicht Hunderte.«

»Wenn also einer hingeht und einen von uns anscheißt, dann geht uns das alle an«, bekräftigte Bengen und ballte ein knotiges Fäustchen. Sein bekräftigendes Nicken wollte kein Ende nehmen.

Bodo Schmidt atmete laut und anhaltend aus. Dann fragte er: »Wer?«

Ocko Onken schnaubte. »Frag doch lieber: wer nicht? Du weißt doch, wer hier alles an Urlauber vermietet! Und der Rest ist mit einem verwandt, der das tut, oder er arbeitet für so einen oder ist zumindest mit so einem gut bekannt. Wie Harm schon sagte, das geht uns alle an!« Dass er Harm Bengen so ohne weiteres recht gab, war ein Alarmzeichen. Die Lage schien wirklich ernst zu sein.

»Weil es nämlich ums Geld geht«, keckerte Klaas Reershemius hinterher. »Nur für den Fall, dass du es immer noch nicht kapiert hast.«

Schmidt schüttelte den Kopf. »Das meinte ich doch nicht. Mensch, ich weiß doch, was das für die ganze Insel bedeutet, wenn uns einer dermaßen ans Bein pinkelt! Was ich wissen wollte: Weiß man denn, wer dieser Denunziant ist?«

»Nee«, sagte Onken.

»Noch nicht«, ergänzte Bengen.

»Aber das kriegen wir schon raus«, keifte Reershemius. »Und dann gnade dem dieser und jener!« Er hieb die Spitze seines Gehstocks aufs Pflaster.

Bodo Schmidt blickte von einem zum anderen. Dann sagte er leise und stockend: »So etwas ist eine ernste Sache, nicht? Eine sehr ernste. Das wäre unter Umständen sogar ein – Mordmotiv, nicht?«

Ocko Onken zögerte, blickte nach rechts und links. Dann nickte er.

Harm Bengen nickte sowieso.

»He, Moment mal. So wörtlich habe ich das ja nun auch nicht gemeint«, begehrte Klaas Reershemius auf. Aber er nickte trotzdem.

»Wie lange ist das denn schon bekannt?«, fragte Schmidt weiter.

»Na ja, es spricht sich gerade rum«, antwortete Onken. »Der Zeitungsmensch weiß es noch nicht, wenn du das meinst.«

»Kann aber trotzdem sein, dass die Beteiligten es schon ein paar Tage länger wissen, nicht?«, mutmaßte Schmidt.

Schulterzucken, Kopfnicken.

»Überlegt mal. Wenn einer vermietet, und er lebt davon, oder sagen wir mal, er hat die Einnahmen fest eingeplant, und dann kommt so einer und verpetzt ihn, von wegen dass er irgendwelche Vorschriften nicht einhält, und zieht ihm damit den finanziellen Teppich unter den Füßen weg – wäre das nicht Grund genug, einen umzubringen?«

Der Bahnhof hatte sich inzwischen geleert; außer der Viererbande auf der Bank war niemand zu sehen. Unüblich still war es, sogar für einen Sonntagabend. Selbst der ewige Wind hatte sich gelegt. Kein Vogel gab einen Laut von sich.

Die vier auf der Bank brüteten in der Abendsonne.

Dann schüttelte Onken den Kopf. »Nee. Ulf Diekmann hat doch selber vermietet, und nicht zu knapp. Der wird doch keinen anscheißen. Wer weiß denn, ob bei dem selber alles immer koscher war.«

»Da hast du den Punkt«, sagte Schmidt und reckte einen fleischigen Zeigefinger. »Ich meine ja auch nicht, dass Diekmann denunziert hat – ich meine, vielleicht ist er denunziert worden! Na ja, und so einer wie der, der lässt das doch nicht einfach auf sich beruhen. Der geht selber hin und …« Er kippte seinen Zeigefinger nach vorn und knickte den Daumen: »Peng!«

»Dann wäre also Manni Zempel der Denunziant gewesen«, kombinierte Harm Bengen. Seine Stimme zitterte.

»Könnte doch sein«, knurrte Klaas Reershemius. »Der hat ja schließlich nicht vermietet, der alte Holzwurm.« Er lachte böse: »Außer seine halbe Werkstatt an diese Pinselquälerin! Was er sich da wohl von versprochen hat.«

»Na also, passt doch.« Schmidt klatschte die Handflächen zusammen.

»Nee, passt nicht«, widersprach Ocko Onken. »Habt ihr Tant' Lissy ganz vergessen?«

Schmidt schaute ihn verwirrt an. »Wer ist denn das noch mal?«

»War«, korrigierte Harm Bengen. »Die is doot bleeven, letzten Winter.«

»Stimmt ja.« Klaas Reershemius nickte. »Verstorben ohne direkte Nachkommen. War gar nicht so leicht, dahinterzukommen, wer Tant' Lissys kleines, altes Haus nun kriegen sollte.«

»Am Ende war es dann Manni Zempel«, fuhr Onken fort. »Verwandt über sieben Ecken. Ich hab es ihm gegönnt; sonst hat er ja nicht viel Glück gehabt im Leben. Und natürlich hat er auch gleich verkündet, was er damit machen will.«

»Aufteilen und an Feriengäste vermieten«, sagte Harm Bengen.

»Was sonst«, sagte Klaas Reershemius.

»Damit stand er auch auf der anderen Seite«, resümierte Ocko Onken. »Als Denunziant kommt er also wohl kaum in Frage. Tja, Bodo, war 'ne schöne Idee. Aber zu Lüppo Buss würde ich damit lieber nicht gehen.«

»Sonst kommt der noch vor lauter Kopfschütteln zu gar nichts mehr«, bekräftigte Harm Bengen heftiger nickend.

Bodo Schmidt rieb sich die Glatze. Tja, was die anderen drei da gegen seinen Verdacht vorgebracht hatten, entbehrte nicht der Logik. Warum sollten Diekmann und Zempel Anzeigen erstattet haben, wenn diese womöglich auf sie selbst zurückfallen könnten? Nein, das ergab keinen Sinn. Und somit auch kein Mordmotiv. Schade, dachte Schmidt, der nur höchst ungern von seiner Idee lassen mochte. So oft hatte er solche Geistesblitze schließlich auch nicht.

Und trotzdem kam ihm direkt der nächste. Schon war sein Zeigefinger wieder oben. »Jaha, liebe Leute, ihr mögt ja recht haben. Für unsere beiden Morde hier taugen diese anonymen Anzeigen wohl nicht als Motiv.« Schmidt blickte erwartungsvoll in die Runde.

Onken tat ihm den Gefallen. »Aber?«

»Aber«, hob Bodo Schmidt an und lehnte sich genüsslich zurück, »vielleicht für den nächsten!«

11.

»Einmal Backfisch Pommes Mayo, kommt sofort!« Der Riese hinter dem Imbiss-Tresen tauchte eine krustige Kelle ins siedende Frittenfett und schlenzte eine großzügige Portion auf einen Teller. Lüppo Buss fragte sich zum wiederholten Male, warum der Mann sich die Mühe mit der Kelle überhaupt machte. Mit seinen Händen, die aussahen wie mit rissigem Sattelleder bespannte Gartenrechen, konnte der doch bestimmt direkt ins heiße Fett fassen, ohne sich wehzutun.

Der Zwei-Meter-Mann reichte Wechselgeld über die Theke und wandte sich dann den beiden Beamten zu. »Moin, Lüppo! Heute Abend mit Verstärkung, was? Aber wegen mir doch wohl nicht.« Er lächelte breit und umwerfend freundlich. Trotzdem zuckte Nico Backhaus vor dem Anblick zurück, der sich ihm bot. Das entblößte Gebiss des Giganten war nur noch rudimentär vorhanden, und diese Reste bestanden aus fleckigen Einzelstücken, die Menhiren gleich hier und dort schräg aus dem Zahnfleisch ragten, sowie aus schwarzen Stummeln.

»Keine Sorge, Backe.« Lüppo Buss, der Beene Pottebakker schon ein Weilchen kannte, ließ sich nicht mehr schocken. »Wenn ich dich eintüten wollte, hätte ich das längst getan. Aber du bist jetzt ja einer von den Guten, stimmt's?«

Beene Pottebakker, genannt Backe, legte sich ins Hohlkreuz, stemmte die übergroßen Fäuste in die Seiten und blickte strahlend auf den Inselpolizisten herab. Lüppo Buss war zwar beileibe kein Zwerg und körperlich in guter Verfassung, aber die Vorstellung, er könnte Backe, ein wahres Monstrum von einem Mann, das ihn in jeder Ausdehnung um mehrere Spannen übertraf, mal eben »eintüten«, schien diesen sehr zu amüsieren. »Na eben«, erwiderte er gutmütig. »Ich verdien mir mein Geld auf legale Weise. Und das nicht erst seit gestern.« Er beugte sich vor, so dass sein rundes Gesicht, braun und voller Knitterfalten wie eine in die Jahre gekommene Aktentasche, über den beiden Ermittlern schwebte. »Ehrlich werden musste ich dafür ja nicht erst, wie du weißt. Das war ich schon immer.«

Nico Backhaus blickte seinen Kollegen fragend an; Lüppo Buss hatte ihn auf dem kurzen Weg zum Imbiss nur in groben Zügen informiert. Dass Beene Pottebakker ein schier endloses Strafregister aufwies, gespickt mit Verurteilungen wegen Drogenkonsums und Handels mit Betäubungsmitteln, Körperverletzungen aller Schattierungen und allerhand Eigentumsdelikten zwecks Geldbeschaffung für noch mehr Drogen. Und jetzt präsentierte sich dieser Typ hier wie ein Unschuldslämmchen im Elefantenformat und pries seine eigene Ehrlichkeit. War der Kerl etwa reif für die Klapse?

Lüppo Buss aber hob nur beschwichtigend die Hand. Natürlich war er damals auch skeptisch gewesen, als Inselzeitungs-Redakteur Marian Godehau ihm von Backes angeblichen Charakterqualitäten vorgeschwärmt hatte: Aufrichtig sei der, nachsichtig, immer hilfsbereit. Verstellung sei ihm fremd, er trage seine Seele stets nach außen offen. Der Preis dafür seien ständig neue Wunden. Und die Konsequenz eben Drogen. Sozialromantiker-Gewäsch, hatte der Inselpolizist gedacht. Aber dann hatte er den

Riesen kennengelernt und alles so bestätigt gefunden.

Trotzdem: Die Tatsache, dass Backe das Gebot, die Finger von anderer Leute Eigentum zu lassen, nicht besonders hoch schätzte, konnte Lüppo Buss nicht gelten lassen. Schon rein beruflich. Auch wenn es ihm nicht eingefallen wäre, ihn allein deswegen einen Kriminellen zu nennen. »Klar, du warst schon immer die Ehrlichkeit in Person. Auch schon bei deinem letzten größeren Coup, stimmt's? Wie du damals die Cannabis-Platten über die Grenze geschafft hast, war schon bemerkenswert. Ist in dieser Sache eigentlich jemals Anklage erhoben worden?«

Backe lachte herzlich. »Nein, ist es nicht. Und Stahnke müsste sich auch beeilen, wenn er das vor der Verjährung noch schaffen wollte.« Er senkte die Stimme zu einem verschwörerischen Flüstern: »Hoffentlich erinnert er sich noch, wo er das Zeug seinerzeit gelassen hat. Würde sich sonst nicht gut machen vor Gericht.«

Lüppo Buss kniff die Augen zusammen. Backe mochte aussehen wie ein gutmütiges Mammut, aber er konnte auch listig sein wie ein Fuchs. »Was macht eigentlich dein Nebenjob als illegaler Fritten-Dealer?«, erkundigte sich der Inselpolizist. Seine Stimme troff vor geheuchelter Freundlichkeit. »Torpedierst du immer noch die Therapien in der Klinik für Essgestörte? Gegen hundert Prozent Aufschlag? Oder bist du dafür jetzt auch zu ehrlich geworden?«

»Aber Lüppo!« Backes Entrüstung war ebenso gespielt. »Wo legst du denn jetzt das juristische Maßband an! Sowas läuft bei mir doch nicht als Geschäft, das ist tätige Nächstenliebe! Denk doch nur an die armen Hungernden da drin.«

»Klar, die Hungernden von drei Zentnern und mehr.«

»Na und? Glaubst du denn, ein Dicker spürt den Hunger nicht?«

Lüppo Buss fühlte sich weich, aber nachdrücklich von hinten beiseite geschoben; das enthob ihn einer Antwort. Zum Glück, denn Backe schien heute besonders spitzzüngig zu sein. Der beleibte junge Mann, der sich an dem Inselpolizisten vorbeigedrängt hatte, entpuppte sich als Backes Spätschicht-Ablösung. Das passte gut. Lüppo Buss gab schnell noch dreimal Pommes-Mayo in Auftrag und sicherte sich eins der Stehtischchen.

»Ich schätze mal, dass du auf dem Laufenden bist«, begann der Oberkommissar, während sie den Pommes frites zu Leibe rückten.

Backe nickte bedächtig. »Dass ich es nicht war, weiß ich ganz sicher«, erwiderte er mit vollem Mund und großer Ernsthaftigkeit.

»Irgendeine Idee?«

Der Riese schüttelte den Kopf. »Nicht wirklich. Ulf Diekmann war ein aufgeblasener Armleuchter, wenn du mich fragst. Typisch Banker eben. Und Manni Zempel war ein armes kleines Würstchen. Bisschen eckig im Umgang, aber ich mochte ihn wohl. Keine Ahnung, warum Diekmann den umgelegt hat. Ich wüsste gar nicht, dass die überhaupt jemals etwas miteinander zu tun gehabt hätten.«

»Kann es um Geld gegangen sein?«

Backe zuckte die Schultern. Sein Pappschälchen hatte er schon beinahe geleert. »Wenn, dann wäre Geld wohl höchstens andersrum ein Motiv gewesen. Welcher arme Schlucker möchte nicht gerne seinen Banker umlegen? Aber erstens war es ja nicht so, und zweitens hatte Manni sein Konto bei der *Volksbank*. Ist nie woanders hingegangen in Geldsachen.«

»Woher wollen Sie das wissen?«, fragte Nico Backhaus dazwischen.

»Ich bin da auch«, antwortete Backe. »Also bei der *Volksbank.* Hab Manni da getroffen, so zwei-, dreimal.« Er deutete auf das noch fast volle Pommesschälchen des Hauptkommissars: »Haben Sie keinen Hunger?«

Backhaus stocherte misstrauisch zwischen den Kartoffelstäbchen herum. »Merkwürdiger Geruch. War das Frittierfett schon etwas älter?«

»Ach was.« Backe erstrahlte in Grundehrlichkeit. »Kaum eine Woche! Gerade richtig, jetzt kriegt es erst so langsam Göör.« Als sein Gegenüber fragend schaute, erläuterte er: »Also Aroma. Geschmack. Jetzt wird es erst so langsam gut. Mögen Sie das nicht?«

»Ich glaube, ich bin schon satt.« Der Hauptkommissar schob ihm sein Schälchen rüber. »Wenn Sie noch möchten?«

»Na klar.« Backe griff zu, ohne zu zögern. »Wie ist es mit dir, Lüppo?«

»Nö, ich kann noch.« Der Inselpolizist schirmte sein Schälchen schnell mit der Hand ab. Viel war ohnehin nicht mehr drin. »Also, wenn Diekmann kein erkennbares Motiv hatte, Zempel zu erschießen – wer hätte denn eins gehabt, Diekmann umzulegen?«

»Oha.« Backes braune Augen drückten Mitgefühl aus. »Ihr tappt ja ganz schön im Dunkeln, was? Dass ihr mich schon fragen müsst.« Sein Blick wanderte von Lüppo Buss zu Nico Backhaus; beide wichen ihm aus. »Leider kann ich euch auch nicht helfen. Der feine Herr gehörte nicht zu den Kunden dieser Frittenveredelungsanstalt.« Sein dicker

Zeigefinger tippte auf die Fläche des Stehtisches, auf deren Fettfilm er prompt wegrutschte. »Und ich gehörte nicht zu seinen Kunden, wie schon gesagt. Wissen tue ich gar nichts.« Er legte seine breite Stirn in Falten: »Nur, dass man allgemein nicht sehr gut über ihn geredet hat. Aber das muss ja nichts heißen. Das sieht man ja schon an mir.« Backe warf sich in die überbreite Brust.

»Nicht gut geredet? Was heißt das konkret?« Backhaus hakte nach.

»Na ja, wie es so ist, wenn einer unbedingt nach oben will«, erläuterte der Riese. »Vor allem, wenn es nicht so schnell geht wie erhofft. Die unten merken, dass sie demjenigen nicht gut genug sind, und das passt ihnen natürlich nicht. Und die anderen, die da oben, die merken, dass sich einer von unten zu ihnen hochstrampeln möchte. Das mögen die auch nicht. Ich meine, dass man sie beneidet und so sein will wie sie, das gefällt ihnen schon. Aber nicht, wenn einer es ernsthaft versucht, so zu sein wie sie. Unten ist für die eben unten und soll auch unten bleiben, weil, wo käme man denn sonst hin.«

»Dafür gibt es aber ziemlich viele hochgekommene Armleuchter in der feiner Gesellschaft«, wandte Nico Backhaus ein. »Und die geben dort oft sogar den Ton an.«

»Jaha! Wenn sie erst einmal oben sind, dann ist es ja gut, dann sind sie akzeptiert.« Backe dozierte sich richtig warm. »Das ist die normative Kraft des Faktischen. Nur den Prozess, also wenn einer von unten etwas Bestehendes verändern will, das ist etwas, das die Oberen beunruhigt.«

Mit sichtlicher Mühe behielt Backhaus die Kontrolle über seinen Unterkiefer. Seinen fragenden Blick quittierte Lüppo Buss milde lächelnd. Backe war eben ein

Phänomen. In jeder Hinsicht, nicht nur, weil er nach all diesen konsumierten Drogen immer noch lebte. Da würde Backhaus auch noch dahinterkommen. Vorausgesetzt, er blieb lange genug auf Langeoog.

Genau das ließ der schleppende Fortgang der Ermittlungen durchaus vermuten.

»Etwas anderes.« Der Inselpolizist wischte sich das Frittenfett vom Mund und zerknüllte seine Serviette. »Gib mir mal einen Tipp, so als Ruheständler, jedenfalls in gewissem Sinne. Angenommen, du sitzt hier auf Langeoog und brauchst mal eben eine Handfeuerwaffe. Natürlich eine nicht registrierte. An wen würdest du dich wenden?«

»Internet«, erwiderte Backe, ohne zu zögern. »Kein Problem mehr heutzutage. Der halbe Osten vertickt doch heute Knarren aus irgendwelchen Depots. Und wenn du Glück hast, kriegst du sogar eine ausgemusterte Waffe aus bundesdeutschen Polizeibeständen.« Er wedelte mit der Hand vor seinem Gesicht herum. »Ach nee, du willst ja eine unregistrierte. Na, dann nimmst du eben einen Nachbau aus Pakistan. Die bohren und feilen dir da jedes Modell zurecht.«

»Vorausgesetzt, man kennt eine sichere Bestelladresse«, warf Backhaus ein. »Da sind nämlich auch viele Abzocker unterwegs. Und auch ein paar verdeckt arbeitende Kollegen von uns. Wenn du bei denen bestellst, gibt es unerwünschte Hausbesuche.«

Backe machte eine wegwerfende Bewegung. »Tja, ein bisschen auskennen muss man sich natürlich schon.«

»Und was, wenn nicht?«, fragte Lüppo Buss. »Wenn du unsicher bist? Und es vielleicht auch ein bisschen eilig hast? Wohin wendest du dich dann?«

Backes Lächeln wurde jetzt spitzbübisch. Der Inselpolizist hätte es vielleicht sogar diebisch genannt. Aber Backe war ja jetzt ehrlich.

»Dann«, sagte der Riese, »wende ich mich natürlich dorthin, wo es hier die meisten Waffen gibt. Einen großen Haufen nämlich. Und die sind alle schon auf der Insel.«

Nico Backhaus reagierte schneller als sein Kollege. »Spielen Sie vielleicht auf den Sportschützenverein an?«, fragte er. »Den, in dem auch Ulf Diekmann Mitglied war?«

Backe richtete seinen Zeigefinger wie einen Schießprügel auf ihn und hob bestätigend die Augenbrauen: »Schießverein Langeoog!«

Lüppo Buss schüttelte unwillig den Kopf. »Ach, Unsinn. Dass Diekmann dort aktiv war, wissen wir doch schon längst. Und auch, dass er den Mord an Zempel mit einer dort registrierten Waffe begangen hat, einem Sportschützengewehr. Aber davon rede ich doch überhaupt nicht! Mir geht es um die andere Tatwaffe, die Pistole, mit der Diekmann selbst getötet wurde. Das war keine Sportwaffe, und registriert ist sie auch nicht. Die kann nicht aus Vereinsbeständen stammen.«

»Überprüft haben wir das noch nicht«, wandte Backhaus ein.

Backe hob erneut seine schaufelgroße Hand. »Dem Verein will ich doch gar nichts unterstellen«, sagte er. »Aber überlegt doch mal, wer gewöhnlich so alles in solch einem Verein Mitglied ist.«

»Na ja, Sportschützen eben«, antwortete der Inselpolizist.

»Waffensammler vielleicht auch«, ergänzte Backhaus.

»Waffennarren«, steigerte Lüppo Buss.

»Leute, die auf diese Art zu einer Waffenbesitzkarte

kommen wollen.«

»Jetzt wird es wärmer«, sagte Backe.

»Wird alles registriert und kontrolliert«, versicherte Lüppo Buss.

»Glaub ich dir.« Backe schmunzelte. »Und das meinst du auch ganz bestimmt so, wie du es sagst. Aber glaub du auch mir, dass solch ein Verein immer auch Leute anzieht, die er gar nicht anziehen will. Leute, die du gar nicht kontrollieren kannst, weil sie alle Tricks kennen, um dich ins Leere laufen zu lassen. Und einer davon« – jetzt schoss sein Zeigefinger wieder in die Höhe – »einer davon ist immer ein bisschen verrückt.«

Lüppo Buss verschränkte seine muskulösen Unterarme vor der Brust. »Jetzt sagst du entweder ganz schnell etwas ganz Cleveres, oder ich glaube, dass du selber hier der Verrückte bist«, knurrte er.

Backe lachte leise. »Auch nach Waffen kann man süchtig sein«, erklärte er. »Du weißt, mit Süchten kenne ich mich aus. Waffen sind Starkmacher, darauf stehen vor allem kleine Schwächlinge. Oder solche, die sich für schwach halten, aus irgendwelchen Gründen, die irgendwo zu kurz gekommen sind und nicht wissen, wie sie das ändern oder sonstwie damit umgehen können. Solche Leute lieben Waffen. Sie kaufen welche, umgeben sich damit. Manche benutzen sie nie, aber allein die Vorstellung, sie benutzen zu können, gibt ihnen ein gutes Gefühl. Eine Waffe, zwei Waffen, drei. Ganz offiziell zuerst. Aber irgendwann reicht das nicht mehr, wie das eben so ist bei Süchten. Dann müssen es mehr sein und immer mehr. Auf Waffenbesitzkarte geht das nicht, da würde ja irgendwann einer kommen und fragen, ob man gerade den nächsten

Krieg vorbereitet. Dann sind die offiziellen Waffen nur noch das Feigenblatt. Der Rest kommt illegal dazu. Der sehr viel größere Rest.«

»Von was für Mengen reden wir hier?«, fragte Backhaus.

»Dreistellig«, sagte Backe.

»Du bist ja wirklich verrückt!«, keuchte Lüppo Buss.

»Jeder Schützenverein hat solch einen Verrückten«, wiederholte Backe. »Mindestens.«

»Der aber niemals selber schießt?«, fragte der Hauptkommissar.

»Niemals oder selten«, bestätigte Backe. »Was aber nicht heißt, dass nicht vielleicht jemand anderes das für ihn tut. Irgendwo her müssen die Waffen der Amokschützen ja schließlich kommen.«

»Und wie heißt der Waffenverrückte von Langeoog?«, fragte Lüppo Buss energisch.

»Der heißt Bernhard Bottmeier«, antwortete Backe wie selbstverständlich.

Backhaus atmete scharf ein. »Der vom Seglerverein?«, fragte er.

Backe nickte. »Genau der.«

12.

Bodo Schmidt schob die Kneipentür beiseite und seinen Bauch hindurch. Obwohl man es draußen auch weit nach Einbruch der Dunkelheit immer noch sehr gut aushalten konnte, war der große Hauptraum des *Dwarslooper* gut gefüllt. Lebhaftes Stimmengewirr schlug Schmidt entgegen. Einer der Kellner hinter der mächtigen, langgestreckten Theke nickte ihm zu. Allzu oft ließ er sich hier zwar nicht sehen, knickerig wie er war, aber man kannte ihn trotzdem. Er nahm es erfreut zur Kenntnis und klemmte sich auf den dick gepolsterten Hochstuhl, der mitsamt Tischplatte links am Thekenrand installiert war. Eigentlich sollte das ja wohl eine Zweierbank sein, aber für Bodo Schmidt reichte sie gerade eben aus.

Kaum saß er, stand auch schon ein Bier vor ihm, ein großes schwarzes *Krusovice*. »Auch was zu essen?«, fragte der Kellner laut durch den auf- und abschwellenden Lärm. Schmidt schüttelte den Kopf – eigentlich gegen seinen Willen, denn das Farmersteak hier hatte es ihm angetan. Aber gegessen hatte er schon zu Hause.

Eigentlich hatte er ja auch zu Hause bleiben wollen, Fernsehen gucken, beizeiten ins Bett. Aber dazu war er zu unruhig, und er wusste, so einfach würde er nicht schlafen können, auch nicht nach drei, vier Kurzen. Nein, so ging es nicht.

Zwei Tote und ein Denunziant hier auf seiner Insel – und er hatte keinen Schimmer, wer und wie und warum. Er nicht und seine drei Kollegen von der Bank am Bahnhof auch nicht. So etwas hatte es noch nie gegeben! Das konnte einfach nicht angehen. Er stürzte sein Bier hinunter und signalisierte nach einem neuen.

Leute kamen, Leute gingen, wenige einzeln, die meisten zu zweit oder in Grüppchen. Schmidt nahm alles in sich auf, was ihm an Worten und Satzfetzen zuflog. Mehr als einmal waren Fragmente dabei, die anzeigten, dass sich auch andere hier den Kopf über die Vorfälle zerbrachen, Touristen wie Einheimische. Nie aber war etwas dabei, das den Ansatz eines neuen Gedankens dazu, geschweige denn eine Erklärung versprach. Der Dicke hatte in den Jahren auf der Bahnhofsbank einen sechsten Sinn dafür entwickelt. Nein, hier hatte keiner auch nur einen Deut mehr Schnall von der ganzen Sache als er.

Ein Mädel kam herein, ach nee, doch wohl eher eine junge Frau, obwohl sie mit ihrem rötlich-brünetten Pferdeschwanz und dem kecken Lächeln noch ziemlich mädchenhaft wirkte. War die von hier? Die Frau grüßte zur Theke hin, und jetzt erkannte Schmidt sie. Das war doch die, die in dieser Klinik arbeitete, wo die behandelt wurden, die mit dem Essen nicht klarkamen. »Panoptikum der Arschlosen« wurde der Laden auch genannt, denn die meisten dort waren klapperdürr. Aber »essgestört« funktionierte in beide Richtungen, und so gab es da auch ein paar Kaliber, die selbst einen Bodo Schmidt schmal aussehen ließen.

Na ja, schmal wohl nicht. Aber eben nicht ganz so dick.

Zog die junge Frau nicht immer mit diesem Kriminalhansel herum, diesem Freund von Lüppo Buss, Stahnke hieß der wohl, der hier auf Langeoog eigentlich gar nichts zu sagen hatte? Der war selber auch ein ganz schöner Brummer. Vielleicht nahm sich die junge Dame ja gerne mal Arbeit mit nach Hause!

Bodo Schmidt lachte auf, und der Blick der neu Angekommenen ruhte für einen Moment auf ihm. Sie schien ihn mit professioneller Neugier zu betrachten, und das gefiel ihm überhaupt nicht. Zum Glück wurde just in diesem Moment sein frisches Bier über die Theke gereicht, und er hatte einen Grund, sich abzuwenden.

Auch der Kellner hatte den neuen Gast schon erspäht. »Hallo, Sina! Was kann ich dir denn Gutes tun?«

Richtig, Sina hieß die Kleine, Sina Gersema. Und wenn die alleine hier reinkam, um diese Zeit, dann hieß das wohl, dass ihr Freund Stahnke im Augenblick nicht hier war. Tja, kein Wunder, dass Lüppo mit seinen Ermittlungen nicht von der Stelle kam! Dieser junge Stadtmensch, den sie ihm stattdessen aus Deutschland geschickt hatten, schien auch keine große Hilfe zu sein.

Wenn man vom Teufel sprach! Schmidt verschluckte sich an seinem Bier, als Lüppo Buss zur Tür hereinkam, in seinem Kielwasser eben dieser Stadtbulle, an den er gerade gedacht hatte. Wohlgemerkt, an ihn gedacht, nicht von ihm gesprochen! Aber der Teufel musste wohl ein Gedankenleser sein.

Genau, das war er auch. Und wenn Schmidt so an seinen Konfirmandenunterricht zurückdachte, dann schien genau das der Witz zu sein. Das mit dem Teufel und den Gedanken.

Der Dicke setzte sein Bier ab und schüttelte den Kopf. Was war denn heute da oben in seiner Rübe los? Wenn er jetzt nicht bei der Sache war, verpasste er noch alles! Die beiden Polizisten hatten schon bestellt, gleich würden sie sich irgendwo hinsetzen, aller Voraussicht nach außer

Hörweite. Lüppo Buss wandte Schmidt den Rücken zu.

»Aber nur eins, wir müssen morgen früh raus!«, sagte sein Kollege gerade zu ihm. »Denk dran, Einsatz um halb sechs!«

Der Inselpolizist machte eine beschwichtigende Handbewegung. »Viel tun müssen wir ja nicht dabei«, erwiderte er, und Schmidt musste sich anstrengen, um die von ihm weg gesprochenen Worte aus dem Kneipengebrabbel herauszufiltern. »Die meiste Arbeit machen ja die Kollegen vom ...« Der Rest blieb unverständlich.

»Übertreiben sollten wir es trotzdem nicht«, beharrte der jüngere Beamte, jetzt aber schon deutlich weniger skeptisch. »Du hast alles vorbereitet?«

»Alles geklärt«, beruhigte ihn Lüppo Buss. »Du wirst sehen, wir müssen nur noch ...« Wieder wurde das Satzende übertönt. Dann wurde weiter hinten im *Dwarslooper* ein Tisch frei, und die beiden Polizisten entfernten sich.

Morgen früh also lief irgendwas! Etwas, woran noch andere Polizisten beteiligt waren! Etwas gut Vorbereitetes! Bodo Schmidt war wie elektrisiert. Am liebsten wäre er den beiden hinterher gestiefelt. Aber erstens setzten die sich so, dass sie ihre Umgebung gut im Blick hatten, was vermutlich eine berufsbedingte Angewohnheit war, und zweitens hatte es einer wie Bodo Schmidt grundsätzlich schwer, eine passende Deckung zu finden. Das wusste er aus leidvoller Erfahrung.

Ein Trupp Touristen drängte sich durch die Tür und in Schmidts Blickfeld. Nordrhein-Vandalen, konstatierte er schon nach wenigen lautstarken Worten, und reichlich angetrunkene dazu. Gewöhnlich willkommene Zielscheiben für seinen Spott. Heute aber hatte er dafür nichts übrig.

Als die neuen Gäste sich an der Theke breitmachten, fiel Schmidts Blick wieder auf Sina. Sie stand jetzt weiter im Hintergrund und schien in eine Unterhaltung vertieft zu sein. Ihr Gesprächspartner war auch von hinten leicht zu erkennen. Welcher Mann hatte schon eine solch prächtige Mähne wie der Hafenmeister!

Gut schienen die beiden sich zu unterhalten. Bodo Schmidt konnte zwar durch das Getümmel kein Wort verstehen, aber Sinas lachende Miene sprach Bände, und auch des Hafenmeisters versonnenes Schmunzeln, das immer dann im Profil sichtbar wurde, wenn er nach seinem Glas griff, zeugte von blendender Laune. Dicht beieinander standen die beiden, ziemlich dicht sogar; das konnte natürlich an dem Potti-Trupp liegen, der sich ungebührlich breitmachte. Aber vielleicht auch nicht nur.

Schmidt ließ die beiden nicht aus den Augen, ignorierte sogar die Kneipentür, die sich mehrfach öffnete und schloss. Bahnte sich da etwa was an? Die beiden waren doch in festen Händen! Na ja, von dieser Sina Gersema erzählte man sich sowieso, sie hätte früher mal etwas mit diesem Zeitungsschreiber gehabt, diesem Marian Godehau. Und Hafenmeister Michael Gödecke hatte ja auch einen einschlägigen Ruf. Von wegen Festmacher – ein ganz Loser sollte der bis vor kurzem gewesen sein! Und alte Gewohnheiten legte man nicht so schnell ab.

Der Dicke rieb sich die Hände. Wenn er morgen auf Draht war und mitbekam, was die Bullen vorhatten, konnte er verlorenen Informations-Boden wieder gutmachen. Und wenn er darüber hinaus auch noch als Erster eine neue Liaison zwischen den beiden da hinten verkünden konnte, dann war er sowieso der King, und zwar nicht nur auf der Bahnhofsbank.

Plötzlich war Tumult. Bei den Nordrhein-Vandalen wurde es laut, vielmehr noch lauter als ohnehin schon. Zwei von denen schienen sich in die Haare bekommen zu haben, vielleicht auch mehrere. Jedenfalls wurde lauthals gekreischt, der Trupp wogte hin und her, ein Tisch schwankte bedenklich, Gläser klirrten. Jetzt wird's gemischt, dachte Schmidt und begann, seinen hinter dem Tisch eingeklemmten Bauch seitlich ins Freie zu schieben.

Der Hafenmeister war schneller, drehte sich um und hob schützend beide Arme. Der Pulk der Streithähne aber flutete auf ihn zu und verschluckte ihn und Sina einfach. Schmidt reckte den Hals, um nichts zu verpassen.

Jetzt reagierte das Personal. Als allen Winkeln des weitläufigen Lokals stürmten Kellner heran und begannen, die Störenfriede Richtung Ausgang zu bugsieren. Dabei ließen sie sich auch durch lautes Zetern und Gekeife nicht davon abhalten, erst noch zu kassieren, ehe sie die Randalierer an die Luft beförderten. Respekt, dachte Bodo Schmidt, die kennen sich aus.

Als die Störer draußen waren und ihr Geschrei nur noch gedämpft zu hören war, blickte Schmidt sich nach Sina und dem Hafenmeister um, konnte sie aber nirgends mehr entdecken. Hatten sie zusammen mit den Hinausgeworfenen das Lokal verlassen? Vermutlich, dachte der Dicke und ärgerte sich. Zu gerne hätte er noch ein paar saftige Details für die morgige Banksitzung erspäht. Das hätte wieder gut Punkte eingebracht.

Aber so war es auch gut. Schmidt zahlte und machte sich auf den Heimweg. Besser gleich ins Bett. Morgen würde der Tag früh anfangen. Und er versprach ereignisreich zu werden.

13.

Lüppo Buss blähte seine Brust. Montagmorgen, die Woche begann früh. Noch ein Blick auf die Uhr – 5:30 exakt. Und ein Blick in die Runde. Drei Mann Verstärkung vom Festland, außerdem drei Mann KTU, noch in der zweiten Reihe. Ach ja, zwei davon waren weiblich; da hieß es aufpassen, was er sagte, sonst setzte es wieder Chauvi-Punkte.

Und dann stand da noch Nico Backhaus, dessen rechte Hand ungeduldig im Gelenk rollte. Ja doch, ja!

Mit der Faust pochte der Inselpolizist an die dunkelgrün lackierte Haustür. Von innen hallte es dumpf wider. »Hier ist die Polizei«, rief Lüppo Buss mit sonorer Stimme. »Herr Bottmeier, machen Sie bitte auf!«

Hinter ihm ertönte unterdrücktes Prusten. Als er sich umdrehte, guckten alle betont unschuldig. Was denn, so machte man das doch! Oder etwa nicht? Dem Inselpolizisten fehlte da ein wenig die Erfahrung.

Nico Backhaus räusperte sich. »Da wäre auch eine Klingel gewesen«, sagte er und deutete mit dem Finger. »Hier, schau.«

Lüppo Buss lief rot an.

»Was wollt ihr denn so früh?«, ertönte es gedämpft von drinnen. »Wer macht da solchen Lärm? Lüppo, bist du das?«

»Ja, Bernhard«, entfuhr es dem Inselpolizisten, ehe er es verhindern konnte. Er räusperte sich. »Öffnen Sie bitte, Herr Bottmeier, hier ist die Polizei. Wir haben einen richterlichen Durchsuchungsbeschluss.«

Die Haustür schwang nach innen auf. Bottmeier trug einen Bademantel und graue Bartstoppeln. Ein leichter Geruch nach Werkstatt, Kneipe und Schlafzimmer – ohne Dusche dazwischen – ging von ihm aus. »Was willst du denn, ist doch offen!«, knurrte der Hausherr. Auch seine Stimme verriet, dass er gestern wohl gut getankt hatte.

Hinter Lüppo Buss wurde unüberhörbar gelacht.

Der Inselpolizist streckte Bottmeier das Dokument mit dem gerichtlichen Beschluss entgegen. Der Mann nickte bloß und trat beiseite. »Ist ja gut, kommt schon rein«, grummelte er. »Ist wohl wegen der Waffen, stimmt's?«

»Genau«, sagte Nico Backhaus, drängte sich an seinem Kollegen vorbei und stellte sich vor. Dann winkte er die anderen Beamten ins Haus. »Vorgehen wie besprochen. Und Sie, Herr Bottmeier, zeigen uns bitte Ihre Waffenschränke.« Laut Waffenbesitzkarte verfügte Bernhard Bottmeier über fünf Faustfeuerwaffen und vier Langwaffen. Die Vermutung, dass ein einzelner Schrank dafür nicht ausreichte, lag nahe.

Bottmeier nickte. »Folgen Sie mir bitte.« Er schlurfte den gefliesten Korridor entlang.

»Bernie?« Eine besorgte Frauenstimme erklang aus dem Obergeschoss. »Bernhard, was ist denn los? Soll ich die Polizei anrufen?«

»Alles klar, Ursula«, gab Bottmeier beschwichtigend zurück. »Polizei ist schon da. Die Herren wollen nur nachschauen, ob auch alles in Ordnung ist.«

Eine der KTU-Damen hüstelte vernehmlich. Lüppo Buss grinste in sich hinein.

»Vielleicht könnten wir nachher auch mit Ihrer Frau sprechen«, sagte Nico Backhaus.

»Wieso?« Bottmeier blieb abrupt stehen und wandte sich zu Nico Backhaus um. »Was meinen Sie damit?« Plötzlich schien er sehr erregt; sein graues Gesicht begann sich zu röten. »Warum wollen Sie …« Dann schien ihm etwas zu dämmern. Er deutete mit dem Daumen in Richtung Obergeschoss. »Ach, Sie meinen meine Schwester! Ja, natürlich können Sie das. Ich sag ihr gleich Bescheid, wenn wir mit allem durch sind.« Er nahm seinen Weg wieder auf.

Lüppo Buss hielt seinen Kollegen an der Schulter zurück. »Bottmeiers Frau ist in einem Pflegeheim«, flüsterte er ihm zu. »Seit Jahren schon. Demenz. Hat sehr früh eingesetzt bei ihr.« Man konnte ihm ansehen, dass ihm dieses Thema unheimlich war.

»Alles klar«, wisperte Backhaus zurück. »Die Schwester also.«

»Ja, seine jüngere Schwester. Wohnt oben in der Einliegerwohnung, jedenfalls im Sommer. Ihr eigenes Haus kann sie so vermieten.«

»Zum Bruder ins Haus ziehen, nur um vermieten zu können?« Der Hauptkommissar guckte verständnislos. »Was sind denn das für Sitten?«

Der Inselpolizist zuckte die Schultern. »Bringt alles Geld. Ich kenne Leute, die ziehen im Sommer sogar in den Keller, mitsamt den Kindern, und vermieten alle Schlafzimmer. Obwohl sie Geld genug hätten, um ins Hotel zu ziehen! Tja, so ist das eben, die Hauptsaison muss man nutzen, schon aus Prinzip.«

Bottmeier hatte inzwischen das Wohnzimmer erreicht und die Tür geöffnet. Lüppo Buss sah sich interessiert um; hier war er noch nie gewesen. Ein langgestreckter, mit geschnitzten Möbeln prachtvoll eingerichteter Raum.

Ein langer, dunkel gebeizter Holztisch mit hochlehnigen Stühlen wirkte einladend, aber nur auf den ersten Blick, denn die Stuhllehnen waren gerade wie Ladestöcke, und die Sitzflächen hatten dünne, harte Polster. Die schweren Schränke, Vitrinen, Truhen und Sekretäre an den Wänden waren mit biblischen Motiven verziert; Lüppo Buss konnte lodernde Scheiterhaufen, reißende Löwen und von Pfeilen durchbohrte Leiber ausmachen. Über allem lag ein Geruch nach Bohnerwachs und kalter Asche. Dies war eindeutig kein Wohnzimmer, sondern eine *Gute Stube*, die nur zu ganz besonderen Gelegenheiten genutzt wurde.

Der Hausherr durchquerte den Raum und betrat ein sich anschließendes, viel kleineres Zimmer. Hier war es deutlich gemütlicher und nicht so steril wie in dem Prachtsaal nebenan. Es gab ein Sofa, zwei blankgesessene Ledersessel, Bücherregale und einen Fernseher. Auf einem niedrigen Mahagonitischchen lagen Zeitschriften. Und in einer Ecke des Raumes, von hohen Zimmerpflanzen kaschiert, standen zwei Stahlschränke. Bottmeier ging schnurstracks darauf zu, angelte ein Schlüsselbund aus der Tasche und machte sich daran, die Schränke mit Doppelbartschlüsseln zu öffnen.

Nico Backhaus hatte die dünnen Latexhandschuhe bereits übergezogen. Eine nach der anderen nahm er die Kurzwaffen aus ihren Halterungen, verglich Typ und eingestanzte Nummern mit seiner Liste, roch an Mündung, Schloss und Hahn, machte kleine Häkchen auf Papier und stellte die Pistolen und den blitzenden Colt vorsichtig zurück. Mit einer knappen Kopfbewegung bedeutete er den KTU-Kollegen – und natürlich auch den Kolleginnen –, die eingehenderen Untersuchungen vorzunehmen.

Dann wandte er sich den Gewehren zu. Bottmeier stand daneben, die Hände in die Seite gestemmt, ließ die Beamten nicht aus den Augen und wirkte trotzdem ziemlich unbeteiligt.

Lüppo Buss hielt sich abseits. Neben und über sich konnte er die Schritte der uniformierten Kollegen hören, welche die anderen Räume des Hauses untersuchten. Dabei ging ihm ein Gedanke nicht aus dem Kopf. Dieser Gedanke bezog sich auf eine Beobachtung, die ihm zunächst ganz unbedeutend vorgekommen war.

Bottmeier hatte die Waffenschrankschlüssel einfach so aus der Tasche gezogen. Aus der Tasche seines Bademantels.

Wer trug sein Schlüsselbund im Bademantel – vor allem, wenn seine eigene Haustür unverschlossen war?

Konnte Bottmeier gewusst haben, dass ihm die Polizei auf die Bude rücken würde? Na ja, geahnt auf jeden Fall. Auf Langeoog waren Morde geschehen, Schusswaffen waren dabei benutzt worden, da mussten Schusswaffenbesitzer darauf gefasst sein, unter die Lupe genommen zu werden. Aber doch nicht, wann genau. In diesem Fall um halb sechs Uhr morgens.

Der Inselpolizist trat noch einen halben Schritt zurück und sah sich unauffällig um. Bis auf die beiden Stahlschränke wies nichts in diesem Raum auf einen Waffennarren hin. Doch, halt – unter den Illustrierten auf dem Tischchen befand sich auch ein Waffenmagazin. Und dort, fast ganz verdeckt von der Fernsehzeitung, das musste *Guns and Ammo* sein. Wer las denn so etwas in Deutschland?

Ansonsten aber – nichts. Keine Deko-Waffen an den

Wänden, kein Heraldik-Schnickschnack, keine nachgebauten Steinschloss-Duellpistolen, keine gekreuzten Degen. Keine einschlägigen Drucke oder Ölgemälde an den Wänden. So etwas erwartete man doch von solchen Leuten! Oder lag er damit etwa falsch? Alles nur Klischees, alles nur Vorurteile?

Vielleicht, dachte Lüppo Buss. Vielleicht aber auch nicht. Wer seine Waffenschrankschlüssel in der Bademanteltasche trägt, der hat zu Waffen kein normales Verhältnis, sondern ein inniges. Und das müsste man seiner Wohnung eigentlich auch ansehen. Jedenfalls ein bisschen.

Es sei denn, er legte Wert darauf, genau das zu vermeiden.

Der Inselpolizist wandte sich unauffällig ab und schlenderte aus dem Raum, durchquerte die *Gute Stube* und erreichte den langen Korridor, durch den Bottmeier sie vorhin geführt hatte. Er war menschenleer; eine Treppe führte nach oben, wo die Schwester des Hausherrn wohnte. Leise Geräusche von dort zeigten an, dass sie sich offenbar gerade tagesfertig machte. Aus den benachbarten Räumen hörte er seine Kollegen leise rumoren.

Lüppo Buss musterte die Türen, die rechts und links vom Korridor abgingen. Da war eine Gästetoilette, deutlich gekennzeichnet. Er probierte die Tür daneben – ein Putzmittelraum. Daneben der Hauswirtschaftsraum mit Durchgang zur Küche und zum Garten. Auch vom Korridor ging eine Tür zur Küche ab. So, wie sie eingerichtet war, diente sie alltags offenbar auch als Esszimmer.

Blieb noch eine Tür, ganz hinten links. Gerade wurde sie von innen geöffnet. Der Inselpolizist stand einem seiner Kollegen vom Festland gegenüber. »Und? Was gefunden?«, fragte er aufs Geratewohl.

Der Uniformierte, der Lüppo Buss um Haupteslänge überragte, schüttelte den Kopf. »Nichts gefunden im Schlafzimmer. Keine Knarre in der Nachttischschublade.« Er grinste schief. »Die anderen haben bisher auch nichts entdecken können. Anscheinend gibt es hier nur die offiziell gemeldeten Waffen. Sieht wohl so aus, als wäre die Aktion ein Griff ins Klo.«

Wenn er wollte, konnte Lüppo Buss ein richtig gutes Pokerface machen. Jetzt gerade wollte er das. Er ließ seinen Kollegen einfach stehen und nahm die Inspektion des Korridors wieder auf.

Da war die Garderobe, ein Traum aus Teakholz, Messing und bemalten Delfter Kacheln. Das Motiv war spektakulär, ein Vollschiff in offenkundiger Seenot. Das Bild erstreckte sich über zwölf Fliesen. Bestimmt alt und wertvoll. Die Motivwahl wies auch in diesem Fall auf einen eher morbiden Geschmack hin, genau wie bei den geschnitzten Möbeln.

Da war eine weitere Glasvitrine, eine sogenannte Buddelei, deren Regale mit kristallenen Gläsern und gravierten Schalen aus Messing und Zinn vollgestellt waren. Hatten die Bottmeiers so viel von dem Zeug, dass sie schon ihren Hausflur damit dekorierten? Lüppo Buss interessierte sich weder für die Gläser noch die Metallgefäße, vielmehr musterte er die hölzernen Füße der Vitrine. Er bückte sich, rüttelte und schob daran herum, aber ohne Ergebnis. Er schnaubte unzufrieden.

Da war ein Bücherregal, knapp mannshoch, auch aus dunklem Edelholz. Drei der Regalbretter waren mit dicken, leinengebundenen Buchklubausgaben halbwegs vollgestellt, der Rest war mit kleinen Kästchen und Vasen auf gehäkelten Deckchen dekoriert. Wie viel von solchem Kram gab es wohl in diesem Haus? Und waren das alles Erbstücke, oder hatte Bottmeier vielleicht auf seinen Urlaubsreisen die Flohmärkte geplündert?

Lüppo Buss fielen die Bücherregale in dem Zimmer neben der Prunkstube wieder ein. Dort gab es auch Sessel und ein Sofa, dort konnte man es sich beim Lesen gemütlich machen. Aber hier, auf dem Korridor? Nirgendwo ein Sessel oder auch nur ein Stuhl. Wozu stand hier ein Bücherregal? Etwa für Feriengäste? Aber die gab es in diesem Haus ja gar nicht, und für Touristen hätte man wohl auch aktuellere regionale Werke bereitgestellt und nicht diese alten Schinken.

Der Inselpolizist bückte sich. Die dicke Leiste unter dem untersten Regalbrett war in der Mitte kunstvoll ausgesägt; rechts und links hatte man breite Regalfüße stehen lassen. Rechts schien alles normal zu sein. Und links …

Lüppo Buss pfiff durch die Zähne. Da waren Spuren auf den Bodenfliesen, keine Kratzer, sondern Schleifspuren, ganz oberflächlich nur. Sie waren vielleicht zehn Zentimeter lang und wiesen annähernd rechtwinklig von dem Regalfuß weg.

Eine Erinnerung, die schon länger in seinem Hinterkopf gelauert und auf den richtigen Moment gewartet zu haben schien, stand ihm plötzlich klar vor Augen. Ein Haus in Amsterdam. Ein Flur im ersten Stock. Ein Regal, das sich verschieben ließ, das nur Tarnung war für die Tür, die dahinter verborgen lag. Die Tür zu einem Versteck. Zum Versteck der Familie Frank. Die dahinter lange gehofft hatte und am Ende doch verraten worden war.

Der Inselpolizist griff nach dem linken Seitenbrett des Regals, zog daran. Nichts rührte sich. Er stellte sich breitbeinig auf, griff mit beiden Händen zu, zog mit mehr Kraft. Das Regal bewegte sich keinen Millimeter. Aha, dachte Lüppo Buss. Jedes normale Regal hätte sich so bewegen lassen. Dieses hier ist nicht normal.

Er steckte seine kräftigen Finger in den Spalt zwischen Regal und Wand, fuhr damit vorsichtig von unten nach oben. Oberhalb der Mitte stieß er auf ein Hindernis; es fühlte sich nach Metall an. Ohne erst nachzusehen, tastete er darüber, krümmte dann die Finger. Wie von selbst hakte sich sein Zeigefinger hinter einem Knauf ein. Ein leichter Widerstand, der sich schnell überwinden ließ. Etwas rieb und klickte. Das hölzerne Regal schwankte leicht.

Der Regalfuß scharrte ein Stückchen über die Fliesen, als er die linke Seite erneut nach vorn zog, diesmal erfolgreich, jetzt, da der versteckt angebrachte Riegel gelöst war. Danach schwang das Bücherregal lautlos in seinen Scharnieren herum. Ein dunkles Loch kam dahinter zum Vorschein, hoch genug, um es gebückt zu passieren. Wieder kam Lüppo Buss das Versteck von Anne Frank und ihrer Familie in Amsterdam in den Sinn, und er fühlte sich eine Sekunde lang unerklärlich schuldig. Dann schüttelte er das Gefühl ab. Hier hielt sich schließlich kein unschuldig Verfolgter versteckt. Wenn hier etwas verborgen war, dann etwas ganz anderes.

Vorsichtig steckte er seinen Kopf in die dunkle Öffnung. Kellermuff, mit dem er gerechnet hatte, konnte er keinen wahrnehmen. Dafür etwas anderes, etwas Ölig-Metallisches. Einen feinen, aber typischen Werkstattgeruch, der ihm sofort bekannt vorkam. Hatte nicht Bernhard Bottmeier vorhin diesen Geruch verströmt? Unter anderem?

Im Korridor war es nicht sehr hell, so gewöhnten sich die Augen des Inselpolizisten schnell an das Dunkel hinter dem Regal. Schon konnte er Treppenstufen ausmachen, die nach unten führten, dann auch einen Lichtschalter. Als er ihn betätigte, musste er die Augen zusammenkneifen, so grell war der Niedergang beleuchtet.

Sollte er Nico Backhaus holen? Oder einen der anderen Kollegen? Er entsann sich der Wichtigtuerei des Hauptkommissars mit seinen Listen und der Häme der anderen Beamten. Von wegen »Griff ins Klo«! Die konnten jetzt ruhig warten. Schnell streifte er sich ebenfalls Latexhandschuhe über und betrat die Kellertreppe. Nach kurzem Zögern zog er die getarnte Tür hinter sich zu.

Eine ganz normale hölzerne Kellertreppe mit einer 90-Grad-Windung. Eine ganz normale, weiß getünchte Wand. Alles recht sauber für einen Keller, aber das ganze Haus war ja sehr sauber, zeugte von Ordnungssinn, basierend auf Wohlstand. Dass aber am Fuß der Treppe ein Teppich lag, fand der Inselpolizist schon recht erstaunlich.

Nachdem er unten im Kellergang die erste Tür geöffnet hatte, wurde der Teppich allerdings schlagartig nebensächlich.

Alles, was er oben vermisst hatte, nämlich die an den Wänden zur Schau gestellten Gewehre von der Hakenbüchse bis zur Vollautomatik, die Hieb- und Stichwaffen aus mehreren Jahrhunderten, die Stockdegen, Macheten und Stilette, die Wappen, Flaggen, Gemälde militaristischer Provenienz – hier unten gab es das im Überfluss. Sämtliche Wände waren von der Decke bis dicht an den Boden dekoriert. Möbel gab es fast gar nicht, lediglich in der Mitte des Raumes stand eine Zweier-Sitzbank, eine von der Sorte, wo die beiden Sitze in entgegengesetzte Richtungen zeigen. Ob Bottmeier wohl einen Lieblingsplatz hatte, wenn er hier unten saß, um seine Schätze zu bestaunen?

Lüppo Buss kratzte sich versonnen den Nacken. Viele dieser Waffen mochten als Sammlerstücke durchgehen, vorausgesetzt, sie waren nicht in schießfähigem Zustand. Einige von den moderneren Schießprügeln aber verstießen vermutlich sogar gegen das Kriegswaffenkontrollgesetz. Da würde es wohl nicht ausreichen, die Schlagbolzen zu entfernen. Diese Dinger war Bottmeier auf jeden Fall los. Und er konnte von Glück reden, wenn es dabei blieb.

Dann schlich sich nach und nach etwas anderes in Lüppo Buss' Bewusstsein, etwas an sich ganz Harmloses, das er sofort bemerkt, dem er aber keine Beachtung geschenkt hatte: die Tür an der Stirnseite des Raumes. Ging es dahinter etwa noch weiter?

Nicht nur das. Dahinter ging es erst richtig los.

Der Keller war weitläufig und erinnerte in seiner Aufteilung an eine unterirdische Wohnung, allerdings eine ohne Fenster. Jeder dieser Räume war mit Waffen vollgehängt, und der Inselpolizist hatte den Eindruck, dass das Arsenal mit jedem Raum brisanter wurde. Sturmgewehre, Maschinenpistolen, leichte Maschinengewehre sogar. Und in einem unverschlossenen Schrank schachtelweise Munition. Als er dann auch noch ein Sortiment Handgranaten entdeckte, schwirrte Lüppo Buss der Kopf. Jeder Schießverein hat einen Verrückten, hatte Backe gesagt. Er hatte recht behalten. Wie verrückt dieser Waffenverrückte hier allerdings war, davon hatte er wohl keine Vorstellung gehabt. Hoffentlich.

Neulich, das wusste der Inselpolizist genau, war der Besitzer eines ähnlichen Waffenarsenals zu vier Jahren Gefängnis verurteilt worden. Okay, er war vorbestraft gewesen. Aber etwas in dieser Preislage würde Bottmeier wohl auch drohen.

Oder auch deutlich mehr, dachte der Oberkommissar, nachdem er die nächste Tür geöffnet hatte. Der Ölgeruch wurde schlagartig stärker. Waffenöl – jetzt erkannte Lüppo Buss die vertraute Note. Der Raum war eindeutig eine Werkstatt, eine, die jedem Feinmechaniker Ehre gemacht hätte. Standbohrer und Drehbank zeigten an, dass hier nicht nur zerlegt und geputzt, sondern auch verändert und umgebaut wurde. Viele Waffen gängiger Typen wurden im Internet mit zugeschweißtem Lauf und ohne Schlagbolzen angeboten; so waren sie reine Dekoration. Es war jedoch ein offenes Geheimnis, dass die Unbrauchbarmachungen von kundiger Hand rückgängig gemacht werden konnten. Zum Beispiel in einer Werkstatt wie dieser. Und dann waren die Dekostücke plötzlich wieder tödliche Waffen.

Auf einem blitzblanken Metalltisch lag ein Filztuch. Das Tuch wies flache Buckel auf. Der Inselpolizist griff danach, zuckte zurück. Besann sich darauf, dass er ja schon Handschuhe trug. Hob vorsichtig eine Ecke des Tuches an. Darunter lagen die Teile einer zerlegten Pistole. Einer Beretta 92, um genauer zu sein; der Schriftzug auf dem Seitenteil war unübersehbar. Nicht mehr ganz taufrisch, dieses Modell, aber absolut funktional. Fünfzehn Patronen fasste das Magazin. Kaliber neun Millimeter.

Das würde passen.

Vorsichtig breitete Lüppo Buss das Tuch wieder über

die eingeölten Pistolenteile. Dann machte er sich auf den Rückweg zur Treppe. In jedem der waffenstarrenden Räume hielt er noch einmal kurz an, schaute sich um und ließ die Details auf sich wirken, so als könnte sich all dies als Trugbild erweisen und bei seiner Rückkehr nicht mehr vorhanden sein. Dann stieg er die Treppe empor. Das Licht ließ er brennen.

Aus dem Korridor hörte er Stimmen. Vorsichtig drückte er gegen die getarnte Tür, gefasst auf Ausrufe der Überraschung oder des Schrecks. Niemand aber schien ihn zu bemerken, was wohl daran lag, dass die Gruppe mit Nico Backhaus, Bernhard Bottmeier und den anderen Polizisten – und Polizistinnen – am anderen Ende des Flures stand. Niemand schaute in seine Richtung.

Eine Frau in elegantem Businesskostüm stand bei der Gruppe; das musste Bottmeiers Schwester sein. Lüppo Buss hatte sie noch nie zuvor bewusst gesehen. Sie sah gar nicht schlecht aus, fand er, hochgewachsen und jünger als erwartet.

»Herr Buss!«, rief Backhaus gerade. »Lüppo! Donnerwetter noch mal, wo steckst du denn? Wir wollen los!«

Der Inselpolizist drückte die Regal-Tür zurück an die Wand. Dann baute er sich mitten im Korridor auf, so breit er konnte. »Ich bin hier«, sagte er, ohne die Stimme zu heben. Nico Backhaus und die anderen fuhren zu ihm herum, und Lüppo Buss genoss den Anblick ihrer Gesichter. Gerade so lange, bis Nico Backhaus erneut den Mund öffnete. Genau in diesem Moment streckte Lüppo Buss den Arm aus und ließ die getarnte Kellertür aufschwingen.

Nico Backhaus' Mund blieb offen und stumm. Seine Kollegen glotzten wie die Zierfische. Bernhard Bottmeiers

Gesichtshaut, die inzwischen einen fast normalen Ton angenommen hatte, wurde grauer als zuvor. Seine Schwester schaute verständnislos drein.

»Herr Bottmeier, Sie sind vorläufig festgenommen«, sagte Lüppo Buss, »wegen vielfachen Verstoßes gegen das Waffengesetz.« Er schluckte, zögerte kurz und fuhr dann mit betont fester Stimme fort: »Und wegen des Verdachts der Mittäterschaft bei der Ermordung von Ulf Diekmann.«

»Was?!« Nico Backhaus und Bottmeiers Schwester stießen den Ruf gleichzeitig aus. Bottmeier selbst sagte nichts. Er senkte nur den Blick.

»Sie beide bringen Herrn Bottmeier bitte ins Polizeibüro An der Kaapdüne«, wies der Inselpolizist zwei seiner uniformierten Kollegen an. Den dritten und mit Abstand längsten winkte er zu sich: »Sie begleiten bitte die Kolleginnen und Kollegen von der Kriminaltechnik nach unten. Alles aufnehmen und sichern. Besonderes Augenmerk bitte auf die zerlegte Beretta im letzten Raum. Und Vorsicht mit dem Kopf.« Als der Lange an ihm vorbeiging, absolute Verständnislosigkeit im Blick, konnte Lüppo Buss nicht länger an sich halten. »Und nicht vergessen: Handschuhe an beim Griff ins Klo«, raunte er ihm zu.

Er grinste noch, als Nico Backhaus sich vor ihm aufbaute. »Wärst du vielleicht so gut, deine überlegene Weisheit mit mir zu teilen!«, zischte der Hauptkommissar ihn an.

»Na logo. Und nichts für ungut«, sagte Lüppo Buss versöhnlich. »War ein Zufallstreffer, aber voll ins Schwarze.« Er zeigte auf das Kellerloch, in dem gerade die letzte KTU-Kollegin verschwand. »Schau es dir selber an. Ich schätze, diesen Fall können wir abschließen.«

14.

»Sie haben ihn.« Bodo Schmidt platzte mit seiner Neuigkeit heraus, noch ehe sein Hosenboden Kontakt mit der Bahnhofsbank aufgenommen hatte. »Hab's mit eigenen Augen gesehen.«

Die drei anderen Mitglieder der Viererbande fixierten den Neuankömmling, Skepsis im Blick. »Mit welchen Augen denn auch sonst«, ließ sich Ocko Onken vernehmen. Die anderen blieben stumm.

Der dicke Schmidt aber ließ sich davon nicht beirren. »Ihr glaubt nicht, wer es war«, sprudelte es aus ihm hervor. »Bernhard Bottmeier! Der vom Seglerverein, der mit der Angeberyacht. Und im Schießverein ist er auch, genau wie Ulf Diekmann.«

Drei Augenbrauenpaare ruckten in die Höhe. Selbstverständlich hatten die drei anderen längst registriert, wovon ihr Kumpan Schmidt sprach, und ihr Interesse an dieser Neuigkeit war brennend. Aber natürlich gehörte es sich nicht, das allzu deutlich zu zeigen. Coolness war eben beileibe keine Erfindung der Jugend – höchstens das Wort.

»Wieso denn Bottmeier?«, krächzte Harm Bengen. »Wie käme der denn dazu?«

»Wenn ich es doch selber gesehen habe, wie sie ihn abgeführt haben!«, beharrte Schmidt. »Heute früh, vor ein paar Minuten erst! Bei sich zu Hause abgeholt und zur Kaapdüne gebracht, mit bewaffneter Eskorte. Rasiert war er auch nicht.«

»In Handschellen?«, fragte Klaas Reershemius.

»Öhhh.« Schmidt legte die hohe Stirn in Falten. »Nee, glaube nicht.«

»Dann ist er auch kein Mörder«, knarzte der Älteste der Viererbande. »Mörder werden immer in Handschellen abgeführt. Sieht man doch ständig im Fernsehen.«

»Hallo? Habt ihr was an den Ohren?« Bodo Schmidt sah sich um seinen Triumph gebracht und wurde langsam sauer. »Die Polizei hat eine Hausdurchsuchung bei Bernhard Bottmeier gemacht, heute Morgen um halb sechs! Acht Mann hoch, hab's nachgezählt. Lüppo und dieser neue Hauptkommissar waren auch dabei. Die Aktion hat mehr als eine Stunde gedauert. Dann haben sie Bottmeier abgeführt, zwei Mann in Uniform. Der Rest ist gleich dageblieben. Wahrscheinlich nehmen die gerade den ganzen Protzpalast auseinander, Stück für Stück.« Sein feistes Gesicht glänzte vor Schweiß und Schadenfreude.

»Woher weißt du das alles denn so genau?«, fragte Onken.

»Weil ich dabei war!«, prahlte Schmidt.

»Von Anfang an?«

»Allerdings! Ich habe alles mit angesehen.«

»Ach.« Onken kniff die Augen zusammen. »Dann musst du ja wohl vorher davon gewusst haben, denn wie ich dich kenne, kommst du doch freiwillig nicht so früh aus dem Bett.«

»Tja.« Bodo Schmidt spreizte sich. »Man hat eben so seine Informationsquellen.«

»Lange Ohren hat er!«, krähte Klaas Reershemius. »Die hängt er dann heimlich in anderer Leute ihre Quellen rein! So einer ist das nämlich.«

Die anderen gackerten. Schmidt wurde rot, aber weniger aus Scham als aus Ärger. Typisch, dass die anderen versuchten, ihm seinen Triumph kaputt zu machen!

»Aber wieso Bottmeier?«, wiederholte Harm Bengen seine Frage. »Wieso soll der denn was gegen Ulf Diekmann gehabt haben, so doll, dass er ihn gleich umbringt? Das macht man ja nicht mal eben so. Also, ich wüsste da keinen Grund.«

Alle schauten Schmidt an. Der kreuzte verstockt die Arme über seinem Kugelbauch. Sollten die anderen doch zusehen, wie sie sich einen Reim darauf machten! Er hatte gesehen, was er gesehen hatte, und er hatte es gesagt. Punkt.

Klaas Reershemius räusperte sich. »Vielleicht ja … wegen der Schwester?«

»Diekmann hatte doch gar keine Schwester«, knurrte Ocko Onken.

Reershemius rammte seinen Stock aufs Pflaster. »Quatsch! Wegen Bottmeiers Schwester natürlich. Ihr wisst doch, die Ursula, die bei ihm im Haus wohnt. War der Diekmann nicht mal hinter der her?«

Schmidt schnaufte. »Kann schon sein. Sieht ja auch gar nicht so schlecht aus, die Dame. Na und?«

»Von wegen na und!« Klaas Reershemius lachte ein bitteres Lachen. »Der Bottmeier, das ist ja nicht irgendeiner! Denkt er wenigstens. Der Mann hatte schon goldene Löffel im Mund, da war er noch kaum geboren. Sein Großvater und sein Vater sollen wohl zu diesen Stahlbaronen gehört haben, die es früher mal an der Ruhr gab, vor der Stahlkrise. Bloß waren die Bottmeiers schlau gewesen und hatten schon alles zu Geld gemacht, als die

Stahlbranche anfing, den Bach runterzugehen. Bernhard Bottmeier ist von Beruf Sohn und Erbe. Ich kann euch sagen, so reich möchte ich auch mal sein.«

Die drei anderen brauchten eine Weile, um diese neue Information zu verarbeiten. Selbst Schmidt, der sich unvermutet schnell übertrumpft sah, überlegte angestrengt. »Sind Bottmeier und Schwester denn die alleinigen Erben ihrer Sippschaft? Oder gibt es da noch andere?«

Reershemius schüttelte den Kopf. »Nee, nur die beiden. Und weil die Schwester so viel jünger ist als er und noch klein war, als der Vater starb, wurde Bernhard Bottmeier testamentarisch auch als Treuhänder für den Erbteil von Ursula eingesetzt.«

»Ach so.« Ocko Onken nickte. »Bis zur Volljährigkeit. Verstehe.«

»Nix verstehst du! Der Text geht anders.« Klaas Reershemius fiel in einen verschwörerischen Flüsterton: »Die Ursula hat es mal meiner Frau erzählt, weiß auch nicht mehr warum. Die Verfügungsberechtigung über ihr Erbe erhält sie erst, wenn sie verheiratet ist.«

»Was!« Bodo Schmidt bekam große Augen. »So etwas gibt es heute noch? Ist das denn überhaupt rechtlich zulässig?«

»Keine Ahnung. Ursula Bottmeier denkt jedenfalls nicht daran, den letzten Willen ihres Vaters anzufechten. Und wo kein Kläger, da kein Richter.« Klaas Reershemius' zahnlose Kiefer mahlten im Leerlauf.

»Und wo kein Ehemann, da kein Erbe«, krächzte Harm Bengen. »Oder, anders herum: Wo kein Ehemann für Ursula, da doppelter Erbteil für Bernhard.«

»So sieht's aus.« Bekräftigend rammte Reershemius seine

Stockspitze auf den Boden.

»Also hat Bottmeier den Diekmann erschossen, weil der seine Schwester heiraten wollte«, fasste Bodo Schmidt zusammen. »Nicht zu glauben! Dann müssen die beiden sich ja schon ziemlich einig gewesen sein, ich meine, Ulf Diekmann und die Ursula Bottmeier. Dass ich davon gar nichts mitgekriegt habe! Ich dachte immer, das Techtelmechtel zwischen den beiden wäre schon eine Weile her.«

»So kann man sich täuschen«, krächzte Harm Bengen.

»Liebe blüht eben im Verborgenen«, säuselte Ocko Onken dazu.

»Door sechst du watt«, knarrte Klaas Reershemius.

Versonnen schweigend blickten die Mitglieder der Viererbande dem nächsten Urlauberzug entgegen.

15.

»Ihr Name ist Bernhard Bottmeier?«

Der Angesprochene blickte hilfesuchend zu Lüppo Buss. Der aber zuckte nur die Schultern und wies mit dem Daumen auf Nico Backhaus. Der Hauptkommissar leitete nun einmal die Ermittlungen, also leitete er auch diese Vernehmung.

Auch wenn der große Triumph in dieser Sache dem Inselpolizisten gebührte. Er hatte ihn still, aber weidlich ausgekostet. Und das tat er immer noch.

»Ja«, antwortete Bottmeier schließlich. Seine Gesichtshaut sah aus wie aufgeweicht; ihr Grauton wurde durch die Bartstoppeln noch verstärkt.

Backhaus referierte weitere Daten wie Geburtsdatum und Anschrift. »Sie wissen, was wir im Keller Ihres Hauses gefunden haben?«, fragte er dann.

Bottmeier nickte stumm.

»Bitte antworten Sie hörbar«, sagte Nico Backhaus geschäftsmäßig und deutete auf das Aufnahmegerät.

»Ja«, sagte Bottmeier mit brüchiger Stimme.

»Sie geben zu, der Besitzer all dieser größtenteils illegalen Gegenstände zu sein?«

»Ja.«

»Und die getarnte Tür zum Korridor haben Sie selbst hergestellt?«

Bottmeier musste sich räuspern. »Ja.«

»Also waren Sie sich der Illegalität Ihrer Sammlung durchaus bewusst.« Backhaus fixierte sein Gegenüber:

»Warum antworten Sie nicht?«

»Auf welche Frage denn?«, entgegnete Bottmeier.

Nico Backhaus kniff seine Augen zusammen. »Waren Sie sich bewusst, dass es verboten ist, solche Waffen, und ich meine vollautomatische Kriegswaffen, ich meine Handgranaten, ich meine große Mengen an Munition – dass es unter Strafe steht, so etwas zu erwerben und zu horten?«

»Ja«, sagte Bottmeier und nickte bekräftigend.

Nico Backhaus klappte den Mund auf und zu. Irgendwie hatte er den Faden verloren.

»Hör mal, Bernhard.« Lüppo Buss schaltete sich ein. »Du bist kein Tischler, richtig? Und dein Hobby ist Holz auch nicht gerade. Du bist mehr der Metall-Typ.« Er lächelte freundlich. »Hat man ja in deinem Keller gesehen. Also, Bernhard, das nehme ich dir nicht ab, dass du diese Geheimtür allein gebaut hast. Komm, sag schon, wer war das?«

Bottmeier schaute auf die Tischplatte. Backhaus schaute zu Lüppo Buss. Der wartete schweigend ab.

»Ja, ich hatte Hilfe«, gab Bottmeier schließlich zu.

»Von wem denn?«, hakte Lüppo Buss sanft nach.

»Von Manni«, sagte Bottmeier. »Manfred Zempel.«

Jetzt war es der Inselpolizist, der den Blick seines Vorgesetzten suchte. Da war sie doch, die Verbindung zu einem der beiden Mordopfer! Allerdings eine zu dem falschen. Zempel war doch eindeutig von Diekmann erschossen worden, nicht von Bottmeier. Und zwar mit Diekmanns höchsteigener, über den Schießverein ordnungsgemäß gemeldeten Waffe, nicht etwa mit einer aus dem reichhaltigen Keller-Arsenal des Stahl-Erben. Oder gab es an einer dieser Tatsachen irgendwelche Zweifel?

Nico Backhaus zuckte kaum merklich die Schultern. Dann zog er das Gespräch wieder an sich. »Reden wir über die Beretta. Modell 92, nicht wahr? Wie sind Sie an diese Waffe gekommen?«

»Von einem US-Soldaten«, antwortete Bottmeier leise, aber ohne zu zögern. »Er war in Weeze stationiert, am Niederrhein. Hat dort mit seinen Kameraden gerne auch private Schießübungen veranstaltet; zu Hause in Texas war so etwas wohl üblich. Nach der Wiedervereinigung wurde seine Einheit zurück in die Staaten verlegt, und er hat noch schnell alles zu Geld gemacht, was er nicht mehr brauchte.« Bottmeier seufzte. »In den USA kann jeder Bürger alle möglichen Waffen kaufen, ganz legal. Bei uns wird einem das ja unheimlich schwer gemacht. Deshalb konnte er hier auch viel mehr Geld für die relativ alte Waffe erzielen.«

»Wie viel denn?«

Ein kleines Lächeln huschte über Bottmeiers Züge. »600 Mark, wenn ich mich recht entsinne. Viel zu viel natürlich. Aber ich bin nicht so gut im Feilschen.«

Hast du ja auch nicht nötig, dachte Lüppo Buss. »Weißt du von jeder deiner Waffen noch, wann und von wem du sie gekauft hast?«, fragte er.

»So ziemlich. Ist eben mein Hobby. Jedes Stück meiner Sammlung hat seine eigene Geschichte, und die jeweils letzte Episode ist die, wie sie in meinen Besitz gekommen ist.« Bottmeier schien ein wenig aufzutauen.

»Wann haben Sie zuletzt mit Ihrer Beretta geschossen?«, fragte Nico Backhaus.

Na toll, dachte Lüppo Buss, jetzt macht Bottmeier natürlich gleich wieder dicht. Andererseits musste diese

Frage natürlich gestellt werden.

Der Befragte verschränkte die Arme vor der Brust. »Weiß ich nicht mehr«, behauptete er.

»Und warum haben Sie die Waffe dann zerlegt und gereinigt?«

»Routinemäßig.« Er blickte den Hauptkommissar herausfordernd an.

»Ach, routinemäßig.« Backhaus nickte übertrieben ernsthaft. »Haben Sie da ein festes Pensum? Oder vielleicht einen Wochenplan?«

Bottmeier presste die Lippen aufeinander.

»Ich sage Ihnen was«, fuhr der Hauptkommissar fort. »Zuletzt benutzt haben Sie Ihre Beretta vorgestern Abend. Sie haben Ulf Diekmann damit in den Kopf geschossen, aus nächster Nähe. Dann, so vermute ich mal, haben Sie die Waffe zunächst einmal versteckt. Als wir aber nicht gleich auf Sie zugekommen sind, haben Sie sich gedacht: Schade um das schöne Stück, warum soll ich das verschwinden lassen? Nehme ich es doch auseinander und beseitige alle Spuren, das reicht schließlich auch!«

Bottmeier schwieg weiterhin.

»Und zwar haben Sie das genau heute Morgen getan, in der Annahme, dass Sie so früh niemand dabei stören oder gar überraschen würde. Was dann aber bekanntlich doch geschehen ist. Also haben Sie schnell das Tuch über die eingeölten Teile gebreitet. Stimmt's?«

»Ich habe Ulf Diekmann nicht erschossen«, sagte Bernhard Bottmeier.

»Und ob Sie das haben!« Backhaus wurde laut. »Warum hätten Sie sonst diesen Aufstand mit der Waffe machen sollen! Von wegen Routine!«

»Ich habe überhaupt nicht mit dieser Beretta geschossen«, fuhr Bottmeier fort. »Nur seinerzeit, als ich sie gekauft habe, auf diesem Schießstand auf dem Ami-Stützpunkt in Weeze. Seitdem nicht mehr.« Er schaute erst Nico Backhaus in die Augen, dann Lüppo Buss.

»Wo warst du denn vorgestern Abend?«, fragte der Inselpolizist. »So um die Zeit des Feuerwerks herum?«

»Zu Hause«, erwiderte Bottmeier. »Ich habe gelesen. Das Feuerwerk habe ich gehört und auch den Widerschein durchs Fenster gesehen, daher weiß ich das genau.«

»Wer kann das bezeugen?«, fragte der Hauptkommissar.

Bottmeier zuckte die Schultern. »Meine Schwester war oben«, sagte er. »Sie hatte sich schon nach dem Abendessen zurückgezogen. Sonst war niemand im Haus; die Haushälterin war bereits gegangen.«

»Also kann das niemand bezeugen«, stellte Backhaus fest.

Es klopfte leise an der Bürotür. Der Inselpolizist öffnete schon den Mund, aber Backhaus kam ihm zuvor. »Herein.«

Es war der baumlange Beamte. Er schenkte Lüppo Buss einen scheuen, bewundernden Blick; die Papiere, die er in der Hand hielt, gab er jedoch Nico Backhaus. Es schien sich um Faxe oder Computerausdrucke zu handeln. Der Hauptkommissar überflog sie schnell. Sein Gesicht bekam einen harten Zug.

»Herr Bottmeier«, sagte Backhaus, »ich gebe Ihnen die Chance, Ihre Aussage zu revidieren. Lügen bringen Sie nicht weiter, hier auf Langeoog nicht und später vor Gericht auch nicht.«

»Ich habe nicht auf Ulf Diekmann geschossen«, wiederholte Bottmeier. »Und vorgestern Abend zur Zeit des

Feuerwerks war ich zu Hause.«

»Dieser Laborbericht hier spricht eine andere Sprache«, entgegnete Backhaus und hielt die Papiere hoch. »Schnelle Arbeit übrigens, muss ich schon sagen, der Hubschrauber hat sich gelohnt. Also, erstens: Ihre Beretta 92, Herr Bottmeier, ist die Waffe, mit der Herr Diekmann erschossen wurde. Das haben der Beschusstest und der anschließende Geschossvergleich zweifelsfrei ergeben. Zweitens haben sich unter Schwarzlicht zellulare Anhaftungen an den äußeren Waffenteilen gezeigt. Der genetische Vergleich braucht noch etwas, aber wir gehen davon aus, dass es sich um Blut- und Gewebespritzer des Opfers handelt. Da hat Ihr ganzes Putzen also nichts genützt, Herr Bottmeier. Oder haben wir Sie zu früh dabei gestört?«

Bottmeiers Gesicht war wie versteinert.

»Und drittens schließlich«, fuhr Backhaus genüsslich fort, »haben wir einen Fingerabdruck entdeckt, einen sehr schönen, gut zu identifizieren. Nicht an den Einzelteilen der Waffe selbst, oh nein, so weit waren Sie mit dem Reinigen ja schon gekommen! Das Magazin aber haben Sie sich offenbar bis zuletzt aufgespart. Da fand sich dann besagter Abdruck. Nun raten Sie mal, von wem der stammt!«

Bottmeier starrte Backhaus an. Lüppo Buss runzelte die Stirn. Wollte der graugesichtige Mann das etwa wirklich wissen?

»Natürlich von Ihnen«, sagte Nico Backhaus. »Und deshalb, Herr Bottmeier, werden Sie jetzt umgehend dem Haftrichter vorgeführt und kommen anschließend in Untersuchungshaft. Wie schon gesagt, Ihre Lügen nützen Ihnen gar nichts.«

»Ich lüge nicht«, sagte Bottmeier leise. »Es ist meine

Waffe, ich habe sie gereinigt und dabei angefasst, klar. Aber ich habe nicht damit geschossen. Schon gar nicht auf diesen Herrn Diekmann.«

»Und wer war es dann?«, fragte Lüppo Buss.

Bottmeier schüttelte den Kopf.

»Na wer?«, rief Nico Backhaus.

»Das weiß ich nicht.« Bernhard Bottmeier senkte den Kopf.

Backhaus warf die Papiere auf den Schreibtisch und schlug mit der flachen Hand drauf. »Dann war's das. Sie gehen jetzt zurück in die Arrestzelle, bis der Hubschrauber wieder hier ist. Dann werden sich Richter und Staatsanwaltschaft um Sie kümmern.«

Bottmeier nickte und erhob sich.

16.

Am Vormittag gönnte sich Sina Gersema gerne ein Viertelstündchen an der frischen Luft. Das taten ihre Patientinnen auch, nur hatten die meisten von ihnen eine andere Vorstellung von frischer Luft als ihre Psychologin. Fast alle Frauen, die auf dem weiten Platz vor der Klinik *Waterkant* einzeln oder in kleinen Gruppen in der Sonne standen, rauchten wie die Schlote. Und fast alle waren sie klapperdürr.

Sina setzte ihr strahlendstes Lächeln auf, als sie zwischen den Anorexie-Patientinnen hindurch zum Fahrradstand ging, und grüßte nach rechts und links. Sie hütete sich, einer der Frauen etwa Vorhaltungen wegen ihres Lasters zu machen; Magersüchtige standen immer unter gewaltigem Druck, und den bauten sie entweder auf die eine oder auf eine andere Weise ab. Brachte man sie durch Kontrolle und sanften Druck zum Essen, setzten sie ihren Körpern zum Ausgleich zum Beispiel durch exzessives Rauchen zu. Hinderte man sie nun daran, würden sie sich vielleicht ritzen. Unterband man auch das … nein, besser nicht.

Sina seufzte tief, kaum dass sie sich außer Hörweite wähnte. Sie hatte sich da einen Beruf ausgesucht, der sie nicht nur ständig in Kontakt mit dem Elend anderer Menschen brachte, sondern sie auch zwang, tief darin einzutauchen, um Ursachen zu begreifen, Beweggründe zu isolieren und Therapievorschläge machen zu können. Oft genug ging es dabei um Leben und Tod.

Sie liebte ihren Beruf, aber er fraß an ihr. Um nicht völlig verschlungen zu werden, versuchte sie, wenigstens in den Pausen ein wenig für sich zu sein. Selbst das verursachte ihr schon wieder Schuldgefühle, aber die bekam sie immerhin noch in den Griff.

Der nächste Termin nach der Pause versprach wenigstens etwas Abwechslung. Mal keine essgestörte, magersüchtige oder bulimische Frau, die sich selber zerstörte, weil sie mit dem Druck nicht klarkam, den Beruf, Schönheitsideal, Vater, Ehemann, Gesellschaft oder einfach nur sie selbst auf sie ausübten. Nein, diesmal handelte es sich um eine andere Erscheinungsform aus der großen und stetig wachsenden Familie der Süchte. Spielsucht. Na, Sina war gespannt.

Natürlich hatte sie wenig Erfahrung mit dieser speziellen Suchtform, und das hatte sie auch eingewandt, als die Anfrage kam, weitergereicht von der Klinikleitung. Mangel an Erfahrung war ein klarer Minuspunkt. Die Pluspunkte aber schienen schwerer zu wiegen. Natürlich die räumliche Nähe, denn die neue Patientin wohnte offenbar auf Langeoog. Und sie schien Sina auch zu kennen und vertrauenswürdig zu finden. Na schön, hatte Sina gesagt, einen Versuch können wir ja machen.

Ohne darüber nachzudenken, hatte sie ihr Smartphone aus der Handtasche gezogen und wischte darauf herum. E-Mails, Facebook, neueste Nachrichten – das ging schon alles automatisch. Wie bei einer Schülerin, die im Pausenhallengetümmel stumm und grußlos an allen vorübertapste, den Blick stur auf ihr Display gerichtet. Jetzt meldeten sich Sinas Schuldgefühle aufs Neue, und das massiv. Mit ihren Patientinnen, sprich: anderen Menschen wollte sie nicht reden, aber auf diesen Zeitkiller zu glotzen war okay? Wenn das nicht auch eine Form von Sucht war!

Und die konnte sie noch nicht einmal selbst therapieren.

»Verdammter Mist!« Sina blieb wie angewurzelt stehen. In Gedanken war sie direkt zu ihrem Fahrrad gelaufen, obwohl sie überhaupt nicht vorhatte, es zu benutzen – was schade war, denn es herrschte bestes Ausflugswetter. Natürlich ging die Arbeit vor. Aber mit diesem Rad, das sah sie auf einen Blick, war momentan sowieso keine Tour zu machen; der Hinterreifen war platt. Nicht etwa nur weich oder schlapp, nein, komplett platt, so dass die Felge praktisch auf dem Boden stand. War sie etwa durch Scherben gefahren? Aber das hätte sie doch merken müssen! Oder hatten ihr etwa irgendwelche ungezogenen Gören das Ventil geklaut?

Sie steckte ihr Smartphone ein und schaute genauer hin. Nein, das Ventil war noch an seinem Platz. Und das vom Vorderrad auch. Allerdings war auch vorne der Reifen völlig luftleer.

Sina bückte sich, unterdrückt vor sich hin fluchend. Das sah jetzt eher nach Sabotage aus. Hatte ihr etwa einer in die Reifen gepiekt?

Nein, gepiekt konnte man das nicht nennen. Aufgeschlitzt war das passendere Wort. Beide Reifen und beide Schläuche wiesen mehr als zehn Zentimeter lange Schnitte auf. Da hatte jemand ein scharfes Messer zum Einsatz gebracht. Mit voller Absicht.

Sina traten die Tränen in die Augen. Wer konnte denn so gemein gewesen sein? Sie war ja keine gebürtige Insulanerin, lebte aber doch schon an die zwei Jahre auf Langeoog, lange genug, um sich hier heimisch zu fühlen. Und sie hatte sich auch einigermaßen akzeptiert gefühlt. Klar, vieles, was die Insider betraf, lief nach wie vor an ihr vorbei. Aber sie drängte sich eben auch nicht auf, steckte ihre Nase nicht in alles hinein, sondern erweiterte und pflegte ihre Kreise langsam und bedächtig, signalisierte Interesse, wo es vorhanden war, und wartete ansonsten ab, wer oder was auf sie zukam. Distanz wahren, um keine Abwehr zu provozieren – das klappte im Urwald doch auch, warum nicht auf Langeoog?

Vielleicht hatte jemand ihr Fahrrad verwechselt, versuchte sie sich zu trösten. Vielleicht galt dieser aggressive Akt ja jemand ganz anderem. Sehr wahrscheinlich aber war das nicht. Nicht, seit sie den Fahrradrahmen lila lackiert und mit kleinen Gänseblümchen verziert hatte. Nein, der Messerstecher hatte wohl sie gemeint, sie und nur sie. Irgendwem schien sie auf die Zehen getreten zu sein. Dies hier sollte wohl eine ernste Warnung sein.

Nur: wessen Zehen? Wann, wo und wie draufgetreten? Sina hatte nicht die Spur einer Ahnung, was sie eigentlich falsch gemacht haben sollte. Und das machte es auch nicht einfacher, auf diese Warnung zu reagieren. Nicht, dass sie etwa vorgehabt hätte, sich einschüchtern zu lassen. Oh nein, sie nicht! Sie wusste genau, wo sie sich in solch einem Fall Hilfe holen konnte. Professionelle Hilfe. Aber ein paar Anhaltspunkte wären auch dafür nicht schlecht gewesen.

Für die Reparatur würde sie ebenfalls professionelle Hilfe benötigen. Sie seufzte noch einmal tief. Kein Problem, auf dieser fahrradfreundlichen Insel eine Werkstatt zu finden, zumal an einem Werktag. Aber die zerschnittenen Reifen und Schläuche konnte sie vergessen, die mussten ersetzt werden, und das ging ins Geld.

Sie schaute auf ihre Armbanduhr: Ihre Pause war schon so gut wie vorbei. Höchste Zeit, sich ihrer neuen Patientin zu widmen. Gesehen hatte sie die ja noch nicht; ihr Bruder hatte den Termin für sie ausgemacht. Merkwürdig, wieso der Bruder? Sie war doch eine erwachsene Frau. Wie hieß sie auch noch? Ach ja: Ursula Bottmeier.

Sina trabte los, um nicht erst nach ihrer Patientin im Behandlungszimmer anzukommen.

17.

Lüppo Buss saß an seinem Schreibtisch, dessen Platte wie immer untadelig glänzte, und starrte in einen Aktenordner, ohne irgendetwas wahrzunehmen. Wenn ihm jemand in diesem Augenblick den Ordner unter der Nase weggezogen hätte, der Inselpolizist hätte es nicht bemerkt. Außer ihm aber war momentan niemand im Raum.

Was will ich denn eigentlich, dachte Lüppo Buss. Es ist doch alles klar! Beide Morde geklärt, alles erledigt, alles supi, Abschlussbericht, Belobigung, Schulterklopfen. Besser hätte es doch gar nicht laufen können. Alles ist wunderbar.

Von wegen. In seinem Inneren rumorte es wie in einer Kesselschmiede, und äußerlich befand er sich in einem Zustand, der an Lähmung grenzte. Lähmung, die auch sein Gehirn ergriffen zu haben schien. Zwar wirbelten seine Gedanken herum und herum wie ein ungebremstes Windmühlenflügelkreuz bei Orkan, aber keiner dieser Gedanken führte zu irgendetwas. Außer zu noch mehr Unruhe.

Ulf Diekmann war der Mörder von Manfred Zempel, das stand fest. Oder nicht? Diekmanns Gewehr war eindeutig als Tatwaffe identifiziert worden, und der seinerseits erschossene Diekmann hatte es noch in seinen kalten Händen gehalten, als man ihn fand. Das war doch ein klarer Fall! Was wollte er denn noch?

Ein Motiv vielleicht. Das hatten sie bisher noch nicht. Aber wozu denn auch? Motive dienten dazu, Täter zu ermitteln. Wenn man den Täter aber schon hatte, wozu brauchte man dann noch ein Motiv? Wenn alle Puzzleteilchen passten und nur noch eine einzige Lücke blieb, wozu brauchte man dann noch das letzte Stück?

Der Inselpolizist tastete nach seinem Teebecher, hob ihn an die Lippen und trank. Der Tee war kalt und bitter; Dosenmilch war alle. Tja, auch so ein Fall.

Aber der Mord an Diekmann, war denn nicht wenigstens dabei alles klar? Tatwaffe gefunden und identifiziert, illegalen Besitzer ermittelt, Fingerabdruck auf der Waffe. Und sogar ein Motiv hatte Bernhard Bottmeier! Der zuverlässige Langeooger Buschfunk hatte es Lüppo Buss zugetragen. Seine Schwester und die Hälfte des Familienvermögens hätte der Mann vor einem Mitgiftjäger schützen wollen ... Hm. War das nicht etwas dünn? Der Inselpolizist schüttelte den Kopf. Nein, es waren schon Leute aus geringeren Gründen ermordet worden.

Blöd war nur, dass Bottmeier noch nicht gestanden hatte. Im Gegenteil, er hatte die Tat rundheraus abgestritten. Nicht, dass ihm das viel nützen würde, wo doch alle anderen Indizien gegen ihn sprachen. Aber irgendwie ... fehlte auch hier das letzte Stück.

Dafür gab es ein Puzzlestück, das nirgendwo hineinpassen wollte. Zempel, der Bottmeier die Geheimtür eingebaut hatte. Eindeutig Profiarbeit, das hatte Lüppo Buss sofort gemerkt, so leicht, wie die Regaltür sich bewegen ließ! Auch wenn sie sich im Laufe der Jahre um ein, zwei Millimeter gesenkt hatte, weshalb sie jetzt auf dem ersten Stück Boden leicht schleifte und dadurch die verräterische Spur hinterlassen hatte – ein Laie hätte das nie hinbekommen. Ein Kunsttischler natürlich schon.

Was aber mochte Bottmeier dem Zempel erzählt haben, wozu die Geheimtür diente? Musste doch klar gewesen sein, dass in diesem Keller etwas Unkoscheres vonstatten gehen sollte, denn verfolgt wurden die Bottmeiers ja wohl nicht. Hatte er Manni Zempel irgendein Märchen aufgetischt? Oder ihm schlicht die Wahrheit erzählt und entsprechend viel Geld rüberwachsen lassen? Zempel hatte Geld nötig gehabt. Aber er hatte auch als durch und durch korrekter Typ gegolten. Was hatte in diesem Fall den Ausschlag gegeben?

Vielleicht die Schwester, Ursula Bottmeier, die oben im Haus wohnte. Vielleicht hatte der Hausherr ja vorgegeben, sein Hobby, dessen wahres Ausmaß er Zempel wohl verschwiegen hatte, vor seiner Schwester gänzlich verbergen zu wollen. Vielleicht, damit sie sich nicht so aufregte. Konnte das sein? War Ursula Bottmeier solch eine übersensible, vielleicht sogar lebensuntüchtige Person? Der Inselpolizist wusste wenig über sie, da sie recht zurückgezogen lebte. Eine Tatsache, die vielleicht ein einschlägiger Hinweis war.

Diese Schwester. War sie vielleicht ein weiteres Puzzlestück, das nirgendwo hineinpassen wollte? Oder hatte er den richtigen Platz nur noch nicht bemerkt, vielleicht, weil er andere Stückchen falsch platziert hatte?

Ärgerlich wollte Lüppo Buss den Ordner, in den er schon so lange blicklos stierte, zuschlagen. Im letzten Moment bremste er sich. Er hatte diese Dokumente, die zu denen gehörten, die sie in Zempels Werkstatt sichergestellt hatten, durchsehen wollen – also tat er das jetzt auch, punktum. Ganz egal, ob das noch einen Sinn hatte oder nicht. Viele Seiten waren es ja außerdem nicht mehr.

Das obenauf liegende Dokument war der Mietvertrag für Manni Zempels Werkstatt. Vermieter: Ulf Diekmann. Ach ja, das war auch so ein Puzzlestück, das vielversprechend ausgesehen hatte, aber nirgendwo hineinpasste. Juhu, eine Verbindung zwischen Täter und Opfer! Aber diese Spur führte zu nichts. Wegen ihres Mietverhältnisses hatten sich die beiden ganz offenkundig nicht in die Haare bekommen.

Der Inselpolizist blätterte um. Eine handschriftliche Zusatzvereinbarung, von beiden unterschrieben. Dass es so etwas im PC-Zeitalter noch gab! Ach so, das Untermietverhältnis, betreffend Frau Karen Moosbach. Lüppo Buss dachte an die Kriegsverletzung und musste schmunzeln. So eine gut aussehende Frau, und dann solch eine Frisur! Aber auch hier hatte sich nichts ergeben. Diekmann hatte zugestimmt, fertig, aus. Kein Konflikt.

Das nächste Dokument. Ach, schau an, ein Erbschein! Manni Zempel hatte das Haus einer entfernten Verwandten zugesprochen bekommen. War es also finanziell doch nicht so schlecht um ihn bestellt gewesen wie gedacht?

Eine Immobilien-Erbschaft war immer ein Thema auf der Insel. Warum hatte er denn nicht früher davon gehört, fragte sich Lüppo Buss und rieb sich die Stirn. Hatte er doch, fiel ihm nach und nach wieder ein. Die Sache mit dem Erbfall lag schon eine Weile zurück, der Notar hatte sich mit der Erbensuche Zeit gelassen, so hatte der Inselpolizist wohl das Interesse an der Angelegenheit verloren. Ein sonderlich stattliches Haus war es ja auch nicht, mehr so eine alte Klitsche. Da musste man sicher ordentlich investieren, ehe man etwas damit anfangen konnte.

Das nächste Blatt war ein amtliches Schreiben. Vom

Landkreis, aha. Was hatte Zempel denn von dem gewollt? Was auch immer, es war abschlägig beschieden worden. Lüppo Buss schaute sich den letzten Absatz genauer an: »Aus den genannten Gründen können wir Ihnen keine Genehmigung erteilen, das o.a. Objekt zur Vermietung an Feriengäste zu nutzen.« Au weia, warum das denn nicht? Der Inselpolizist überflog die ausführliche Mängelauflistung. Treppe zu steil, Kopffreiheit zu gering, Raumhöhe unzureichend, Entlüftung nicht vorschriftsmäßig ... Da kam allerhand zusammen. Jeder Mangel für sich genommen war eigentlich keine große Sache, aber alles in allem sah das nach einer Katastrophe aus. Jedenfalls, wenn einer vorgehabt hatte, mit dem geerbten Haus Geld zu verdienen, anstatt erst einmal eine Menge davon hineinzustecken. Geld, das er nicht hatte.

»Lüttje Mann hett nix as Tegenstötten«, murmelte Lüppo Buss vor sich hin. Das war doch so typisch: Kaum lachte einem armen Mann mal das Glück, schon kam der Pferdefuß in Form behördlicher Vorschriften. Und trat erbarmungslos zu.

Sein Diensttelefon klingelte. Nico Backhaus, über Handy. »Der Hubschrauber kommt heute nicht mehr«, rief der Hauptkommissar ins Mobiltelefon und war trotzdem kaum zu verstehen; anscheinend stand er irgendwo im Wind, denn es rauschte und knatterte mächtig. »Wird anderweitig gebraucht, heißt es. Was machen wir jetzt? Behalten wir Bottmeier noch eine Nacht hier, oder fragen wir die Kollegen vom Wasserschutz?«

Der Inselpolizist überlegte. Bernhard Bottmeier war vierundfünfzig, körperlich höchstens mittelprächtig beieinander, und wenn etwas an ihm gefährlich erschien, dann seine exorbitante Waffensammlung. »Warum nicht mit der Fähre?«, fragte Lüppo Buss zurück. »Das geht am unkompliziertesten. Vom Anleger in Bensersiel an übernimmt die Kripo Aurich. Besser, als wenn wir ihn eine Nacht hier behalten.« Nicht, dass sich der Mann in der Zelle noch etwas antat. So, wie die Dinge lagen, konnte Bottmeier sich vor Gericht keine besonders großen Chancen ausrechnen. Im Knast würde ihm sein ganzer Reichtum nichts nützen. Na ja, ein bisschen sicher doch, es gab da Möglichkeiten – aber nicht wesentlich. Konnte schon sein, dass ein reicher Erbe wie er ein Ende mit Schrecken vorzog.

Das soll er dann in Aurich machen, aber nicht hier, dachte Lüppo Buss. Aber er hütete sich natürlich, es auszusprechen.

»Meinst du wirklich?« Backhaus klang skeptisch. »Da wird doch bestimmt eine Menge los sein an Bord. Stell ich mir schwierig vor, so mit einem Gefangenen im Urlaubergetümmel …«

»Montags ist es sicher nicht so voll«, sagte der Inselpolizist. »Musst es ja auch nicht alleine machen. Was ist mit der Verstärkung? Die Kollegen bleiben doch sicher auch keinen Tag länger als nötig hier, so knapp, wie alle Dienststellen mit Personal dran sind. Die KTU-Leute haben noch zu tun, aber die anderen drei fahren doch spätestens morgen zurück zum Festland. Frag sie mal, was sie davon halten, schon heute Abend zu fahren. Da sind die bestimmt dabei, und du hast eine schöne Eskorte für dich und deinen Gefangenen.«

Es rauschte und prasselte aus dem Hörer. Dann sagte Nico Backhaus: »Klingt so, als wolltest du die Leute so schnell wie möglich wieder loswerden! Aber okay, ich kann sie fragen. Und natürlich ihre Dienststellenleitung. Wenn alle einverstanden sind, machen wir es so.«

»Ach nee, das klingt nur so«, wiegelte Lüppo Buss ab. »Wäre wirklich am einfachsten auf diese Weise. Alles klar, dann warte ich deine Meldung ab. Bis dann!« Er legte auf.

Die Kollegen dürften gerne noch ein bisschen auf Langeoog bleiben, dachte er, während er die letzten Seiten des Ordners durchblätterte und ihn dann zuklappte. Die will ich gar nicht von der Insel runter haben. Nur mit dir, Freund Nico, sieht das ein bisschen anders aus.

Dabei hatten sie sich doch schon ganz gut zusammengerauft und funktionierten als Team recht passabel, das musste der Inselkommissar zugeben. Aber Hauptkommissar blieb Hauptkommissar und war ein Vorgesetzter, also ging es hier ums Prinzip.

Sein Blick fiel auf den altmodischen Aktenbock rechts neben seinem Schreibtisch. Ach ja, die Unterlagen von Ulf Diekmann musste er auch noch zu Ende durchgehen. Mehrere Ordner, Hefter und eine Menge Ausgedrucktes. Na, so sehr eilte das jetzt nicht mehr. Dafür war morgen auch noch Zeit.

Morgen, wenn Nico Backhaus nicht mehr hier war. Er wollte ihm wirklich nicht unrecht tun. Aber Hauptkommissare, die Lüppo Buss auf Langeoog gerne sah, gab es nur einen, und der hieß nicht Backhaus.

18.

Gut sieht sie aus, dachte Sina. Hochgewachsen und schlank, auf sportliche Weise. Brünett. Hübsches Gesicht, nussbraune Augen, weit auseinanderstehend, Wangenknochen gerade markant genug, um dem Ganzen Kontur zu verleihen. Kräftiger Mund, Kieferknochen breit, aber ein zartes Kinn. Gerade unharmonisch genug, um nicht langweilig zu wirken. Dafür jung. Laut Geburtsdatum war Ursula Bottmeier 41 Jahre alt, aber 33 hätte man ihr auch geglaubt. Gutes Make-up oder gut erhalten?

Andererseits aber wirkte sie älter, als sie war. Genau genommen ein Jahrhundert älter. Das lag nicht etwa an ihrer Kleidung; knielanger Rock, Bluse und Blazer waren weiß Gott kein jugendliches Outfit, dafür aber erstklassige Markenware und von aktuellstem Schnitt. So gesehen einfach nur Upper Class. Die Art jedoch, wie sich die Frau gab ... Sina drängte sich der Begriff Fräulein auf. Höhere Tochter ebenfalls. Beschützt, behütet, von der Welt ferngehalten und ihr entfremdet. Darauf vorbereitet, aus den Händen des Vaters – oder des älteren Bruders – in die eines Ehemannes weitergereicht zu werden.

Dies aber war irgendwie unterblieben. Und so war das Fräulein aus der Zeit gefallen.

Und Sina, das stellte sie gerade fest, hatte dem Fräulein nicht zugehört. Da redete Ursula Bottmeier endlich einmal, was geduldiges Locken und Bohren erfordert und lange genug gedauert hatte – und nun hörte sie nicht zu! Wie peinlich.

»Angst, sagten Sie«, warf sich Sina auf den einzigen Schlüsselbegriff, den sie gerade noch mitbekommen hatte. »Umreißen Sie für mich doch bitte noch einmal, wie Sie Ihre eigene Angst definieren würden. Einfach zur Verdeutlichung, für sich selbst und für mich. Haben Sie keine, äh, keine Furcht vor Wiederholungen.« Puh.

»Ich habe Angst vor dem Risiko«, wiederholte Ursula Bottmeier, und wenn sie die Unaufmerksamkeit ihrer Therapeutin mitbekommen hatte, dann ließ sie sich nichts anmerken. »Eine tief verwurzelte Angst vor dem Unkalkulierbaren. Mein Leben lang hat man alle Risiken von mir ferngehalten. So gut wie nie musste ich eine Entscheidung von größerer Tragweite selbst treffen. Immer hat man mir das abgenommen. Wofür ich ja eigentlich dankbar war.« Sie knetete die Henkel ihrer Handtasche. »Irgendwann muss ich wohl gedacht haben, Risiken sind Monster, sind wie große wilde Tiere, mit denen nur starke Männer fertig werden können.« Ihre Augen begannen zu glitzern.

Unauffällig schaute Sina genauer hin. Nein, Tränen waren das nicht.

»Was war denn zuerst da, Ihre Angst oder der Schutz durch die starken Männer?«, fragte sie. »Womit Sie ja sicherlich Ihren Vater und Ihren Bruder meinen.«

Ursula Bottmeier nickte. »Das ist schwer zu sagen. Wie Henne und Ei. Ich glaube schon, dass ich früher ein ganz normales Kind war, wenn auch kein besonders wildes. Ängstlicher als andere Kinder war ich sicher nicht. Das ständige Behütetsein dürfte aber vorhandene Ängste eher verstärkt haben. Dann zeigt man Unsicherheit, und die Behüter fühlen sich bemüßigt, noch fürsorglicher zu sein. Das ist ein dialektischer Prozess.« Sie schaute Sina fragend an: »Dialektisch ist Ihnen doch ein Begriff?«

»Natürlich.« Sina schenkte ihrer Patientin ein gütiges Lächeln. »Sie wurden also dazu erzogen, Risiken zu meiden und Entscheidungen anderen zu überlassen. Ab wann … ich meine, wann schlug das denn um? Lässt sich dafür ein Zeitpunkt benennen?«

Ursula Bottmeier senkte ihre langen Wimpern. »Ganz genau nicht. Jedenfalls nach dem Tod meines Vaters, längere Zeit danach. Als mir bewusst wurde, dass ich volljährig war – aber eben irgendwie auch nicht.«

»Und warum irgendwie auch nicht?« Das ist ja schon mehr als ihr halbes Leben her, dachte Sina und erschauerte innerlich. »Weil Sie … bisher unverheiratet sind?«

Ihre Patientin schaute ihr nun direkt in die Augen; ihr ganzer Ausdruck veränderte sich. Plötzlich strahlte Ursula Bottmeier eine Kraft aus, die man ihr nie zugetraut hätte. Weil sie die bis dahin mit viel Mühe verborgen hatte? Ihr Lächeln wechselte von höflich zu spöttisch. »Da haben Sie tatsächlich recht«, sagte sie in einem Ton, der unter der samtenen Oberfläche der Höflichkeit scharfe Krallen deutlich spüren ließ. »Was aber keineswegs Ihr Verdienst ist, denn die Annahme, die ich Ihnen einfach mal unterstelle, ist falsch. An sexuellen Erfahrungen mangelt es mir nicht, glauben Sie mir. Wobei ich auch dabei immer mehr Wert auf Qualität denn auf Quantität gelegt habe. In einer bisher unterbliebenen Erweckung dieser Art liegen meine Probleme nicht begründet. Sondern in der schlichten und eher äußerlichen Tatsache, dass ich unverheiratet bin.«

Sina reckte das Kinn vor, nahm eine betont legere Haltung ein und strich sich die Haare aus dem Gesicht. »Ich bin ganz Ohr«, sagte sie nur. Kein Wort zu den

Annahmen ihrer Patientin, die natürlich stimmten, und zu dem überraschenden Wechsel ihrer Persönlichkeitsoberfläche. Dies hier versprach, interessant zu werden. Vorschnelle Einwürfe konnten mögliche Erkenntnisse nur verfälschen.

»Das Testament meines Vaters«, erklärte Ursula Bottmeier, »sprach meinem Bruder und mir jeweils die Hälfte des vererbten Vermögens zu. Allerdings wurde Bernhard testamentarisch als Verwalter des gesamten Vermögens eingesetzt. Nicht etwa bis zu meiner Volljährigkeit, sondern bis zu meiner Verehelichung.« Sie schüttelte den Kopf. »Die es ja bis zum heutigen Tage nicht gegeben hat, aus welchen Gründen auch immer.« Wieder dieses Kopfschütteln, als gelte es, einen unangenehmen Gedanken, eine böse Erinnerung aus dem Kopf zu schleudern. »Das Vermögen, um das es geht, ist übrigens recht erheblich, wenn auch nicht direkt märchenhaft groß.« Ihr Lächeln war wieder da, bekam aber einen leicht bitteren Zug. »Es ist genügend Geld für uns beide da, um sehr gut davon zu leben, ohne jemals arbeiten zu müssen. Andererseits ist die Summe auch nicht groß genug, um damit etwas wirklich Neues, etwas Großes aufzubauen. Man könnte sagen, dieses Erbe hatte genau den Umfang, um einem gründlich den Charakter zu verderben.«

»Jetzt tun Sie sich aber unrecht.« Sina konnte doch nicht an sich halten; vielleicht, weil sie noch durch die Verarbeitung des Gehörten geblockt war. Was stand da in diesem unglaublichen Testament? Und wer hatte Ursula Bottmeier am Heiraten gehindert? »Genau, unrecht. Sich selbst und Ihrem Bruder auch.«

»Unrecht? Meinem Bruder? Bestimmt nicht.« Sie gab ein

schrilles, scheinbar unmotiviertes Lachen von sich. »Ach, Sie wissen wohl noch gar nicht, dass man ihn heute früh verhaftet hat! Von wegen, ich tue ihm unrecht.«

Sina spürte, wie ihr die Maske des Psycho-Profis entglitt. Nicht schade drum, fand sie, gut gesessen hatte sie eh nicht. »Um Himmels willen, nein! Das wusste ich wirklich nicht. Weswegen denn? Was wirft man ihm vor?«

»Mord an Ulf Diekmann.« Sie zuckte die Achseln. »Ich glaub's ja nicht. Trau ich ihm irgendwie nicht zu. Aber dass sein Waffenwahn ihn irgendwann in Schwierigkeiten bringen würde, das ist mir schon lange klar gewesen.« Sie berichtete ihrer Therapeutin in kurzen Worten von den gehorteten Waffen im Keller ihres Bruders. »Vermutlich denkt er immer noch, ich wüsste nichts davon«, fügte sie hinzu. »Als ob ich mich durch eine getarnte Tür hätte täuschen lassen! Obwohl, die Sache mit dem Regal ist handwerklich gut gemacht worden. Aber ich habe eine feine Nase. Immer, wenn ich durch den Korridor gegangen bin, ist mir dieser charakteristische Ölgeruch aufgefallen. Waffenöl. Tja, und als ich erst einmal misstrauisch geworden war, bin ich ziemlich schnell darauf gekommen, wo der Riegel verborgen war.«

Waffensammler, illegal, schwerer Verstoß gegen das Waffengesetz. »Okay, aber – Mord?«, platzte Sina heraus. »An Ulf Diekmann? Ja, mein Gott, ich meine – wie kommt Lüppo denn darauf?«

»Lüppo?« Himmel noch mal, dachte Sina, was für ein schnippisch-hochnäsiger Blick! »Ach, Sie meinen diesen Inselpolizisten. Ein ganz findiger Bursche, wenn Sie mich fragen. Hat Bernhards Waffenkeller entdeckt, schneller als ich seinerzeit. Respekt.« Ursula Bottmeier neigte anerkennend ihr Haupt. An der Frisur, die ihr Gesicht vorteilhaft umrahmte, rührte sich kein Haar. »Leiter der Aktion schien mir jedoch ein anderer Beamter zu sein, ein Herr Backhaus aus Aurich.«

»Na gut, in Ordnung. Und wie kommt nun *der* darauf?«

»Zunächst einmal sprechen die Fakten gegen Bernhard. Die mutmaßliche Tatwaffe wurde schließlich in seinem Keller gefunden.« Schadenfroh verzog Ursula Bottmeier den Mund. »Ein Alibi hat mein lieber Bruder auch nicht. Zwar gibt er die Tat nicht zu, aber ich muss sagen, ein Motiv hätte er durchaus gehabt.« Sie zwinkerte Sina zu. »Und das hat wieder mit unserer Ausgangsfrage zu tun, erinnern Sie sich noch? Warum ich nicht geheiratet habe. Nämlich wegen Bernhard! Sie hätten ihn mal erleben sollen. Immer, wenn sich bei mir etwas Festes angebahnt hat. Wie die Karikatur eines älteren Bruders hat er sich aufgeführt! Richtiggehend weggebissen hat er jeden ernsthaften Bewerber. Tja. Sobald die Herren bemerkt hatten, in was für eine Familie sie da einheiraten wollten, haben sie allesamt schnell einen Rückzieher gemacht. Und der letzte von ihnen war Ulf Diekmann.«

Sekundenlang saßen sich die beiden Frauen schweigend gegenüber, die Blicke ineinander gehakt. Dann sagte Sina langsam: »Frau Bottmeier, Sie wissen schon, was für ein Jahr wir haben, oder? Und welches Jahrhundert?«

Ursula Bottmeier nickte anerkennend. »Sie kaufen mir das nicht ab? Das spricht für Sie, muss ich schon sagen. Und zugegeben« – verschwörerisch neigte sie sich vor – »ich habe mir diese Konstellation auch zunutze gemacht. Ich bin nämlich beileibe nicht so versessen aufs Heiraten, wie mancher Mann auf mein Erbe versessen war! Zudem war ich bisher mit der besagten finanziellen Regelung ziemlich zufrieden. Meine Angst vor Risiken und eigenen Entscheidungen, Sie verstehen? Solch eine langfristige Bindung ist ja auch ein Risiko, da war es schon praktisch, eine Bulldogge zum Bruder zu haben, der alle Memmen verscheucht. Ausreichend Geld habe ich ja ohnedies immer gehabt. Es ist ja nicht so, dass Bernhard knausrig mit meinem Geld gewesen wäre!« Ihr Lachen perlte durch den Raum.

»Den Rest aber«, fuhr Ursula Bottmeier ernster fort, »den Rest sollten Sie mir glauben. Es ist und war nämlich alles so, wie ich es Ihnen erzählt habe. Inklusive der Avancen des Herrn Ulf Diekmann. Ein recht charmanter Mensch, durchaus, und passabel aussehend. Aber vom Typ her doch zu sehr ein Emporkömmling. Ich meine, verstehen Sie mich nicht falsch!« Abwehrend erhob sie die Hand. »Die Bottmeiers kamen einst selber aus dem Proletariat, mein Ur-Urgroßvater hat noch unter Tage malocht. Nichts gegen Aufstieg also. Aber wenn man merkt, dass einer das unbedingt will, weil er mit aller Gewalt mehr sein möchte, als er ist, weil er sich nämlich selbst nicht gut genug ist – dann wird es peinlich, finden Sie nicht? So etwas muss ich nicht haben, jedenfalls nicht auf Dauer.«

»So einer war er also.« Sina nickte, wie sie es immer tat, wenn sie eine Patientin zum Weiterreden animieren wollte. »Wenn Sie ihn so sahen, wieso kam er denn dann eigentlich überhaupt als Heiratskandidat in Betracht?«

Ursula Bottmeier machte eine wegwerfende Handbewegung. »Ach, nicht wirklich! Nur – nun ja, wie schon erwähnt, er sah nicht schlecht aus. Und er gab sich Mühe. Das hat man doch gerne als Frau, nicht wahr? Für eine gewisse Zeit war er ganz amüsant.«

Nicht zu fassen, dachte Sina, was für eherne Moralvorstellungen ich habe! Jedenfalls verglichen mit gewissen anderen Leuten.

»Und außerdem«, jetzt grinste ihre Patientin spitzbübisch, »war er genau der Richtige, um meinen Bruder zu ärgern! Denn eigentlich, rein formal betrachtet, brachte er ja alle Voraussetzungen mit, um in unsere Familie einzuheiraten: ein beträchtliches eigenes Vermögen, vor allem Immobilien, eine leitende Position – na ja, Filialleiter! Aber immerhin. Und er gehörte irgendwie zur Insulaner-Oberschicht, jedenfalls beinahe. Eben auf dem Weg dorthin. Tja, das habe ich Bernhard alles schön unter die Nase gerieben. Einwenden konnte er wenig. Herrlich, das hat ihn so richtig auf die Palme gebracht! Was für ein Spaß!«

Sina spürte kalte Schauer auf ihrem Rücken. »Sie haben Ihren Bruder ganz bewusst wütend gemacht? Auf Ulf Diekmann?«

Das Grinsen verschwand aus Ursula Bottmeiers Gesicht wie von einer Wandtafel gewischt. »Wie jetzt? Meinen Sie etwa, es wäre meine Schuld, dass mein Bruder den Ulf erschossen hat? Also, wenn er es denn überhaupt war!«

»Ich meine«, sagte Sina langsam und bedächtig, »dass es zumindest riskant war, ihn auf diese Weise zu reizen, finden Sie nicht? Ich meine, dass Sie mit Ihrem Bruder auch so eine Art Spiel gespielt haben. Eins mit hohem Einsatz, aber für den mussten ja nicht Sie aufkommen.«

Ihre Patientin schüttelte kaum merklich den Kopf. Ihre Augen waren starr.

»Riskante Spiele üben einen großen Reiz auf Sie aus«,

fuhr Sina fort. »Das lässt sich aus Ihrer Biographie leicht erklären. Was in Ihrem wahren Leben nicht vorkam, weil Sie von Vater und Bruder in, wie ich finde, falsch verstandenem Beschützergeist davor abgeschirmt wurden, das haben Sie unbewusst stark vermisst. Und Sie haben sich Ersatz dafür gesucht. In Spielen, teilweise riskanten Spielen. Deshalb sind Sie ja auch heute hier. Aber mir scheint, Sie haben auch Spiele gespielt, die Ihnen als solche nicht bewusst sind. Mit möglicherweise fatalen Folgen.«

Ihr Blick fiel auf die Uhr. Herrjeh, die Zeit war schon wieder um! Gleich würde ihre nächste Patientin anklopfen. Sina musste Ursula Bottmeier hinauskomplimentieren, so leid ihr das auch tat, angesichts des herben Vorwurfs, den sie ihrer Patientin gerade an den Kopf geworfen hatte. Deren immer noch starrer Blick zeigte deutlich, dass der Treffer Wirkung hinterlassen hatte. Einerseits, so musste Sina sich eingestehen, hatte sie genau das beabsichtigt; andererseits war dies wohl kaum der richtige Weg, um der Frau zu helfen. Welche Rolle spielte Sina hier eigentlich, die einer Therapeutin oder einer Aushilfs-Ermittlerin?

Und ein Anruf bei Lüppo Buss stand ebenfalls an. Denn angesichts der Dinge, die sie soeben erfahren hatte, konnte sie sich unmöglich an das eigentlich verpflichtende Diskretionsgebot halten. So viel Ermittlerin war sie denn doch.

19.

Nico Backhaus steckte sein Handy wieder ein. Na also, dachte er zufrieden. Ein weiteres wichtiges Detail. Die Schlinge zieht sich zu, mein lieber Herr Bottmeier. Wenn du nicht bald gestehst, brauchst du es auch nicht mehr zu tun. Dann können wir auf dein Geständnis getrost verzichten.

Der Hauptkommissar saß auf der windgeschützten Terrasse der *Kajüte* am Hafen unter flatternden Markisen und genoss seinen Kaffee. Diesmal wirklich. Von hier aus hatte er einen erstklassigen Blick auf den Yachthafen, der schon aus allen Nähten zu platzen schien und doch von immer neuen Booten angelaufen wurde, und den Fähranleger. Nicht mehr lange, und er würde zusammen mit seinen Kollegen den mutmaßlichen Mörder Bernhard Bottmeier nach Bensersiel eskortieren. Quasi im Triumphzug, denn sein Einsatz hier auf Langeoog war ein voller Erfolg gewesen.

Der Anruf gerade hatte seine letzten Zweifel beseitigt. Die menschlichen Zellanhaftungen an Bottmeiers Beretta stammten tatsächlich von Ulf Diekmann; das Labor hatte sich mit der Genanalyse richtig beeilt. Eigentlich stand ja schon durch den Geschossvergleich fest, dass die Beretta die Tatwaffe war. Nunmehr war jeder Irrtum doppelt ausgeschlossen. Vor Gericht würde das schwer wiegen.

Wenn es überhaupt noch eine Sache gab, die Nico Backhaus ein klein wenig ärgerte, dann war das Bottmeiers fehlendes Geständnis. Das hätte die Sache wirklich rund gemacht. Ob er es vielleicht nachher auf der Fähre noch einmal versuchen sollte? Wäre nicht regelkonform, klar. Aber die Ablenkungen einer veränderten Umgebung, das Verlassen der Heimatinsel, die räumliche Annäherung an die strafende Instanz – all das vermochte eine Zunge zu lockern. Und in Gestalt seiner drei Kollegen wären ja auch Zeugen zur Stelle.

Backhaus leerte seine Tasse. Gut und schön. Aber wenn er ehrlich war, dann gab es doch noch etwas, das seinen Triumph ein bisschen trübte. Und das waren die fehlenden Schmauchspuren.

Jeder, der eine Waffe abfeuerte, kontaminierte sich dabei. Wenn Zünd- und Treibladung explodierten, gerieten Spuren der Verbrennungsrückstände unweigerlich auf Haut und Kleidung des Schützen. Diese Schmauchspuren waren über einen längeren Zeitraum nachweisbar. Waschen, duschen, schrubben nützte da gar nichts.

Auf Bottmeiers Haut hatte es keinerlei Schmauchspuren gegeben. Die Kriminaltechniker hatten sich verschiedener Nachweisverfahren bedient; außer Klebebändern hatten sie auch Polyvinylalkohol und das Weinsäure-Rhodizonat-Verfahren angewandt. Die waren richtig gut ausgerüstet gewesen, fand Nico Backhaus. Nur gebracht hatte das alles nichts. Keinerlei Spuren nachweisbar.

Bei Bottmeiers Kleidung war das leicht zu erklären – er musste sich eben sämtlicher bei der Tat getragener Kleidungsstücke entledigt haben. Vergraben, verbrannt, in einen Sammelcontainer geworfen, wie auch immer. Da konnte den Ermittlern höchstens ein glücklicher Zufall helfen. Bei der Haut aber lagen die Dinge anders. Da passierte eher das Gegenteil, nämlich dass KTU-Leute bei der Untersuchung versehentlich selbst Schmauchspuren auf die Körperoberfläche des Verdächtigen aufbrachten und so unwillentlich eine falsche Fährte legten. Wenn aber etwas vorhanden war, dann fanden sie es auch. Bei Bottmeier war schlicht nichts zu finden gewesen.

Hatte er Handschuhe getragen? Dünne Einweghandschuhe gehörten heutzutage zu jedem Verbandskasten. Die KTU aber hatte natürlich nicht nur die Hände untersucht. Und einen Taucheranzug hatte der Tatverdächtige ja wohl nicht angehabt.

Oder?

Nico Backhaus winkte der Bedienung und deutete auf seine leere Kaffeetasse. Eine ging noch, ehe er zurück in den Ort musste. So langsam wurde er wirr im Kopf. Und das, wo es doch eigentlich einen Triumph zu feiern galt!

Es wurde wirklich Zeit, dass er zurück nach Aurich kam. Mit Bernhard Bottmeier im Schlepptau.

20.

Ihr hochinteressanter Vormittag hatte Sina die Sache mit ihrem Fahrrad verdrängen lassen. In der Mittagspause, in der sie schnell mit dem Rad nach Hause flitzen wollte, wurde sie jedoch nachdrücklich daran erinnert. Unterdrückt fluchend, schloss sie ihr plattes Gefährt auf und schob es in Richtung Barkhausenstraße. Mit einem Fahrradverleiher dort war sie recht gut befreundet, vielleicht würde der ihr helfen.

Kaum hatte sie ein paar Schritte weit geschoben, die Sonne im Nacken, und sich an das wabbelige Gefühl gewöhnt, das die kaputten Reifen vermittelten, da schob sich ein großer, ungewöhnlich breiter und tiefschwarzer Schatten neben sie. Sina fuhr herum, ein freudiges Strahlen auf dem Gesicht.

Aber es war nicht der Erhoffte, es war Bodo Schmidt.

»Na, Rad kött?«, brummte der Dicke.

Sina zuckte die Achseln. Das war ja wohl offensichtlich.

»Beide Reifen gleich?« Schmidt stapfte neben Sina her, die Hände in den Taschen. »Liegen irgendwo Scherben rum? Das sollte man gleich melden!«

Oder wegmachen, dachte Sina. Aber mit den Händen in den Taschen geht das natürlich nicht. »Nee, keine Scherben«, fauchte sie Schmidt an. »Da ist ein Messerstecher unterwegs gewesen.«

»Messer?« Schmidt erstarrte in der Bewegung, und Sina bemerkte erfreut, dass der dicke Mann zurückblieb, während sie ihr waidwundes Rad tapfer weiterschob. Aber schnell holte der massive Schatten wieder auf.

»Stecher?« Bodo Schmidt keuchte unterdrückt. »Wer kann denn das gewesen sein?«

»Wenn Sie mir das sagen können, dann gibt's einen Orden«, gab Sina zurück.

Beide stapften sie weiter. Hinter Schmidts Stirn schien es zu arbeiten.

»Hab Sie gestern Abend gesehen, übrigens«, sagte der Dicke dann unvermittelt.

»Ach ja?« Die Vorstellung gefiel Sina gar nicht. »Wo denn? Und wann?«

»Na, abends. Im *Dwarslooper*. Hab Sie da gesehen.« Er zögerte. Dann: »Mit dem Freibeuter.«

»Freibeuter?« Ach ja, so wurde Michael Gödecke zuweilen genannt. »Na und?« Auf Langeoog stand man aber auch immer unter Beobachtung!

Ihre Replik war wohl ein bisschen zu schnippisch ausgefallen. Schmidt schaute sie jedenfalls schief von der Seite an. Unverschämt, wie sie fand. Überhaupt war ihr dieser ganze Schleimklumpen auf zwei Beinen zuwider. Wenn der einen nur anguckt, hat man das Gefühl, duschen zu müssen, dachte sie.

»Sah so aus, als hätten Sie beide da gut Spaß gehabt«, fuhr Schmidt fort.

Sina schnappte nach Luft – nicht nur, weil das Schieben eines Rades mit zwei schlackernden Reifen an den Felgen in der Mittagshitze ziemlich anstrengend war. Was bildete sich Kerl denn bloß ein, diese aufgeblasene Null! Unverschämt, dass er sie abends in der Kneipe beobachtete. Schamlos, was für Andeutungen er hier machte. Dieser Bodo Schmidt war ja wirklich so dreckig wie sein Ruf, und das wollte etwas heißen.

Dennoch wurde sie rot. Schließlich wusste sie ja, worüber sie mit dem netten Hafenmeister gescherzt, worüber sie sich beide köstlich amüsiert hatten. Sie hatte ihm das Versprechen abgenommen, mit niemandem sonst darüber zu sprechen. Vorerst wenigstens. Dieses Versprechen hatte er wohl nicht gebrochen – oder etwa doch?

Bodo Schmidt deutete mit seiner plumpen Hand auf Sinas Fahrrad. »Mit dem Messer, ja? Da ist aber jemand sehr sauer gewesen.«

Sina schwieg, kochend vor Wut. Ihr Gesicht lief dabei noch dunkler an. Das machte sie wütend auf sich selbst, und das Rot vertiefte sich weiter.

»Da muss man vorsichtig sein«, grummelte Schmidt. »Wenn einer schon sowas tut, dann kann man nie wissen, was der vielleicht sonst noch so macht.«

Kryptisches Gewäsch, dachte Sina und schob ihr Rad mit der Kraft der Wut schneller voran. Wenn dieser Blödmann mir etwas sagen will, dann soll er das tun, aber offen und ehrlich, nicht in dieser blöden Rätselform. Oder glaubt der etwa, ich frage ihn jetzt, was er damit meint? Das wäre für den doch nichts anderes als die Lizenz, mich endgültig vollzulabern! Von oben bis unten. Nein, oh nein, Herr Schmidt, diesen Gefallen tue ich Ihnen nicht.

Und dann verstand sie plötzlich, was Schmidt ihr hatte sagen wollen. Eine Warnung sollte das sein, nicht mehr und nicht weniger. Abrupt hielt sie an und wandte den Kopf. »Wer?«, rief sie laut.

Aber der dicke Bodo Schmidt war wie vom Erdboden verschluckt.

21.

So weit, so gut, dachte Nico Backhaus. Die Vermutung seines Insulaner-Kollegen, dass die Inselbahn an einem Montagnachmittag nicht allzu ausgelastet sein würde, selbst in der Hochsaison, jedenfalls nicht in Richtung Hafen, hatte sich als zutreffend erwiesen. So war es kein Problem gewesen, den ersten Waggon für das Publikum zu blocken, und sie hatten ihn allein für sich und ihren Gefangenen. Das machte die erste Etappe der Überführung schon mal einfacher. Da sollte eigentlich nichts schiefgehen.

Wenn sie denn erst einmal losging, diese Etappe. Noch nämlich hatte sich die Inselbahn keinen Meter bewegt.

Bernhard Bottmeier saß zusammengesunken auf seiner Holzbank. Es sah so aus, als wollte die Krümmung seines Rückens einfach nicht mit dem Schwung der lackierten Stabholz-Rückenlehne zusammenpassen. Was der Hauptkommissar übrigens absolut nachvollziehbar fand. Diese Bänke waren wirklich sagenhaft unbequem. Die einzige Entschuldigung dafür, eine so wichtige Verkehrseinrichtung dermaßen wirbelmordend auszustatten, mochte darin bestehen, dass die Fahrt nur jeweils wenige Minuten dauerte.

Der Gefangene trug einen hellgrauen Anzug aus leichtem Stoff; die Farbe korrespondierte gut mit seinem Teint. Seine Haut wirkte ebenso schlaff wie seine Haltung. Die Windjacke, die er locker in beiden Händen trug, passte dagegen überhaupt nicht zu seinem sonstigen Outfit. Tatsächlich diente sie auch allein dazu, die Handschellen zu verdecken. Nico Backhaus hatte auf Armschmuck bestanden. Wenn schon öffentliche Verkehrsmittel, dann wenigstens so.

»Darf ich?« Der baumlange Kollege, dessen Namen Nico Backhaus immer wieder vergaß, deutete auf die offene Plattform vorne am Waggon, eine Packung Zigaretten in der Hand. Backhaus seufzte und nickte. Sollte der Lange doch eine qualmen, solange es noch ging. Auf der Fähre würden sie im Salon sitzen, da verbot sich das. Und später im Auto sowieso.

Was sollte auch passieren? Sie hatten den ganzen langen Waggon für sich. Backhaus selbst saß nahe der hinteren Schiebetür, Bottmeier hockte in der nächsten Bankreihe, die beiden anderen Uniformierten saßen etwas weiter vorne und unterhielten sich leise. Die Situation war absolut unter Kontrolle.

Backhaus gähnte herzhaft. Diese beiden Tage waren anstrengend gewesen.

Ein Pfiff, endlich. Ruckelnd setzte sich die Bahn in Bewegung und beschleunigte. Wenn man denn von Beschleunigung überhaupt reden konnte; das Tempo blieb äußerst mäßig, geradezu beschaulich.

Langsam zogen die Bahngebäude an den Fenstern vorbei, wenig später der Flugplatz auf der linken Seite, ein paar Häuser mit Ferienwohnungen und der Reitplatz auf der rechten. Danach, so meinte sich Nico Backhaus zu erinnern, würden überwiegend Wiesen folgen, irgendwann zwischendurch das Golfplatzrestaurant. Kam das eigentlich vor oder hinter dem Wäldchen?

Der Zug überholte tatsächlich ein Grüppchen Radfahrer. Backhaus hätte gar nicht gedacht, dass er immerhin so schnell fuhr. Allerdings fuhren diese Radler auch ausgesprochen langsam. Ein anderer Radfahrer, der etwas sportlicher unterwegs war und die Gruppe gerade überholte, zog denn auch problemlos auf dem parallel zu den Gleisen verlaufenden Weg an der Inselbahn vorbei.

Rechts standen jetzt vor allem Bäume, relativ dicht. Aha, das Wäldchen kam also vor dem Golfplatz.

Der Lange stand immer noch vorne auf der Plattform und rauchte. Etwa schon die zweite Kippe? Der Hauptkommissar erinnerte sich, dass dieser Kollege eine ganz schön dicke Lippe riskiert hatte, als er auf die Insel abkommandiert worden war. Wenn das ein halbwegs typisches Verhalten war, konnte er Lüppo Buss' Abneigung gegen Festländer etwas besser verstehen. Hoffentlich hatte er selbst einen besseren Eindruck hinterlassen.

Der Lange jedenfalls war von Lüppo Buss ziemlich beeindruckt gewesen. Seit der den getarnten Kellereingang gefunden hatte, an dem er und seine Kollegen einfach vorbeigelaufen waren, war er ziemlich kleinlaut geworden. Backhaus stellte fest, dass er ihm so weitaus besser gefiel.

Draußen auf der Straße war wieder dieser Radfahrer. Hatte sich wohl tempomäßig übernommen und ließ es jetzt etwas ruhiger angehen, rollte mehr oder weniger neben dem Zug her. Trotz der Sommerwärme trug der Typ dunkle Sachen und eine Strickmütze zur Sonnenbrille. Na ja, wegen des Fahrtwindes konnte das auch ganz vernünftig sein.

War das überhaupt ein Mann? Schwer zu sagen, wenn das Haar unter einer Mütze verborgen war. Vielleicht auch eine Frau. Die Gestalt sah allerdings für eine Frau ziemlich hochgewachsen aus, sowohl schlank als auch kräftig. Das Gesicht wirkte eher feminin, soweit er das unter der dunklen Brille und aus seinem Blickwinkel überhaupt erkennen konnte. Die Hände aber sahen aus, als könnten sie zupacken.

Der Lange betrat wieder den Waggon. Nico Backhaus blickte auf. Sein Kollege aber ließ sich gleich auf eine der ersten Bänke fallen. Zu einem Schwätzchen fehlte ihm offenbar die Lust.

Die anderen beiden Beamten hatten ihre Unterhaltung unterbrochen. Sie schauten nach rechts aus dem Fenster. Anscheinend war ihnen der Radler auch aufgefallen. Oder die Radlerin. Backhaus war da immer noch unentschieden.

Unvermittelt begann Bernhard Bottmeier zu stöhnen. Der Gefangene krümmte sich und drohte nach vorne von seiner Bank zu fallen. Backhaus sprang als Erster auf und war mit zwei Schritten bei ihm. »Was ist? Was haben Sie?«

»Schlecht. Mir ist schlecht«, stieß Bottmeier hervor. Sein sonst so graues Gesicht war leichenblass. »Luft. Muss mich übergeben. Ich brauche frische Luft.«

Nico Backhaus fasste den Gefesselten am Oberarm, legte ihm den anderen Arm um den Rücken, schob ihm die Hand unter die Achsel, richtete ihn auf, so gut er konnte. Bottmeier röchelte und würgte. Auch die anderen Polizisten hatten sich jetzt erhoben. Der Weg an ihnen vorbei zum vorderen Ende des Waggons war der ungleich weitere. Also wandte Nico Backhaus sich nach hinten, zog den schwankenden Bottmeier zur achteren Schiebetür und stützte ihn mit einer Hand, während er öffnete. Frischer Wind strömte von draußen herein. Das wird ihm gut tun, dachte der Hauptkommissar und schob den Gefangenen vor sich her auf die schmale hintere Plattform. Die war von einem Eisengeländer umgeben, da konnte nichts passieren.

Noch in der Tür drehte sich Bottmeier zu ihm um. Im

nächsten Moment konnte Backhaus nichts mehr sehen. Ein kräftiger Stoß gegen seinen Brustkorb ließ ihn nach hinten taumeln. Etwas nahm ihm den Atem, er drohte das Gleichgewicht zu verlieren, fuchtelte mit den Armen durch die Luft und schlug sich das rechte Handgelenk an. Aufgeregte Stimmen wurden hinter ihm laut, Schritte näherten sich. Er spürte Hände an seinem Rücken.

Jetzt erst begriff der Hauptkommissar, dass Bottmeier ihm seine hässliche Windjacke über den Kopf gestülpt hatte; irgendwie war es ihm gelungen, unbemerkt den Reißverschluss hochzuziehen, so dass das Ding wie ein Sack wirkte. Wütend riss er es sich herunter.

So konnte er gerade noch sehen, wie Bernhard Bottmeier aus der Inselbahn absprang. Er machte das völlig falsch, sprang gegen die Fahrtrichtung statt mit ihr, weshalb er auch wuchtig auf den Rücken fiel. Wäre er vorwärts gesprungen, hätte er sich mit ein paar schnellen Schritten auf den Beinen halten können, dachte Backhaus und wunderte sich, was für einen Quatsch er sich da zusammendachte, statt endlich loszusprinten.

Bottmeier schien sich jedoch nicht verletzt zu haben. Schon begann er sich aufzurappeln. Eine dunkle Gestalt sprang herbei und half ihm. Das musste die Radfahrerin sein, die er vorhin beobachtet hatte, wurde dem Hauptkommissar klar. Oder der Radfahrer? Im nächsten Moment waren beide außer Sicht. So langsam die Inselbahn auch fuhr, die Distanz zu ihrem flüchtigen Gefangenen und seinem Komplizen wuchs doch stetig und schnell.

»Hinterher!«, schrie Nico Backhaus. Völlig überflüssigerweise, denn seine drei Kollegen hatten sich schon an ihm vorbeigedrängt.

22.

Nach Sinas Anruf war Lüppo Buss sofort losgestiefelt. Wenn Ursula Bottmeier ihre Aussage wiederholte und zu Protokoll gab, würde das die Motivlage ihres Bruders stabil untermauern. Die Möglichkeit zur Tat, also Besitz der Tatwaffe, Spurenlage und mangelndes Alibi, und die ihm daraus erwachsenden Vorteile – de facto war er der Alleinerbe seiner Schwester, und das würde er bleiben, solange sie nicht heiratete – sprachen ohnehin schon gegen ihn. Ursula Bottmeiers Ausführungen wären quasi der Deckel auf dem Topf.

Allerdings hatte es aus Sinas Mund so geklungen, als würde sich die werte Schwester in eine gewisse Mitschuld hineinmanövrieren, wenn sie bei ihrer Aussage blieb. Eigentlich nicht das Problem des Inselpolizisten; um solche Auslegungsfragen sollten sich später Richter und Staatanwalt kümmern. Wenn Ursula Bottmeier das jedoch klar war, würde sie womöglich eine geschönte Version präsentieren, denn dumm war sie wohl nicht. Oder sie würde die Aussage ganz verweigern. Also möglichst keine Zeit zum Nachdenken lassen, hatte sich der Inselpolizist gedacht.

Leider hatte er sie zu Hause nicht angetroffen; auf sein Läuten hin hatte niemand geöffnet. Jetzt stand er etwas ratlos vor der grünen Tür, denn wo er die Dame ansonsten suchen sollte, wusste er nicht.

Leichte, schlurfende Schritte und das leise Pochen eines Gehstocks rissen ihn aus seinem Grübeln. Ein Blick aus den Augenwinkeln offenbarte ihm den alten Klaas

Reershemius, der sich allem Anschein nach gerade hinter ihm vorbeischleichen wollte. Der Inselpolizist fuhr auf dem Absatz herum. Da gab es noch etwas, das er mit diesem Greis zu klären hatte. Die jüngsten Ereignisse hatten ihm dieses Etwas irgendwie aus dem Kopf gespült, aber jetzt war es wieder da.

»Halt, stehenbleiben!«, zischte er den Alten an. »Keine Bewegung, verstanden? Halt den Stock so, dass ich ihn sehen kann.«

Klaas Reershemius' zahnloser Mund öffnete sich zu einem anklagenden blassrosa Krater. »Mensch, Lüppo, erschreck mich doch nicht so«, jammerte der Alte. »Denk doch an mein Herz! Sowas kann für mich der Tod sein.«

»Von wegen«, knurrte Lüppo Buss und pirschte sich vorsichtig heran. Es war noch gar nicht lange her, da hatte sich Reershemius fast unter seinen Augen plötzlich davongemacht und war anschließend verschwunden geblieben wie vom Erdboden verschluckt. Von wegen armer Herzkranker! Wenn der Alte wollte, dann war er so agil wie ein Gecko in der Sonne und so glatt wie ein Aal. Damals hatten sich Büsche und Bäume in der Nähe befunden, öffentliche Anlagen, in denen Reershemius hatte untertauchen können. Diesmal aber standen sie zwischen Häusern, und die Zäune davor wirkten hoch genug, um den Alten an der Flucht zu hindern.

»Du bist mir noch was schuldig«, sagte der Inselpolizist, als er auf Armeslänge heran war. »Nämlich, warum du mir meinen Tatort kontaminiert hast.«

»Ich hab – was?« Der Alte mimte den Schwerhörigen. »Bei welchem *Tatort* soll ich wen pikiert haben? Ich guck doch gar keine Fernsehkrimis! Und wenn, dann alleine, weil meine Frau, die regt sich da immer so bei auf.«

Lüppo Buss musste sich beherrschen, um Reershemius nicht am Kragen zu packen und zu schütteln. Die Vorstellung, seine Knochen könnten dabei laut rasseln, hielt ihn davon ab. »Oben in den Dünen«, fauchte er den Alten an. »Wo der tote Ulf Diekmann lag. Da hast du ausgespuckt. Und auf ihn geschimpft hast du auch. Warum? Und stell dich nicht dümmer, als du bist, sonst lernst du mich kennen.«

Der Alte kniff die Augen zusammen, stemmte beide Hände auf seinen Handstockgriff, spitzte die runzeligen Lippen und spuckte erneut aus, nur Zentimeter vor die Schuhspitzen des Inselpolizisten.

Der hatte das kommen sehen und verzog keine Miene. »Los, sag mir warum«, sagte er gefährlich ruhig. »Oder ich geh hin und erzähle es deiner Frau. Du weißt, ich tu das.«

Reershemius' spitzer Unterkiefer sank ein Stückchen herab, und seine Mundwinkel sanken mit. »Bäh«, machte der alte Mann, und es klang genauso angewidert, wie er aussah. »Dass du zu solchen Mitteln greifst! Was schämen solltest du dich! Ich weiß noch genau, wie du als Junge warst, da hab ich noch gesagt: Passt mal auf, der Lüppo, das wird noch einer! Kannste alle nach fragen. Und jetzt … Oh, Frau Bottmeier! Schönen guten Tag auch!«

Der Inselpolizist drehte sich zu der grünen Haustür um; natürlich hatte sich die nicht einen Zentimeter bewegt. Dafür aber Lüppo Buss' rechter Arm. Beim Versuch, das Ablenkungsmanöver auszunutzen und flink wie ein Wiesel zu entschlüpfen, lief Klaas Reershemius direkt hinein.

Der Inselpolizist ließ gar nicht erst wieder los. Sollten

die Leute doch gucken! »Woher weißt du, auf wen ich hier warte?«, herrschte er den Alten an. »Habt ihr von der Viererbande jetzt schon überall eure Spitzel?«

Reershemius wand sich ein wenig; als sich der eiserne Griff um seinen Arm aber nicht lösen wollte, gab er auf. »So schwer ist das auch wieder nicht«, sagte er heiser. »Den Bruder habt ihr ja schon, und die Haushälterin ist gleich wieder nach Hause, als sie gehört hat, was hier los war. Bleibt ja nur noch die schöne Ursula.« Er grinste, so dass Lüppo Buss seinen Blick abwenden musste. »Was gibst du mir, wenn ich dir sage, wo du sie finden kannst?«

Der Inselpolizist hatte da eine Idee, aber die wäre nicht gesetzeskonform gewesen, und er schaffte es, sie nicht auszusprechen. »Warum hast du gespuckt?«, wiederholte er. »In den Dünen, bei Ulf Diekmann. Warum?«

Es dauerte noch ein paar Sekunden, bis Reershemius den zahnlosen Mund öffnete. »Weil er ein Arsch war«, nuschelte er dann. »Richtig mieser Hund. Ich meine, hätte er ja von mir aus ruhig sein können. Aber nicht immer so hintenrum. Nach vorne schön tun und dann hinterrücks den Leuten einen verpulen, aber richtig – sowas kann ich auf den Tod nicht ab.«

»Auf den Tod.« Einen Augenblick lang stellte er sich den Alten vor, wie der mit einer Beretta 92 auf den liegenden, durch das Visier seines Sportgewehrs starrenden Diekmann zielte. Und abdrückte, nachdem der Liegende geschossen hatte. Der Rückstoß dürfte dem dürren Greis sicher einige Probleme bereitet haben ... Dann aber schlug er sich das aus dem Kopf. Zugleich jedoch schwor er sich, immer darauf zu achten, dass Reershemius niemals in die Nähe einer Schusswaffe kam.

»Ja, auf den Tod.« Der alte Mann nickte mit ernster Miene. »Weißt du eigentlich, wie der Diekmann seinerzeit an das Haus von der alten Hilkeline gekommen ist? Die war damals schon Witwe mit kleiner Rente und kriegte plötzlich diese merkwürdige Krankheit. Die einzige Behandlung, die ihr half, wurde von der Kasse nicht anerkannt. So hat sie alles selber bezahlt und ist in die roten Zahlen gerutscht. Hat gedacht, macht ja nichts, ich hab ja das Haus als Sicherheit. Und was tut der Diekmann? Kündigt ihr die Kredite!« Wieder machte Klaas Reersheimus Anstalten auszuspucken, besann sich aber eines Besseren. »Hilkeline wollte keine Zwangsversteigerung und hat freiwillig verkauft. An einen, den hier keiner kannte. Der hat das Haus später an Diekmann weitergereicht. Ein Strohmann! Kannst du dir sowas vorstellen?«

»Das muss doch schon ewig her sein«, sagte Lüppo Buss. »Ich kann mich nur dunkel erinnern, ich glaube, ich war damals weg, auf Lehrgang. Sag bloß, du nimmst dem Diekmann das nach all den Jahren immer noch übel!«

»War doch kein Einzelfall!« Der Alte reckte einen reisigdürren Zeigefinger. »Sowas hat der doch dauernd gemacht! Und zwar bis zum Schluss. Seine letzte Schweinerei war die mit unserem Hafenmeister.«

»Mit Gödeke Michels? Was soll denn da gewesen sein?«

»Noch nichts«, sagte Reershemuis wichtig. »War ja noch in Vorbereitung. Aber glaub mir, die Bombe war kurz vorm Platzen.« Er beugte sich vor, so weit Lüppo Buss' Griff das zuließ. »Er wollte den Jungen weg von der Insel haben«, raunte er. »Hat er geschickt angefangen. Den Vorstand vom Seglerverein hatte er schon in der Tasche.«

»Da gehörte er doch selber dazu«, sagte der Inselpolizist

verdutzt.

»Natürlich! Da hatte er doch seit Jahren drauf hingearbeitet«, behauptete Reershemius. »Hat als stellvertretender Schatzmeister nach und nach die ganze Arbeit an sich gezogen, bis er unentbehrlich war. Bei der Neuwahl kamen sie dann gar nicht an ihm vorbei. Und dann hat er ihnen als Erstes einmal klargemacht, dass der Hafenmeister zu teuer ist.«

»Zu teuer?« Lüppo Buss runzelte die Stirn. »Kann ich mir gar nicht vorstellen, der leistet doch gute Arbeit. Was verdient der Michael Gödecke denn?«

»Gar nichts!«, verkündete Reershemius triumphierend. »Der arbeitet doch auf eigenes Risiko! Nur wenn der Hafen die ganze Saison lang voll ist, verdient er richtig gut. Der Verein natürlich auch, weil er ja seinen Anteil am Gewinn bekommt. Wenn der Sommer schlecht ist, kann es sein, dass es für Gödecke nur zum Nötigsten reicht. Alle Unterhaltskosten und Abgaben für den Yachthafen gehen nämlich zu seinen Lasten! Er ist quasi sein eigener Unternehmer. Nur, dass der Verein ihm jederzeit den Stuhl vor die Tür stellen kann.«

»Verstehe ich nicht.« Lüppo Buss ließ den Alten endlich los und verschränkte die Arme vor der Brust. »Klingt doch so, als hätte der Verein die optimale Regelung mit Gödecke getroffen. Optimal für sich selbst, wohlgemerkt. Alle Risiken liegen bei seinem Angestellten – vielmehr Pächter oder wie man das nennen soll. Der Verein ist in jedem Fall abgesichert. Und wenn die Sonne scheint und der Rubel rollt, verdient er kräftig mit. Besser geht es doch gar nicht.«

»Da sagst du was.« Reershemius' Kiefer mahlten im

Leerlauf. »Aber die letzten Sommer waren recht schön, der Hafen war immer voll. Und Ulf Diekmann ist beigegangen und hat den Vereinsvorständlern vorgerechnet, was sie hätten verdienen können, wenn sie den Hafen auf eigene Rechnung betrieben hätten. Da sind einigen gleich die Eurozeichen in die Augen gestiegen. Manche kriegen den Hals eben nie voll.«

»Okay, der Verein hätte mehr verdienen können. Aber dann hätte er auch das Risiko tragen müssen, ein Minus zu machen, wenn das Wetter mal nicht mitspielt.«

»Ja, wenn man das so sagt, klingt es logisch.« Der Alte kicherte. »Aber der Ulf Diekmann, der hat das bestimmt ein bisschen anders gesagt. Und so hat er sie alle eingewickelt. Jedenfalls hatte der Freibeuter seine Vertragskündigung schon im Briefkasten.«

»Im Ernst? Und dann läuft er immer noch so lustig auf der Insel herum?«

»Na ja.« Klaas Reershemius breitete die Arme aus. »Jetzt, wo Diekmann tot ist, liegt die Sache ja auf Eis. Der Vorstand hat dem Gödecke mitgeteilt, er soll erst mal so weitermachen wie bisher, zu den alten Konditionen.« Er nickte zufrieden. »Und ich würde wetten, es bleibt bis auf Weiteres dabei. Hat ja von sich aus keiner ein echtes Interesse daran, unseren Hafenmeister loszuwerden. Diekmann war der Einzige.«

Arbeitsplatzsicherung, dachte der Inselpolizist. Hafenmeister auf Langeoog, ohne festes Einkommen, aber dafür mit allen Möglichkeiten, quasi als sein eigener Herr. Für manchen sicher ein Lebenstraum. Manch einer würde gewiss eine Menge dafür tun.

Wie viel würde manch einer dafür tun? Und wie viel

dieser eine?

Bernhard Bottmeier hatte ein Motiv, und er hatte eine Waffe. Natürlich eine Unmenge Waffen, klar, aber vor allem die Tatwaffe. Aber hatte er auch den Mumm?

Der Hafenmeister hatte Mumm. Das wusste hier jeder.

Lüppo Buss fixierte die grüne Haustür, ohne sie wirklich zu sehen. Eins und eins, dachte er. Was ergibt das? Gemeinschaftlichen Mord?

Kennen mussten sich die beiden auf jeden Fall, und zwar gut. Bottmeier als Vorstandsmitglied des Seglervereins und Gödecke als dessen Hafenmeister hatten bestimmt oft miteinander zu tun. Solch eine Zusammenarbeit ließ sich ausweiten.

»Hör mal«, sagte der Inselpolizist und wollte sich wieder Reershemius zuwenden. Seine Worte aber fielen ins Leere. Der Alte war wieder einmal wie vom Erdboden verschluckt.

23.

Der Lange sprang genauso ab wie zuvor Bottmeier, und obwohl seine Hände nicht gefesselt waren, knallte er ebenfalls hart auf den Rücken. Seine beiden Kollegen erwiesen sich als lernfähiger. Sie versuchten es in Fahrtrichtung; einer fiel dabei auf die Knie, der andere schaffte es, auf den Füßen zu bleiben.

Ebenso Nico Backhaus. Vom Fahrtmoment ließ er sich ein paar Schritte in die falsche Richtung treiben, dann machte er eilends kehrt. Da waren die Kollegen schon bei dem Langen und halfen ihm auf die Beine. Verletzt schien er nicht zu sein, der grasbewachsene Boden hatte wohl Schlimmeres verhütet.

Auch Bottmeier war längst wieder auf den Beinen. Nico Backhaus war erschüttert, wie klein sich die Gestalten seines Gefangenen – nun wohl Ex-Gefangenen – und dessen Helfers ausnahmen. Die geringe, aber stetige Geschwindigkeit der Bahn hatte den beiden in der kurzen Zeit einen uneinholbar scheinenden Vorsprung verschafft. Denn das schützende Inselwäldchen war nahe.

Trotzdem sprintete der Hauptkommissar los, so schnell er konnte, wechselte vom Gras auf den gepflasterten Weg und gab sein Äußerstes. Er war um einiges jünger und fitter als Bottmeier, und seine Hände steckten nicht in Handschellen. Diesen Vorteil musste er nutzen, solange noch Sichtkontakt bestand, ehe die Flüchtenden zwischen den Bäumen verschwunden waren und Haken zu schlagen begannen.

Sonst würde das Gelächter ungeheuerlich sein. Das würde man nicht nur von Langeoog bis Aurich hören, sondern bis nach Hamburg, wo seine Ex-Kollegen sowieso schon über ihn spotteten, weil er sich in die Provinz oder, wie sie es nannten, in den vorgezogenen Ruhestand verabschiedet hatte. Wenn er da schon nicht klarkam …!

Rennend und wortlos passierte er seine Kollegen. Zu erklären gab es ohnehin nichts. Während der Lange noch leicht benommen taumelte, gaben die beiden anderen Polizisten Gas und versuchten mit ihrem Vorgesetzen mitzuhalten. Immerhin etwas.

Backhaus erinnerte sich, wie die beiden in der Inselbahn ihr Gespräch unterbrochen und gleichzeitig neugierig aus dem Fenster geschaut hatten. Vermutlich hatte der Radfahrer irgendwelche Zeichen in Richtung Bottmeier gemacht, und sie hatten das bemerkt. Im Gegensatz zu ihm. Das Gelächter in seiner Schreckensphantasie wurde immer lauter.

Dass der Radler Bottmeiers Fluchthelfer war, konnte inzwischen als bewiesen gelten. Der Mann – oder war es doch eine groß gewachsene Frau? – hatte das Rad ins Gras fallen lassen, Bottmeier beim Aufstehen geholfen und zog ihn jetzt in Richtung Wäldchen. Ungeduldig, wie es schien, denn der Gefesselte kam nicht besonders hurtig voran. Sollten die Verfolger etwa doch noch eine Chance erhalten?

Wohl kaum. Schon tauchte das ungleiche Pärchen – die schlanke, sportliche Gestalt in dunkler Kleidung und Mütze und der unbeholfen dahinstolpernde Bottmeier mit seinen gefesselten Händen – zwischen den ersten Baumstämmen ein. Noch konnte man die beiden recht gut erkennen, ihren Weg mit den Augen verfolgen, immer wieder Blicke auf ihre Silhouetten zwischen den Bäumen erhaschen. Aber das wurde schon weniger. Und die Verfolger waren noch so weit weg.

Wie jetzt weiter? Ihnen nach auf direkter Route, immer hinein ins Unterholz? Oder einen Bogen schlagen, den Weg benutzen, der in einiger Entfernung ins Gehölz hinein führte, um den Fliehenden den Weg abzuschneiden? Eine Aktion auf gut Glück, das war Backhaus klar. Am besten, sie teilten sich auf.

Der Hauptkommissar wandte sich im Laufen zu seinen Kollegen um, deutete auf die Stelle zwischen den Bäumen, wo Bottmeier und sein Begleiter verschwunden waren. Dann zeigte er mit der anderen Hand auf sich und schlug mit dem rechten Arm einen Bogen. Zwei rote Köpfe nickten zur Bestätigung. Der Lange war weit hinter ihnen, aber wenigstens kam er jetzt auch herangejoggt. Der sollte selber zusehen, wohin er lief.

Als Backhaus auf den unbefestigten Weg eingebogen war, verfiel er in ein gemäßigtes Traben; sein lautes Keuchen übertönte in seinen Ohren alle Geräusche um ihn herum. Vielleicht lag es daran, dass er sich plötzlich sehr, sehr einsam und verlassen vorkam. Und dass er das höhnische Gelächter aus seiner Vorstellung von den Bäumen widerhallen zu hören glaubte.

Die beiden Flüchtenden mussten links von ihm sein. Aber wie weit links? Vielleicht hatten sie im Sichtschutz gleich einen Haken geschlagen, um direkt zum Hafen durchzustoßen. Andererseits hatte die Eskorte Bottmeier genau dorthin bringen wollen, um ihn zum Festland einzuschiffen, und die Flüchtenden mussten damit rechnen, dass dort weitere Polizisten auf sie warteten. Dass dem nicht so war, wussten sie hoffentlich nicht.

Wohin also sonst? Bogen sie nach rechts ab, also zurück in Richtung Ort, liefen sie ihm mit etwas Glück direkt vor die Füße, oder er bekam sie wenigstens zu sehen, wenn sie diesen Waldweg kreuzten. Er spürte, dass seine Erschöpfung langsam nachließ; bald würde er schon wieder zu einem Verfolgungssprint in der Lage sein.

Ob er Lüppo Buss anrufen sollte? Sein Handy hatte er ja einstecken. Er griff danach, seine Hand zuckte jedoch zurück. Das höhnische Gelächter hallte erneut von den Bäumen wider.

Der weiche Boden dämpfte seine Schritte, sein Atem ging leiser, die Laute des Waldes drangen wieder zu ihm durch. Darunter das Prasseln zerbrechender dürrer Zweige. Von links. Da schien jemand rücksichtlos durchs Unterholz zu brechen. Waren sie das etwa?

Es konnten auch seine Kollegen sein. Backhaus zögerte, verlangsamte seine Schritte, blieb stehen. Bewegte sich das Geräusch von der Stelle? Wenn es von den Fliehenden oder deren Verfolgern ausging, müsste es jetzt an ihm vorbeiziehen.

Es hörte sich aber eher ortsfest an. Versuchte sich da etwa jemand zu verstecken? Wenn, dann nicht sehr geschickt, aber das war der gefesselte Bernhard Bottmeier ja auch nicht.

Die Geräusche verklangen. Zugleich näherten sich neue, von weiter links. Dumpfe Tritte, das laute Brechen trockener Zweige, ein herzhafter Fluch. Männerstimme, konstatierte Backhaus, das konnte einer seiner Kollegen gewesen sein. Wenn dem so war, dann …

Er sprintete los, mitten hinein ins Unterholz. Tückische

Wurzeln, zähe Äste, peitschende Zweige, raue Stämme brachten ihn ein ums andere Mal aus der Richtung. Verbissen versuchte er, den einmal ausgemachten Punkt anzusteuern, an dem die Geräusche inzwischen verstummt waren. Mehr als einmal stolperte er dabei, scheuerte sich die Handflächen auf, holte sich blutige Striemen an den Unterarmen und im Gesicht. Das war ihm egal, das alles war weniger schlimm als das Hohngelächter.

Wieder riss es ihn von den Beinen. Diesmal fiel er ungewöhnlich weich. Als er sich wieder hochstemmte, fand er sich Aug' in Aug' mit Bottmeier wieder. Dessen Gesicht erinnerte ihn stark an einen zu großen Fisch in einem zu kleinen, kugelförmigen Aquarium.

Was vielleicht an den weit geöffneten Augen und dem aufgerissenen Mund lag. Vielleicht aber auch an der durchsichtigen Plastiktüte über Bottmeiers Kopf.

Panisch versuchte der Hauptkommissar auf die Beine zu kommen. Der Tote schien das aber nicht zulassen zu wollen. Er hielt Backhaus fest, streckte die Arme nach ihm aus, immer wieder, so viel der Hauptkommissar auch zerrte. Nico Backhaus war einem Nervenzusammenbruch nahe, als er endlich merkte, dass er sich in den Handschellen verhakt hatte, die der Tote nach wie vor trug.

Kaum stand er wieder, nach Luft ringend, spürte er jemanden hinter sich, ganz dicht. Ehe er sich umdrehen konnte, wurde sein linker Arm gepackt und ihm mit unwiderstehlicher Kraft auf den Rücken gedreht. Laut hallte sein Schmerzensschrei durch den Wald.

Wie eine Antwort ertönte erneut lautes Prasseln brechender Zweige. Zwei Polizisten brachen durchs Unterholz, die Uniformen derangiert, die Gesichter verzerrt, schweißüberströmt und hechelnd. Backhaus sah ihre Blicke zwischen sich und der Leiche am Boden hin und her irren. »Menschenskinder«, brüllte er los, »sagt doch was! Macht doch was! Seht ihr denn nicht!« Sein nächster Laut war wieder ein Schrei, denn der eiserne Griff an seinem verdrehten Arm verstärkte sich.

Die beiden Uniformierten keuchten dermaßen, dass sie zu artikulierter Kommunikation nicht imstande waren. Anscheinend aber gelang es ihnen, sich mit Mimik und Gestik verständlich zu machen. Jedenfalls fühlte Backhaus, dass sein Arm losgelassen wurde. Langsam ließ er ihn sinken und rollte mit der Schulter, bis der Schmerz nachließ. Dann drehte er sich zu demjenigen um, der ihm diesen Streich gespielt hatte, um ihm mal richtig die Meinung zu geigen.

Der Typ war deutlich größer als er, breit in den Schultern und massig. Er trug Bermudashorts und T-Shirt, und was diese Kluft an Muskeln offenbarte, war beachtlich, so dass die kräftige Bauchwölbung nicht gleich ins Auge stach. Der Mann hatte ein rundes Gesicht und stoppelkurze, weißblonde Haare. Backhaus war sich sicher, ihn noch nie zuvor gesehen zu haben.

»Ein Kollege, wie es den Anschein hat«, brummte der Massige. »Konnte ich ja nicht wissen. Dann will ich mich mal vorstellen. Stahnke mein Name. Hauptkommissar Stahnke.«

24.

Als Lüppo Buss am Tatort eintraf, machten die Sicherungsmaßnahmen schon deutliche Fortschritte. Backhaus hatte das KTU-Team, dass immer noch dabei war, Bottmeiers Waffenkeller auszuwerten, telefonisch informiert, und die Kolleginnen und Kollegen hatten sofort alles stehen und liegen lassen und sich auf den Weg gemacht, die nötige Ausrüstung im Gepäck. Dafür hatten sie offenkundig sogar ein Elektromobil requiriert. Respekt, dachte der Inselpolizist. Aber vielleicht hatten sie ja auch nur jemanden höflich gefragt.

Auch Fredermann war schon bei der Arbeit. Fredermann, der Inseldoktor mit den bratpfannengroßen Händen. Einer, an den Höflichkeit in der Regel verschwendet war.

»Stör ihn lieber nicht«, brummte es hinter ihm. »Du weißt ja, wie kiebig er dann werden kann.«

Der Inselpolizist drehte sich nicht um. Nur nichts anmerken lassen! »Sonst bist du doch immer schon bei der ersten Leiche hier«, erwiderte er ohne hinzusehen und so kühl, als hätte er dieses Treffen in den letzten Tagen nicht immer wieder herbeigesehnt. »Manchmal schon vorher. Wieso schlägst du denn diesmal erst beim dritten Toten auf?«

Stahnke knuffte ihn in den Rücken, und während Lüppo Buss um sein Gleichgewicht kämpfte, sagte der Hauptkommissar: »Was willst du? Hast doch jetzt einen neuen Partner. Ich möchte kein Eifersuchtsdrama hier, also bitte! Da hinten kommt er übrigens, dein Neuer.«

Er wies mit dem Daumen in Richtung Deich, und der Inselpolizist kam nun doch nicht drum herum, sich ihm zuzuwenden. Unverschämt erholt sah Stahnke aus, fand Lüppo Buss. Schien richtig Kraft getankt zu haben. Gut, die würde er gebrauchen können. Und zwar hoffentlich hier.

Nico Backhaus trabte langsam heran; seine Schuhe schleiften über den Sandweg. Man konnte dem Ermittler ansehen, dass dieser Tag anstrengend für ihn gewesen war. Und dass er keinen Erfolg gebracht hatte.

»Keine Spur von dem Helfer«, berichtete er. Dem Inselpolizisten nickte er knapp zu, Stahnke musterte er mit zusammengekniffenen Augen, wobei er vorwurfsvoll seine linke Schulter rollte. »War also entweder schneller als ich, oder er ist noch im Wald. Eigentlich müssten wir das Gehölz richtig durchkämmen, aber dafür bräuchten wir mehr Leute. Unsere drei Kollegen reichen dafür einfach nicht.«

»Um ihn aufzuscheuchen ja vielleicht doch«, meinte Stahnke. »Sein Fahrrad ist doch gesichert, oder, Lüppo?«

Der Inselpolizist nickte. »Das wäre ja noch schöner, wenn der Kerl einfach einen Bogen zur Straße zurück schlägt und grinsend davonradelt! Dann würden die Leute ja schön über uns lachen.«

Nico Backhaus machte ein Gesicht, als hätte er in eine Zitrone gebissen. »Kann man das Rad irgendwie identifizieren? Vielleicht können wir ja auf diesem Weg rauskriegen, wer der Täter ist.« Nach kurzem Zögern setzte er hinzu: »Oder die Täterin.«

Stahnke hob die Augenbrauen. »War das nicht deutlich zu erkennen? Mehr so ein androgyner Typ?«

Backhaus hob die Schultern. »Na ja, vom Körper her

schlank und sportlich. Für eine Frau groß, für einen Mann eher mittel. Eventuelle Oberweite aufgrund der vornübergebeugten Haltung schwer zu erkennen. Und beim Laufen – tja, da war ich zu weit weg. Und auch seitlich positioniert. Genau von hinten hätte ich es vielleicht an der Beinstellung unterscheiden können. Aber so?« Er überlegte. »Die Haare waren unter einer Mütze verborgen. Das Gesicht schien mir feminine Züge zu haben. Aber sicher bin ich mir nicht.«

»Ach ja, Personenbeschreibungen«, sagte Lüppo Buss. »Wie oft haben wir uns damit schon herumgeärgert, was? Genau hinzugucken ist doch schwerer, als man denkt.« Die Worte waren tröstlich gedacht, aber ein Blick in Backhaus' Gesicht zeigte ihm sofort, dass dieser Schuss nach hinten losgegangen war. Anscheinend nahm der Gute heute alles persönlich!

»Die betreffende Person«, ergriff Stahnke das Wort, »hat sich dem Zug also mit dem Rad von hinten genähert und ist dann auf gleicher Höhe geblieben, richtig? Und hat dann durch Handzeichen mit dem Gefangenen Kontakt aufgenommen?«

Nico Backhaus nickte. »Das haben mir die Kollegen inzwischen bestätigt. Bottmeier hat daraufhin Übelkeit vorgetäuscht und darum gebeten, an die frische Luft zu dürfen. Auf die Waggonplattform.« Er schluckte. »Dann hat er mich überwältigt, indem er mir seine Jacke über den Kopf geworfen und mich vor die Brust gestoßen hat, und ist abgesprungen.«

»Also ist dieser Bottmeier seinem Mörder auf dessen Kommando hin gefolgt«, fasste Stahnke zusammen; die für Backhaus so peinliche Stelle überging er einfach. »Da sollten wir ansetzen. Was für eine Person könnte das sein, der er so vertraut, dass er sich auf deren Wunsch hin in unmittelbare Gefahr begibt – er hätte sich ja den Hals brechen oder bei dem Fluchtversuch erschossen werden können. Und was könnte diese Person für einen Grund haben, ihn noch während dieser Flucht umzubringen?«

Lüppo Buss konnte dabei zusehen, wie die Ohrmuscheln von Nico Backhaus förmlich erglühten. Wie oft mochte er sich wohl schon gefragt haben, warum sie ihre Waffen nicht eingesetzt hatten? Klar, die Entfernung war groß gewesen für Pistolen, und nachdem die Beamten erst einmal losgesprintet waren, fehlte auch die ruhige Hand. Aber sie schienen ja allesamt an diese Möglichkeit nicht einmal gedacht zu haben.

»Na?« Stahnkes wasserblaue Augen fixierten ihn direkt. »Keine Idee?«

»Seine Schwester«, platzte der Inselpolizist heraus, ohne nachzudenken. Vor dem Klang seiner eigenen Worte erschrak er.

Nico Backhaus fasste sich an die Stirn; dort verharrte seine Hand. Stahnke zeigte keine Reaktion. »Warum die?«, fragte er. »Erklär mal!«

»Rein figürlich könnte das hinkommen«, sagte Lüppo Buss. »Allerdings hätte Kollege Backhaus das Gesicht doch erkennen müssen. Oder, Nico?«

Backhaus ließ seine Hand sinken, ohne sich wie geplant an die Stirn getippt zu haben. »Konnte ich nicht«, sagte er leise. »Schon wegen der großen Sonnenbrille nicht. Jedenfalls nicht genau. Aber jetzt, da du es sagst – könnte schon sein.«

»Warum sollte Bottmeiers Schwester ihn denn umbringen?«, griff Stahnke wieder ein. »Äußerliche Ähnlichkeit gut und schön, aber das reicht ja wohl nicht. Hatte sie denn einen Grund?«

»Durchaus«, erwiderte der Inselpolizist und berichtete von Sina Gersemas Anruf. »Die ständige Bevormundung durch ihren Bruder, die aufgezwungene finanzielle Abhängigkeit, das ständige Torpedieren aller Heiratspläne – ich finde, da ist mit den Jahren ein ganz schön starkes Motiv zusammengekommen«, resümierte er.

»Moment.« Nico Backhaus schüttelte den Kopf. »So wie ich das verstanden habe, hatte die Dame Bottmeier doch gar nicht ernsthaft vor, Ulf Diekmann zu heiraten. Eigentlich hat sie ihn doch verachtet, nicht wahr? Sie hat ihn nur benutzt, um ihren Bruder wütend zu machen.«

»Richtig. Und aus lauter Wut bringt Bruder Bottmeier den Diekmann um.« Lüppo Buss breitete die Arme aus. »Und?«

»Und warum sollte Ursula Bottmeier dann ihren Bruder töten? Rache entfällt, da sie Ulf Diekmann gar nicht geliebt hat. Im Gegenteil, wenn es ihr Plan war, ihren Bruder auf Diekmann zu hetzen, dann wäre der ja voll aufgegangen.« Backhaus zuckte die Achseln. »Sackgasse, wenn ihr mich fragt.«

»Nicht unbedingt«, sagte Stahnke. »Dieser Diekmann war ein Aufsteigertyp, richtig? So einer von der hartnäckigen Sorte. Hochgekommener Armleuchter nannten wir das früher. Was, wenn der auch bei Ursula Bottmeier nicht nachgeben wollte? Wenn er sie bedrängt, ihr vielleicht sogar gedroht hat?«

»Womit denn gedroht?« Nico Backhaus schien nicht überzeugt.

Stahnke lächelte breit. »Ich weiß ja nicht, ob Sie das wissen, Herr Kollege, aber Sina Gersema, die erfreulich geschwätzige Informantin des lieben Lüppo, ist meine Freundin. Klar, dass sie auch mit mir telefoniert hat. Dabei ist mir ein Detail aufgefallen, nämlich, dass die Dame Bottmeier sich eines recht ungezügelten Sexuallebens gerühmt hat. Natürlich in dezenten, aber eindeutigen Worten.«

»Ach.« Lüppo Buss stemmte die Hände in die Hüften. »Und du meinst, die Drohung, derartige Details öffentlich zu machen, hätte ausgereicht, um Bernhard Bottmeier zum Mörder zu machen?«

»Entweder ihn« – Stahnke drehte seine Handflächen nach oben – »oder seine Schwester selbst. Durch ihn hatte sie ja Zugang zu kaum gesicherten Waffen. Den ach so geheimen Keller ihres Bruders hat sie ja nach eigenen Worten sehr wohl gekannt.«

»Und der Fingerabdruck?« Backhaus blieb skeptisch. »An der Waffe, beziehungsweise am Magazin, war ja nicht ihrer, sondern der ihres Bruders.«

»Ich denke, wir können davon ausgehen, dass Brüderlein und Schwesterlein sich gegenseitig unterstützt haben«, sagte Stahnke. »Unabhängig davon, wer den tödlichen Schuss nun abgegeben hat. Ich tippe allerdings mehr auf Schwester Ursula.«

»Sie musste fürchten, dass ihr Bruder, nun, da er verhaftet worden war, ihre Identität und Täterschaft preisgeben würde.« Lüppo Buss war voll auf Stahnkes Version eingestiegen. »Also hält sie ihn und uns unter Beobachtung, was ihr relativ leicht fällt, da sie ja keiner beruflichen Tätigkeit nachgehen muss. Und als sie herausbekommen hat, wann und wie ihr Bruder abtransportiert werden soll, schwingt sie sich aufs Rad, folgt der Inselbahn und verleitet ihn zur Flucht. Aber nicht, um ihn zu befreien, sondern um ihn zu töten und damit einen für sie gefährlichen Mitwisser aus dem Weg zu schaffen. Skrupel hat sie keine, da hilft ihr der in langen Jahren aufgebaute Hass auf ihren Bruder.« Der Inselpolizist blickte von Stahnke zu Backhaus und wieder zurück. »Klingt doch überzeugend, oder?«

»Wenn sie es denn war auf dem Fahrrad«, mauerte Backhaus. »Möglich ist das, aber noch längst nicht erwiesen. Hat Ursula Bottmeier denn ein Rad? Kann die feine Dame überhaupt Fahrrad fahren?«

»Ja und ja.« Jetzt strahlte Lüppo Buss. »Ich wollte sie doch vorhin aufsuchen, und als sie nicht zu Hause war, habe ich mich bei den Nachbarn erkundigt. Sie hat, und sie kann! Und nicht nur das. Kurz bevor ich dort eintraf, soll sie mit eben diesem Fahrrad losgefahren sein. Wohin, konnte allerdings keiner sagen.« Bei diesen Worten fiel ihm der alte Reershemius ein. Hatte der nicht behauptet, er wüsste, wo die Bottmeier hin sei? Aber der Greis war ja verschwunden, ehe der Inselpolizist diese Info aus ihm herausbekommen hatte. Ob da überhaupt etwas dran gewesen war, stand sowieso in den Sternen. Also behielt er dieses Detail lieber für sich.

»Und jetzt? Fahndung nach der Dame?«, fragte Stahnke.

»Tja, wenn du meinst«, sagte Lüppo Buss.

»He, Augenblick!« Nico Backhaus warf sich in die Brust. »Darf ich mal kurz daran erinnern, wer hier die Ermittlungsleitung hat? Du ja wohl nicht, mein lieber Lüppo! Und Sie, Herr Stahnke, haben hier nur den Status eines Urlaubers, wenn ich mich recht entsinne.« Er massierte seine linke Schulter mit der rechten Hand. »Genau genommen können Sie froh sein, wenn ich Sie nicht als Verdächtigen einstufe! Immerhin haben Sie sich ja in unmittelbarer Nähe der Leiche aufgehalten.«

»Dort angekommen bin ich aber erst nach Ihnen, wenn Sie sich schon erinnern.« Stahnke blieb ungerührt. »Ich habe Ihre fruchtlose Verfolgung mitbekommen, als ich mit dem Fahrrad aus Richtung Hafen gekommen bin. Dachte, ich helfe mal mit. Bin ein Stück weiter nördlich in den Wald rein; Spuren dürfte ich dabei reichlich hinterlassen haben, falls ihr das überprüfen wollt.« Er deutete auf seine verschrammten Waden. »Ich bin nicht rechtwinklig zur Straße gelaufen, sondern schräg, um so vielleicht den Flüchtenden den Weg abzuschneiden. Hätte beinahe geklappt.«

»Ja, aber auch nur beinahe!«, fauchte Nico Backhaus. »Leider haben Sie sich dann auf den Falschen gestürzt, nämlich auf den Ermittler statt den Mörder. Kleiner Unterschied, meinen Sie nicht? Der Täter konnte sich währenddessen unbemerkt verdünnisieren.«

Als Stahnke unbewegt und stumm blieb, wandte sich Backhaus an den Inselpolizisten. »Du bleibst hier und behältst den Tatort im Auge, bis alles gesichert ist, klar? Ich kümmere mich um Ursula Bottmeier. Und wenn der Arzt hier fertig ist, ruf mich bitte sofort an.« Immer noch schnaubend, stapfte er in Richtung Straße und Bahnlinie davon.

»Kommt ihr klar?«, fragte Stahnke, als Backhaus außer Hörweite war.

»Och, geht so«, erwiderte Lüppo Buss, der dem Hauptkommissar vom Festland nachschaute. »Eigentlich ganz gut. Meistens.« Er zuckte die Achseln. »Gibt Schlimmere.«

Dann wandte er sich Stahnke zu und piekte ihn mit dem Zeigefinger in die muskulöse Brust. »Apropos schlimmer: Wie kommt es eigentlich, dass du hier rumschleichst, und ich weiß nichts davon? Mir hast du erzählt, du hättest einen schwierigen Fall am Hals und seist unabkömmlich. Eindeutige Falschaussage! Was sind denn das für neue Moden! Seit wann …«

Stahnke wischte Lüppo Buss' Hand weg und klopfte ihm beschwichtigend auf die Schulter. »Komm runter«, brummte er. »So falsch war meine Aussage gar nicht. Weißt du, ein Nachbar von mir hat sich eine Segelyacht gekauft, älteres Modell, Schnäppchen. Ein netter Mann, aber keine Ahnung vom Segeln. Hat mich gebeten, ihn mal auf einem Törn zu begleiten, damit er lernt, wie es geht. Verstehst du? Ich hatte es ihm versprochen und wollte ihn nicht enttäuschen. Und glaube mir, so wie der das Boot fährt, ist er wirklich ein schwieriger Fall, ungelogen. Du hättest mal unser Anlegemanöver hier im Yachthafen sehen sollen! Wenn der Hafenmeister nicht eingegriffen hätte, wäre das ein Versicherungsfall geworden.«

Jetzt war der Inselpolizist erst recht beleidigt. »Ein Segeltörn? Mit einem unfähigen Nachbarn? Ich habe hier zwei Morde am Hals, jetzt sogar drei, und du lässt mich abblitzen? Für einen *Segeltörn*?«

»Ich war mir sicher, dass du das packst«, sagte Stahnke ganz ruhig. »Du hast doch schon bewiesen, dass du das kannst. Warum also sollte ich für dich das Kindermädchen spielen? Dann doch lieber für diesen Katastrophensegler.«

Der Inselpolizist schwieg verdutzt. War das jetzt ein Lob gewesen? Wenn, dann ein großes. Aber war es auch verdient? So, wie sich der Fall entwickelte, hatte er seine Zweifel. »Und jetzt?«, fragte er den Hauptkommissar. »Was machst du jetzt?«

»Jetzt«, erwiderte Stahnke, »jetzt sind es ja drei Morde. Da helfe ich dir natürlich. Wenn du willst.«

25.

»Hest all höört?« Bodo Schmidt war in seinem Element. »Nu is de oll Bottmeier ook doodbleeven! Un dat was ook Moord! Dat is all de darte Doode dit Jahr, neet to glöven!« Mitten auf der Barkhausenstraße hatte er Ocko Onken abgefangen und übersprudelte ihn mit den neuesten Nachrichten. Geduld, bis zur üblichen Sitzung auf der Bahnhofsbank zu warten, hatte er keine.

»Bottmeier ist auch tot?« Onken vergaß ganz, dass er gewöhnlich Plattdeutsch bevorzugte, weil man auf Platt so schön fluchen konnte. Aber im Augenblick fluchte er ja nicht. »Ich dachte, den hätten sie gerade erst verhaftet, wegen Mordes an Ulf Diekmann! Wie kann er denn tot sein, wenn so viele Polizisten um ihn herum waren?«

»Ausgebüxt ist er! Raus aus der Inselbahn – und seinem Mörder direkt in die Arme.« Gestenreich gab Schmidt wieder, was gerade im Ort die Runde zu machen begann. Zwar hatte der Lokführer der Inselbahn von dem ganzen Geschehen nichts mitbekommen, wohl aber einige Fahrgäste in den hinteren Waggons. Einige von denen wiederum hatten sich noch gar nicht auf der Heimreise befunden, sondern nur einen Ausflug aufs Festland machen wollen. Die waren schon mit derselben Bahn wieder zurückgekehrt. Denn wo war momentan so viel los wie auf Langeoog?

»Unglaublich!« Onken rieb sich die Bartkrause. »Und die ganze Polizei guckt zu und kann nichts machen! Das werden wir Lüppo Buss aber noch ordentlich aufs Brot schmieren.« Er grinste voller Vor- und Schadenfreude.

»Und weiß man schon, wer es gewesen ist? Ich meine, der Mörder von Bernhard Bottmeier?«

»Genaues noch nicht. Aber« – Schmidt beugte sich vertraulich über seinen Bauch und den etwas kleineren Onken – »ich habe gehört, dass sie nach Ursula Bottmeier suchen sollen. Nach seiner Schwester! Nun stell dir das mal vor. Bringt den eigenen Bruder um! Ist das zu fassen?«

Ocko Onken schüttelte ungläubig den Kopf. »Nee. Das ist doch so eine feine Dame. Wie kommt die denn dazu …« Er brach ab, als Bodo Schmidt ihm seinen dicken Zeigefinger auf den Mund presste. »Wapf … ?«

Verstohlen deutete Schmidt mit dem Kopf zur Seite. Da kam dieser Backhaus die Straße entlang, dieser Hauptkommissar vom Festland. Sah ziemlich geschafft aus, die Haare zerzaust, die Wangen fleckig, insgesamt total müde und abgekämpft. In dessen Haut wollte Schmidt jetzt auch nicht stecken. Besser, man hielt sich mit unvorsichtigen Äußerungen zurück, solange der Mann in Hörweite war. Angeschlagene Boxer waren gefährlich. Nachher dachte der noch, sie wären in irgendwas verstrickt, und nahm sie zum Verhör mit!

Tatsächlich warf Backhaus ihnen einen misstrauischen Blick zu, ging aber weiter. Wohin wohl? In Bodo Schmidt erwachte wieder der Instinkt des Neuigkeitenjägers. »Geh doch mal fragen, ob die anderen schon Bescheid wissen«, raunte er seinem Gegenüber zu. »Oder ob sie vielleicht noch etwas anderes gehört haben. Bis nachher dann!« Damit ließ er Ocko Onken stehen und schlurfte Backhaus hinterher.

Der Hauptkommissar ging trotz seines Zustandes ziemlich flott die Straße entlang, und Schmidt musste die Füße ein wenig anheben, um nicht zu weit zurückzubleiben. So, wie es aussah, wollte der Mann zum Wasserturm – und damit wahrscheinlich zum benachbarten Polizeibüro. Es sei denn, er bog kurz vorher an der T-Kreuzung links ab. Das würde dann für den Bahnhof sprechen.

Schmidt wurde wieder langsamer. Viel Sinn hatte es wohl nicht, ausgerechnet hinter diesem Bullen herzulaufen, jedenfalls nicht ohne eine Ahnung, was der Mann vorhatte. Heute früh, vor Bottmeiers Haus, das war etwas anderes gewesen, dieses Späh-Unternehmen hatte ihm schönes Gesprächsfutter aus erster Hand eingetragen. Aber da hatte er ja auch gewusst, wann er wo zu stehen hatte. Dies hier dagegen …

Jetzt war Backhaus auf einmal stehen geblieben. Kein Grund erkennbar; hatte sein Handy geklingelt? Aber dafür hielten diese jungen Leute doch gar nicht mehr an. Was sonst?

Sie waren nicht mehr weit von der T-Kreuzung am Ende der Barkhausenstraße entfernt. Dort gingen gerade zwei Altbekannte vorbei, Richtung Wasserturm und Strand: der Hafenmeister und seine Freundin. Wieso hatte der Mann denn am heiterhellen Tag Zeit für so einen Touristenkram? Es war doch Hochsaison, da gab es im Yachthafen mehr als genug zu tun! Und musste die Frau nicht ihren komischen Laden offenhalten?

Oder hatten die vom Seglerverein den Freibeuter nun doch geschasst? Bodo Schmidt wusste natürlich längst, was der alte Klaas über die Pläne des Vereinsvorstands erfahren hatte. Dass sie dem guten Michael den Vertrag kündigen wollten. Dass sie ihn ersetzen wollten, und zwar durch eine Verwaltungskreatur vom Festland, einen

Typen, der anscheinend keine andere Qualifikation hatte als die, mit Ulf Diekmann gut bekannt zu sein. Dieser Mensch sollte nicht selbstständig arbeiten wie Gödecke, sondern beim Verein angestellt sein. Diekmann hatte behauptet, dabei hätte der Verein höhere Einnahmen zu erwarten, und diese Torfköppe hatten ihm das auch abgekauft. Ha! Die wollte Schmidt mal nach zwei verregneten Sommern hintereinander hören. Wie die dann wohl reden würden!

Außerdem, auch das wusste Schmidt, hatte Diekmann Gerüchte über den amtierenden Hafenmeister verbreitet. Hintenrum, wie es seine Art war. Dass der ein Frauenheld wäre, dass er rund um sich zu flirten und jede Frau flachlegen würde, die nicht bei drei den Mast hoch war. Ganz egal, ob verheiratet oder nicht. Und dass die Vorständler bloß auf ihre Eheweiber aufpassen sollten.

Was für ein Blödsinn! Als ob der Michael das nötig hätte, so wie der gebaut war. Schmidt beneidete ihn um sein Aussehen, seinen durchtrainierten Körper, die schönen langen Haare und das hübsche Gesicht, auch wenn er letzteres ein bisschen zu feminin fand. Ja, er beneidete ihn, aber missgönnen tat er ihm nichts. Das sahen andere Männer aber womöglich anders, insbesondere die vom Segler-Vorstand. Denen war zuzutrauen, dass sie alles tun würden, um Michael Gödecke loszuwerden.

Dabei hatten sie doch gar nichts zu befürchten! Der Mann war in festen Händen.

Aber Diekmann war ja nun tot, und damit sollte die ganze Sache eigentlich vom Tisch sein. Es sei denn, es wären bereits Beschlüsse gefasst worden, die jetzt einfach stumpf umgesetzt wurden. Dann wäre der Freibeuter seine

Existenz auf der Insel los, und etwas Adäquates gab es für einen wie ihn hier nicht. Dann würde er weiterziehen und sich anderswo etwas suchen müssen, irgendwo an der Küste, egal an welcher. Nordsee, Ostsee, Mittelmeer – gute Leute fanden immer etwas, notfalls weiter weg.

Aber auch dann, gerade dann, würde Gödecke doch hier nicht einfach herumlaufen, zusammen mit seiner Freundin. Sondern sich kümmern, um eine neue Perspektive anderswo. Warum also? Das machte Schmidt neugierig. Und ob es diesem Backhaus nun ebenso ging oder nicht, jedenfalls setzte sich der Hauptkommissar wieder in Bewegung. Bodo Schmidt immer hinterher.

Sie folgten dem Pärchen Richtung Wasserturm. Dass sie bei dieser Beschattung auffielen, war unwahrscheinlich; das Gedränge der Urlauber war so groß, dass Schmidt vielmehr aufpassen musste, Michael Gödecke und Karen Moosbach nicht aus den Augen zu verlieren. Und dabei nicht zu dicht auf Backhaus aufzulaufen.

Bis zum Wasserturm lief das Pärchen im Schatten. Dann traten die beiden in die Sonne, die schon ziemlich westlich und gleißend einfiel. Praktisch gleichzeitig griffen sie nach ihren Sonnenbrillen. Karen Moosbach hatte sich ihre ins Haar gesteckt – ein Wunder, dass die auf der rasierten Seite überhaupt genügend Halt hatte! Gödecke trug seine an einer langen Kordel um den Hals. Beide setzten die Sonnenbrillen auf. Offenbar ins Gespräch vertieft, wandten sie ihre Köpfe einander zu.

Wieder blieb Nico Backhaus stehen, noch abrupter als vorhin. Schlug er sich gerade mit der Hand vor die Stirn? Im nächsten Augenblick rannte er jedenfalls los, im Zickzack durch die Touristenmassen. Aber nicht dem Pärchen hinterher, sondern nach links, zum Polizeibüro An der Kaapdüne, in dessen Tür er auch verschwand.

Schmidt schob sich hinter eine der Backsteinsäulen unter den Arkaden neben dem Buchladen. Was war das denn jetzt gewesen? Wer konnte sich denn da einen Reim drauf machen?

Schmidt zählte eins und eins zusammen. Dann noch eins. Und ein paar Bruchteile. Tja, dachte er dann, die Antwort auf die Reim-Frage lautet: ich. Das Ergebnis reimt sich nicht nur, das lässt sich auch prächtig singen. Gerne vor Publikum.

Genau das hatte er vor, und so machte er sich zügig auf in Richtung Bahnhofsvorplatz.

26.

Den Nachmittag über war Sina bei der Arbeit nicht so recht bei der Sache. Die Andeutungen des ekligen Schmidt gingen ihr nicht aus dem Kopf. Und die Schlussfolgerungen, die sie daraus gezogen hatte, auch nicht. Konnte es wirklich sein, dass alles, was man auf dieser Insel tat, von irgendwem beobachtet und hemmungslos weitergetratscht wurde? Konnte es sein, dass alles, was falsch interpretiert werden konnte, auch mit tödlicher Sicherheit verdreht wurde? War es möglich, dass daraus solche Konsequenzen erwuchsen? Sachbeschädigung, immerhin. Und wer mochte wissen, was noch alles folgte!

Klar konnte das sein. Langeoog wimmelte zwar während der Hochsaison wie ein Ameisenhaufen, aber die absolute Mehrheit waren Touristen – also quasi Passanten. Die, die hier lebten, zählten keine zweitausend. Langeoog war ein Dorf, und unter den Dörfern keinesfalls das größte. Wer hier lebte, der lebte wie unter einer Lupe. Stets genauestens beobachtet – und manchmal schmerzhaft angesengt.

Auch das Telefonat mit Stahnke hatte wenig Erleichterung gebracht. Wenn es ums Ausweinen ging, hatte der zwar die passenden Schultern dafür, seine Reaktionen aber ließen zu wünschen übrig. Jedenfalls aus ihrer Sicht. Was hieß denn hier »lösungsorientiert«! Als ob man Geschwätz lösen könnte. Genauso wenig, wie man Daunenfedern, verstreut im Nordseewind, jemals wieder restlos einsammeln konnte. Manche Sachen waren einfach nicht möglich. Da ging es darum, Mitgefühl zu zeigen und zu trösten. Himmel! Selbst Marian war in diesen Dingen besser gewesen als Stahnke.

Als sie Stahnke eine Stunde später zwischen zwei weiteren Therapiesitzungen noch einmal angerufen hatte, war es noch schlimmer gewesen. Er war kurz angebunden, und wenn sie sich nicht irrte, hatte sie im Hintergrund Stimmen gehört. Ernste, erregte Stimmen. Fast so, als wäre Stahnke doch wieder bei der Arbeit und nicht im Incognito-Urlaub.

Zum Glück hatte sie heute früh Feierabend. Ihr war nach einem Eis, einem großen. Mit Erdbeeren und viel Sahne. *So etwas* war ein Trost! Warum begriffen Männer das einfach nicht?

Wenig später saß sie unter einem der großen gelben Sonnenschirme der *Eis-Boutique Pinese* und nahm einen großen Früchtebecher in Angriff. In stiller Andacht labte sie Kehle und Seele mit kühler Sahnigkeit. Jede ihrer Körperzellen hieß die einverleibten Kalorienmengen willkommen. Sicher, irgendwann würde sie auf die Waage steigen und fluchen. Aber dieser Moment war nicht jetzt, und darauf kam es an.

Eine männliche Gestalt mit Fusselbart und fusseliger Frisur ließ sich ungefragt auf den freien Stuhl neben ihr fallen. Sina schaute hoch und musste lachen. »Wenn man auch nur an den Teufel denkt!«

»Seit wann bin ich für dich der Teufel?« Marian Godehau griff in seine Haarpracht und versuchte zwei Stirnlocken zu Hörnchen zu zwirbeln. »Hast du dir das so vorgestellt? Von mir aus gerne. Verbessern sich jetzt meine Chancen bei dir?«

Sinas Lachen hielt an. Marian verstand es wirklich, sie aufzuheitern – und wenn er sich dafür zum Affen machen musste. Stahnke bekam so etwas nicht hin, obwohl er mit der Zeit schon sehr viel souveräner geworden war. Sina langte zu ihrem Ex-Freund hinüber und tätschelte ihm die Schulter. »Nein, mein Lieber, das tun sie nicht«, sagte sie freundlich. »Trotzdem danke für den netten Versuch.«

Marian schmollte. Natürlich nur gespielt. Süß, fand Sina. Aber irgendwie retro. Sie selbst war darüber einfach schon hinaus. Und damit eben auch über Marian.

Der signalisierte dem Kellner und bestellte Kaffee und ein großes Mineralwasser. »Ich bin einer ganz großen Sache auf der Spur«, verkündete er stolz. »Das wird der Hammer! Langeoog wird hochgehen wie ein Bienenstock, wenn der Bär kommt.«

»Ach nee. Und dann sitzt du hier seelenruhig rum, mein Bärchen? Statt in der Redaktion zu schwitzen und in die Tasten zu hauen?« Wieder griff sie zu Marian hinüber, diesmal zauste sie seine dunklen Locken. Alte Gewohnheit.

Der Anlass ihrer Schlemmerei kam ihr wieder in den Sinn. Was, wenn sie hier mit Marian gesehen wurde, beim scheinbaren Austausch von Zärtlichkeiten? Und gesehen wurde sie, das war so sicher wie das Amen in der Inselkirche, hier auf dem Präsentierteller direkt an der Barkhausenstraße, nahe der T-Kreuzung Hauptstraße. Hier kam wohl jeder mindestens einmal täglich entlang, Einwohner oder Feriengast. Sie konnte sich schon mal auf einiges an Tratsch gefasst machen.

Ob wohl auch ihr Fahrrad wieder in Gefahr war?

Marian winkte ab. »Ach wo, die Ausgabe für morgen ist doch längst fertig. Was ich meine, ist etwas Größeres. Das wird mich locker über den Herbst bringen, ohne dass ich krampfhaft nach Themen suchen müsste.«

»Hat es was mit den beiden Morden zu tun?«, fragte Sina ins Blaue; eher beiläufig, denn ihre Aufmerksamkeit galt jetzt wieder ihrem Eisbecher. »Kann mir nicht vorstellen, dass du aus diesen zwei Leichen so lange Honig saugen kannst – ich meine journalistisch. Jetzt, wo sie den mutmaßlichen Täter haben.«

»Ach, du weißt es noch gar nicht?« Marian bekam das Bestellte serviert und nahm sofort einen großen Schluck Wasser. »Wir haben einen dritten Toten – ausgerechnet Bernhard Bottmeier, den Tatverdächtigen!« Er berichtete Sina in knappen Worten, was er darüber in Erfahrung gebracht hatte. »Einer von den Augenzeugen der Flucht hat direkt bei mir in der Redaktion angerufen. Hab mir die Sache gleich offiziell bestätigen lassen. Mann, ich kann dir sagen ... Lüppo Buss hätte mich am liebsten durch den Hörer gezogen! Aber so konnte ich die Sache noch vor Redaktionsschluss in die Tasten zimmern. Foto hatte ich noch im Archiv.« Er rieb sich demonstrativ die Hände. »Die *Deutsche Presse-Agentur* hat auch schon angerufen und sich von mir etwas durchgeben lassen. Gibt ein schönes Extra-Honorar.«

Sina schabte in ihrem Eisbecher herum; die Lust auf die Reste von Eis und Sahne war ihr vergangen. »Extra-Geld, was? Na, dann ist es ja gut gelaufen für dich. Sag mal, mehr fällt dir zu einem Mord nicht ein? Zu dem dritten in so kurzer Zeit auch noch?«

Marian zog eine zerknirschte Miene, aber auch die war nicht echt. Er spielt immer noch, dachte Sina. Man kann ihm nicht wirklich böse sein. Aber ernst nehmen kann ich ihn auch nicht. Er ist ein Stück Vergangenheit, aus der ich herausgewachsen bin.

»Ich kann es doch nicht ändern«, sagte Marian. »Außerdem scheint Bottmeier ja selber ein Mörder gewesen zu sein. Und dann … ich konnte den Typen noch nie leiden. Immer dieses vornehme Getue! Auf seine Weise war der mir genauso unsympathisch wie Ulf Diekmann, dieser schleimige Möchtegern-Aufsteiger. Dort, wo Bottmeier schon war, wollte Diekmann um jeden Preis hin. Ich fand sie beide zum Kotzen.«

Sina stieß den langen Löffel endgültig in die Eispfütze und rammte den hohen Becher laut klirrend auf den Tisch. »Und Manfred Zempel? Was hat dir an dem nicht gepasst?«, zischte sie.

»An Manni? Gar nichts.« Marian zuckte die Achseln. »Den fand ich eigentlich ganz nett.«

Er trank seinen Kaffee; Sina schaute ihm dabei zu. Ihren Plan, gleich nach dem Eis Stahnke anzurufen, konnte sie wohl vergessen. Wenn sie Marians Bericht von den jüngsten Ereignissen und Stahnkes Verhalten bei ihrem zweiten Anruf heute zueinander in Relation setzte, dann war klar, dass ihr Freund sein großes Indianerehrenwort doch nicht gehalten hatte. Statt sich wie ein ganz normaler Segeltourist zu verhalten und sich um keinen Preis in irgendetwas Polizeiliches einzumischen, steckte er offenbar schon wieder mittendrin in einer Mordermittlung. Macht der schlechten Gewohnheit.

Na ja, nach dem dritten Mord hatte er wohl gar nicht anders gekonnt. Schon seinem Freund Lüppo Buss zuliebe.

Dieses Versteckspiel hatte ihr andererseits sowieso nicht gefallen. Zunächst fand sie die Idee ja neckisch, dass Stahnke zwar auf der Insel war, aber nicht bei ihr wohnte, sondern auf dem Boot seines Nachbarn, mit dem er immer mal wieder zu Übungstörns auslief. Wenn sie sich trafen, dann konspirativ, an wechselnden Orten und nach vorheriger Absprache. Richtig teeniemäßig!

Aber auch mit der Teeniemäßigkeit, das hatte sich schnell herausgestellt, war es wie mit vielen anderen Dingen: Sie war einfach herausgewachsen. Und dass sie ständig schwindeln musste, passte Sina überhaupt nicht. So gesehen war es nur gut, dass die Charade nun zu Ende und Stahnke wieder offiziell auf Langeoog angekommen war.

»Bist du jetzt böse auf mich?«, fragte Marian mit Schmollmund.

Jetzt lachte Sina doch wieder. »Nee, nicht mehr als sonst. Komm, erzähl mir schon, was du so Tolles herausgefunden haben willst. Was so viel toller ist als drei Morde.«

»Nicht unbedingt toller. Aber nachhaltiger.« Marian setzte sich in Positur. »Weißt du, diese drei Morde rütteln natürlich die Inselgemeinschaft mächtig durch. Alle wollen wissen, wer und warum. Aber sowie man das weiß, ist die Sache geklärt, und alle, die nicht direkt betroffen sind, gehen wieder zur Normalität über. So weit klar?«

Sina zuckte die Achseln. Das klang für sie nach einem Soziologieseminar aus dem Kernbereich ihres Studiums: Logisch, aber uninteressant.

»Anders liegt der Fall, wenn sich in einem so kleinen, begrenzten Sozialsystem wie dieser Insel hier etwas ereignet, das nicht nur wenige Leute betrifft, sondern sehr viele, um nicht zu sagen fast alle. Und wobei man nicht so einfach auf den Schuldigen zeigen und die Sache abhaken kann. Weil man den nicht finden wird, vielleicht auf Jahre hinaus nicht. Weil es außerdem vielleicht einen Ersten gibt, aber niemals einen Einzigen, da es mit Sicherheit Nachahmer gegeben hat und geben wird. Weil dadurch ein Misstrauen aller gegen alle aufkommt, das nicht zu stoppen sein wird. Und das das Zusammenleben der Langeooger auf Jahre hinaus beeinträchtigt.« Marian strahlte sie begeistert an: »Na, wie klingt das für dich?«

»Grässlich.« Sina schüttelte sich. »Kaum zu glauben, dass ich mal denselben Beruf ausgeübt haben soll wie du.«

Marian überging das. »›Der größte Lump im ganzen Land, das ist und bleibt der Denunziant‹«, deklamierte er. »Hoffmann von Fallersleben, wenn ich mich nicht irre. Denunzianten zerstören jedes Gemeinwesen. Sie säen Hass, Zwietracht, Misstrauen. Sie nehmen den Betroffenen die Lebensfreude.«

»Manchmal auch gleich das Leben«, ergänzte Sina. »Siehe die Nazizeit. Wie viele Menschen wurden damals von Kollegen und Nachbarn ans Messer geliefert! Ohne die vielen willfährigen Denunzianten hätte die Unterdrückung durch die Nazis niemals so gut funktioniert. Man kann also auch sagen, Denunzianten machen eine Gemeinschaft überhaupt erst beherrschbar.«

Marian nickte anerkennend. »Sehr richtig. So weit geht es hier allerdings wohl nicht. Schlimm genug ist es trotzdem. Kurz gesagt: Hier scheißt im Moment offenbar jeder jeden an. Kann natürlich auch sein, dass es nur einen gibt, der alle anderen anscheißt. Das kommt mir aber nicht sehr wahrscheinlich vor. Ich vermute: Einer hat angefangen, andere haben sich gerächt – und jetzt geht es immer so weiter wie bei diesen aufgereihten Dominosteinen. Einer macht den Anfang, und wenn der kippt, reißt er den nächsten mit. Dann gibt es kein Halten mehr, und am Ende liegt alles am Boden.«

»Hm.« Sina hatte jetzt doch Interesse gefasst. »Das setzt aber voraus, das es auch etwas zum Verpetzen gibt. Da wir im Moment gerade keine Diktatur haben, kommen Rasse, Religion und politische Einstellung wohl nicht in Frage. Bleibt das Gesetzbuch. Was treiben die Langeooger denn so Illegales?«

»Sie vermieten. An Touristen«, antwortete Marian und stoppte Sinas Erwiderung mit erhobener Hand. »Auch dafür gibt es Regeln. Und wie es aussieht, verstoßen die lieben Insulaner gegen diese Regeln gleich reihenweise.« Er berichtete, wie er von den anonymen Anzeigen bei der zuständigen Landkreisverwaltung erfahren hatte: Ein Mitarbeiter, der gerne auf Langeoog Urlaub machte und noch lieber billig wohnte, hatte geplaudert. »Er hat immer die Wohnung bei Frau Luitjens unterm Dach genommen«, erzählte Marian. »Eng und verwinkelt, aber günstig. Und plötzlich will ihm die Frau die Wohnung nicht mehr geben. Mehr als das: Sie behauptet, sie würde überhaupt nie an Feriengäste vermieten!«

»Glatt gelogen«, rief Sina aus, die Frau Luitjens und ihre Behausungen aus der Zeit kannte, als sie beruflich noch in der Probezeit gewesen war. »Wie kommt die denn dazu?«

»Weil sie auch zu denen gehört, gegen die anonym Anzeige erstattet wurde«, sagte Marian. »Du glaubst ja gar nicht, was für ein Ausmaß das inzwischen angenommen hat! Ich wollte es ja auch nicht glauben, aber mein Gewährsmann schwört Stein und Bein, dass es schon Hunderte von Fällen sind.«

»Hunderte?« Sina war fassungslos.

»Allerdings. Angeblich laufen in Wittmund fast jeden Tag neue ein.«

»Das kann doch nicht wahr sein! Ich meine, das ist doch ganz klar als Verleumdungskampagne erkennbar. Da müsste man doch nur mal stichprobenartige Überprüfungen durchführen, und die ganze Seifenblase platzt.«

Marian schüttelte lächelnd den Kopf. »Die Überprüfungen hat es längst geben«, korrigierte er Sina. »Und es ehrt dich ja, dass du so eine gute Meinung von den Insulanern hast, aber die Realität sieht anders aus. Die Vorwürfe, die erhoben wurden, haben sich bisher samt und sonders als zutreffend erwiesen.«

Sina spitzte die Lippen. »Was für Schlitzohren! Nur aufs Geldverdienen aus. Kein Respekt gegenüber der Obrigkeit. Wer hätte das gedacht?«

Sie blickte Marian an. Marian blickte zurück. Gleichzeitig brachen sie in lautes Gelächter aus.

»Natürlich ist das eigentlich nicht sehr lustig«, sagte der Journalist, als beide sich wieder beruhigt hatten. Er wischte sich Lachtränen aus den Augenwinkeln. »Man muss ja bedenken, dass für manchen hier die finanzielle Existenz am Vermieten hängt. Und dass diese Existenz bedroht ist, wenn das auf einmal nicht mehr geht.«

»Oder wenn man plötzlich investieren muss. Oder vielleicht sogar Steuern zahlen.« Sina, die selbst so gern getröstet wurde, brachte in dieser Sache wenig Mitleid auf. »Wenn deren Existenz daran hängt, warum haben sich die betreffenden Leute dann nicht die Mühe gemacht, die geltenden Regeln einzuhalten? Damit diese Existenz eben nicht plötzlich in Gefahr gerät? Ich muss schon sagen, Marian, du hast ziemlich viel Verständnis für diese Gesetzesbrecher.«

»Was erwartest du? Ich lebe ja auch schon länger hier als du«, verteidigte sich Marian.

»Länger vielleicht, aber Insulaner sind wir beide nicht! Ich finde, bei aller Sympathie für Insel und Leute muss man auch kritische Distanz wahren, sonst entwickelt man ja noch das Stockholm-Syndrom.«

»Wie bitte? Wir sind doch keine Geiseln, die mit der Zeit die Sichtweise ihrer Entführer annehmen!« Auch Marians Entrüstung klang gekünstelt. Ebenso wie seine verschwörerische Anschlussfrage: »Oder gibt es da etwas, das ich nicht weiß? Sag's mir ruhig, mir kannst du vertrauen.«

Da hörte Sina aber schon nicht mehr hin. »Ich frage mich, ob diese Morde vielleicht etwas mit den Denunziationen zu tun haben«, sagte sie nachdenklich. »Wenn es den Leuten ans Geld geht, sind sie zu manchem fähig. Wenn die Existenz auf dem Spiel steht, gehen einige bis zum Äußersten. Ganz bestimmt.«

»Da ist die Polizei ganz deiner Meinung«, bestätigte Marian. »Lüppo hat mir erzählt, sie hätten das schon überprüft. Aber Fehlanzeige. Sowohl Zempel als auch Diekmann gehörten zu den Betroffenen dieser anonymen Anzeigen, womit sie als Täter ausscheiden, sagt unser Inselbulle. Tja, und der Fall Bottmeier liegt anscheinend sowieso etwas anders.«

»Möglich«, murmelte Sina vor sich hin. Überzeugt klang sie nicht.

27.

Nico Backhaus warf die Tür der Polizeistation hinter sich ins Schloss, wandte sich dem Schreibtisch zu und erstarrte in der Bewegung. Wer saß denn da und telefonierte? Lüppo Buss, den er hier erwartet hatte, war das jedenfalls nicht. Überhaupt war das kein Mann. Seit wann taten denn hier Kolleginnen Dienst? Oder hatte Lüppo etwa eine Zivilistin zur Stallwache eingeteilt?

Das Telefonat dauerte noch, und so bekam er eine kurze Frist, um seine Erregung zu dämpfen und seine Gedanken zu ordnen. Als der Bio-Computer unter seiner Schädeldecke wieder halbwegs funktionierte, ließ er das Bildprogramm anlaufen. Aha, Treffer! Dort am Schreibtisch saß eine der KTU-Kolleginnen, in Jeans und T-Shirt. Hatte sie wohl unter ihrem weißen Overall angehabt. Backhaus nickte beifällig. Flexible Reaktion auf die neue Lage – der Waffenkeller konnte warten, sofern er gesichert war. Ob die Kollegin alleine darauf gekommen war?

Die Frau nahm sein Nicken als Gruß und nickte lächelnd zurück, während sie weiter in den Hörer sprach und dabei notierte. Wie hieß sie noch? Backhaus grübelte, bekam aber nur noch eine vage Erinnerung aufgerufen. Vorne etwas Klassisches, hinten etwas Gewöhnliches. Was mochte das wohl bedeuten, in Namen übersetzt?

Die Kollegin legte auf. »Hallo, Herr Hauptkommissar!«, begrüßte sie ihn.

Im letzten Moment fiel es ihm ein. »Moin, Frau Hinz! Diana Hinz, richtig?«

»Richtig.« Sie strahlte ihn an und deutete auf das Telefon. »Das gerade war der Schrödi. Helmut Schröder, Sie wissen schon, mein KTU-Kollege. Wir haben den Keller dichtgemacht, um hier ein bisschen zu helfen. Ich hoffe, Sie sind damit einverstanden.«

»Was heißt einverstanden? Ich finde das klasse!«, sagte Backhaus mit ehrlicher Begeisterung. »Sehr gute Initiative.«

»Der Vorschlag kam von KHK Stahnke. Sie wissen schon, der Bär aus Leer. Aber Lüppo, ich meine natürlich KOK Buss, meinte, ich soll das auf jeden Fall von Ihnen absegnen lassen.«

Nico Backhaus musterte die Kommissarin Hinz. Sie war hellblond, ihr Pferdeschwanz straff gezurrt, ihre Figur war sowohl weiblich als auch sportlich und ihr Lächeln gänzlich ungekünstelt. Nein, aller Wahrscheinlichkeit nach veräppelte sie ihn nicht. Vielleicht wusste sie ja noch nicht alles über sein Versagen heute – dann würde das Veräppeln noch früh genug einsetzen. Vielleicht war sie aber auch einfach nur nett, korrekt und tüchtig.

»Alles gut.« Backhaus hob anerkennend die Hand. »So, und was hatte er denn nun zu melden, der Schrödi, ich meine, der Kollege Schröder?«

»Nichts Weltbewegendes, leider. Er und unsere Praktikantin sind mit Fotos von Ursula Bottmeier los und haben sich bei Bahnhof, am Flughafen, an der Fähre, in den Supermärkten und wer weiß wo noch alles nach ihr erkundigt. Niemand will sie heute gesehen haben. Niemand mit Ausnahme der direkten Nachbarn, aber mit denen hatte Lüppo Buss ja schon gesprochen.«

Backhaus erinnerte sich. »Was haben die genau berichtet?«

»Dass sie mit dem Fahrrad weg sei. Vormittags. In Richtung Bahnhof.«

Der Hauptkommissar ballte die Fäuste. »Hat man diesen Nachbarn das Tatfahrzeug vorgeführt? Ich meine natürlich das Fahrrad, mit dem die betreffende, äh, Helferperson sich der Inselbahn genähert hat?«

»Nein, noch nicht.« Diana Hinz beugte sich zum Telefon: »Soll ich das gleich mal entsprechend anweisen?«

»Ja, bitte.« Nico Backhaus wischte sich die Stirn, wozu er erst einmal eine Faust lösen musste, was gar nicht so einfach war, so angespannt war er. Also wirklich Ursula Bottmeier? Oder vielleicht doch … ?

Die Tür hinter ihm wurde mit einem Ruck geöffnet. Lüppo Buss platzte herein, von Anstrengung gezeichnet und mit Schweiß auf der Stirn. »Da bist du ja«, nahm er die Anwesenheit seines Vorgesetzten zur Kenntnis. »Doc Fredermann ist fertig, Bericht folgt. Er sagt, es scheint alles so gewesen zu sein, wie es aussieht.«

Backhaus zog die Augenbrauen hoch. »Ach ja? Bottmeier ist also in einem Aquarium ertrunken?«

»Bitte?« Der Mund des Inselpolizisten gemahnte an einen Karpfen auf dem Trockenen. Sein Blick schien Nico Backhaus nach Anzeichen für einen Sonnenstich abzutasten.

Der Hauptkommissar winkte ab: »Nichts, vergiss es. Was hat der Arzt denn nun gesagt?« Die Erinnerung an diesen Leichenfund, die erschreckende Nähe und die anfängliche Weigerung seines Gehirns, die optischen Eindrücke sinnvoll zu verarbeiten, war noch frisch. Gut, dass er schon wieder darüber spotten konnte. Aber jeder Versuch, einem anderen dieses Erlebnis zu schildern, war zu zeitraubend – oder gleich zum Scheitern verurteilt.

Lüppo Buss nickte, signalisierte aber Wachsamkeit. »Ja gut. Also Todesursache ist Ersticken, Tatwerkzeug war diese Plastiktüte. Ein relativ stabiles Ding in der Größe einer handelsüblichen Einkaufstüte. Von hinten übergestülpt und zugezogen, was entsprechende Schrammen und Druckstellen im Nacken belegen.«

»Einkaufstüte? Steht da irgendwas drauf?«, fragte Nico Backhaus, während er den Gedanken daran, wie es wohl sein mochte, an Luftmangel einzugehen, mit professioneller Übung beiseiteschob. »Ein Werbeaufdruck, der uns weiterbringt?«

»Erstens ja, zweitens: das hoffe ich jedenfalls«, erwiderte der Inselpolizist. »Die Tüte stammt von *Insa's Mode-Treff*, das ist ein Klamottenladen hier um die Ecke, in der Barkhausenstraße. Manche sagen wohl auch Boutique dazu. Das ist schon mal gut, hätte ja auch Massenware vom Festland sein können. Die haben durchsichtige Tüten, damit die Kunden mit der schönen Ware gleich noch Reklame laufen – mit dem Schriftzug über dem gekauften Teil. So hat mir das jedenfalls Insa Visser erzählt. Das ist die Inhaberin; ich war gerade eben dort.«

»Jetzt sag bloß nicht, die wüsste noch, wer diese eine Tüte bei ihr bekommen hat«, sagte Backhaus. Aber ein Fünkchen Hoffnung glomm doch.

Lüppo Buss schüttelte den Kopf. »Nee, natürlich nicht. Aber sie weiß, wer so ihre Stammkundinnen sind! Die hat sie nämlich auch, obwohl sie das meiste natürlich an Touristen verkauft. Sie hat mir ein paar Namen aufgezählt. Darunter war auch Ursula Bottmeier! Na, was sagst du?«

Nico Backhaus sagte erst einmal nichts, und er schaute unerwartet düster drein. Für Lüppo Buss eine klare

Enttäuschung. Endlich passten mal ein paar Puzzleteile zusammen, und sein Vorgesetzter freute sich nicht? Diese Leute vom Festland mochte verstehen, wer wollte.

»Gut«, sagte der Hauptkommissar endlich. »Habt ihr die Tüte ansonsten schon untersucht? Fingerabdrücke?«

»Wird gerade erledigt. Die Kollegen machen das direkt in Bottmeiers Keller, weil sie ihren Kram überwiegend sowieso da stehen haben. Quasi ein kleines Insel-Labor.« Lüppo Buss hustete; es klang matt. »Ich weiß ja nicht, ob wir auf Fingerabdrücke hoffen können. Unsere verdächtige Person hat sich dem Opfer von hinten genähert; da wäre auch die Gelegenheit gewesen, Handschuhe überzuziehen. Bottmeier muss völlig arglos gewesen sein, außerdem ja auch durch die Handschellen gehandicapt. Daher gibt es kaum Spuren von Gegenwehr und überhaupt keine Abwehrverletzungen bei ihm.« Er streckte seinem Vorgesetzten die ausgebreiteten Handflächen entgegen: »Mensch, Nico, das passt doch alles gut zusammen! Eine Menge aussagefähiger Indizien und eine schlüssige Motivlage. Außerdem ist die Dame ja flüchtig! Das ist doch schon mehr als ein halbes Geständnis. Da kann man sich doch mal ein bisschen freuen, oder?«

Nico Backhaus zog kurz die Mundwinkel hoch; es sah gequält aus. »Ja, du hast ja recht! Obwohl ›nicht auffindbar‹ noch lange nicht ›flüchtig‹ heißt. Aber wenn jetzt noch das Fahrrad des Täters – oder der Täterin – als das von Ursula Bottmeier identifiziert wird, dann dürfte es wohl kein Problem sein, einen Haftbefehl gegen sie zu erwirken.«

»Na eben!« Lüppo Buss stemmte seine Fäuste in die Seiten. »Meine ich doch! Und du klingst so, als ob das höchst bedauerlich wäre! Mensch, Nico, was ist denn mit dir?«

Backhaus schüttelte den Kopf. »Wie du weißt, war ich Zeuge des Geschehens«, sagte er langsam. »Jedenfalls des Geschehens unmittelbar vor der Tat. Kein Ruhmesblatt für mich, aber darum geht es nicht. Wie du weißt, konnte ich mir gut vorstellen, dass es sich bei der Person auf dem Rad um eine Frau gehandelt hat. Schlank, sportlich, relativ hochgewachsen, aber nicht übermäßig. Groß für eine Frau eben. Androgyn gekleidet. Nur so kann Ursula Bottmeier ja im Spiel bleiben, nicht wahr? Na ja – inzwischen aber sind mir Zweifel gekommen.«

Der Inselpolizist runzelte die Stirn. »Zweifel? Warum? Und woran überhaupt?«

»An dieser Frauen-These.« Er fuhr sich mit beiden Händen durch die zerzausten Haare. »Weißt du, ich habe heute jemanden gesehen. Genau genommen ein Pärchen, aber ich meine den Mann. Der ist mir auch vorher schon mal begegnet, aber irgendwie war da bisher nichts eingerastet bei mir. Aber jetzt! Ein sportlich aussehender Mann, schlank, mittelgroß, kräftig – trotzdem mit einer gewissen femininen Ausstrahlung. Erst wusste ich gar nicht, warum ich auf ihn aufmerksam geworden bin. Das kam erst, als er sich seine Sonnenbrille aufgesetzt hat. Da schoss es mir auf einmal durch den Kopf: Mensch, der könnte es gewesen sein! Ein blitzartiges Wiedererkennen. Nur ein Eindruck zwar, aber ein deutlicher.«

Lüppo Buss' Stirnfalten vertieften sich. »Wer?«, fragte er nur.

»Der Hafenmeister«, sagte Backhaus. »Michael Gödecke heißt er wohl.«

»Der Freibeuter?«, rief der Inselpolizist aus. »Na hör mal, das ist doch …« Seine Stimme erstarb, sein Blick war abwesend und glasig. »Das ist doch«, setzte er noch einmal an, leise und sondierend.

Dann war Lüppo Buss plötzlich wieder da. »Der ermordete Ulf Diekmann hat versucht, Michael Gödecke die berufliche Existenz zu entziehen«, berichtete er knapp. »Habe ich heute erst erfahren. Damit hätte er ein eindeutiges Motiv gehabt, Diekmann umzubringen. Und wenn Bottmeier ihn aus den bekannten Gründen mit der Tatwaffe versorgt hat ...«

»... dann könnte der Rest genau so gelaufen sein wie angenommen«, fiel Backhaus ein. »Nur mit dem Hafenmeister als Täter.«

»Das ist ein Hammer«, stellte Lüppo Buss fest.

Im selben Moment öffnete sich die Tür erneut: Stahnke, immer noch im Urlaubsoutfit. Den letzten Satz des Inselpolizisten bekam er noch mit. »Ein Hammer? Was hammer denn?«, fragte er so gut gelaunt, dass ihm eigentlich selbst hätte auffallen müssen, wie unpassend das war.

»Ein Motiv«, sagte Lüppo Buss. »Ein richtig hammerhartes! Und damit einen neuen Hauptverdächtigen.«

»Na guck«, sagte Stahnke und schaute sich nach einer Sitzgelegenheit um. »Hatte schon Angst, es könnte langweilig werden.«

28.

Kaum hatte Sina sich von Marian verabschiedet, lief ihr Michael Gödecke über den Weg. Wie immer schenkte er ihr sein sonnig-warmes Lächeln, das ihn unter seiner langen, bräunlich schimmernden Mähne ebenso reizend wie unschuldig wirken ließ. Der Hafenmeister war sehr freigiebig mit diesem Lächeln, das wusste Sina, aber es machte ihr nichts aus. Für sie war er einfach nur ein Freund – oder, angesichts einer unbestreitbaren emotionalen Nähe, fast schon eine Art Freundin.

Er umarmte sie zur Begrüßung. Eindeutig männlich, dachte sie, als sie die Muskeln seiner Arme und seines Brustkorbs spürte. Aber eine feminine Seite hat er auch, und die ist deutlich erkennbar.

»Na, nichts zu tun?«, stichelte sie. »Ich dachte, als quasi freier Unternehmer sei man stets und ständig eingespannt und müsste jedem einzelnen Euro persönlich nachjagen! Die Yachties im Hafen liefern ihr Geld heute wohl freiwillig ab, oder was?«

Er lächelte weiter, nachsichtig und warm. »Ich musste Karen eben schnell bei etwas helfen. Take Hülsebus vom Vereinsvorstand vertritt mich so lange.« Er schaute auf seine Armbanduhr. »Die Bahn ist wohl gerade weg. Macht aber nichts, Take sagt, ich müsste mich nicht beeilen. Also warte ich entweder, oder ich jogge zurück. Obwohl, ein bisschen warm ist es ja dafür.«

»Hast du denn kein Rad dabei?«, erkundigte sich Sina. »Wie bist du überhaupt vom Hafen hergekommen? Auch mit der Bahn?«

»Nee, ich hatte mir bei der Spedition einen Elektrokarren ausgeliehen.« Mit dem Kopf machte er eine vage Bewegung Richtung Bahnhof. »Den musste ich noch zurückbringen. Das passte ganz gut, so konnte ich Karen damit in den Ort fahren. Sie hätte sonst nicht gewusst, wie sie hinkommt. Joggen ist nicht so ihr Ding.«

»Aber sonst passt ihr beiden richtig gut zusammen, nicht?« Eine indiskrete Bemerkung, dachte Sina; aber gegenüber einer männlichen Freundin durfte man sich das wohl erlauben. »Wenn man euch beide zusammen sieht, seht ihr jedenfalls immer richtig glücklich aus.«

»Ja, das können wir auch sein.« Er schaute sie offen an, kleine Lachfältchen im gebräunten Gesicht. Nein, der Freibeuter nahm solche persönlichen Bemerkungen nicht übel, da konnte Sina beruhigt sein. Etwas beunruhigend fand sie dagegen, dass sich ein leichter Schatten über Michaels Strahlen gesenkt hatte.

Sina wartete einen Moment. Als der Hafenmeister stumm blieb, fragte sie leise: »Aber?«

Er zuckte leicht die Achseln. »Ach, nicht wirklich ein Aber. Karen ist toll, ich liebe sie, ganz ehrlich. Sie ist nur so … absolut, verstehst du? Hundert Prozent sind ihr meistens noch nicht genug. An sich eine tolle Einstellung, gerade für eine Künstlerin. Ich kann halben Kram auch nicht ausstehen.«

Sina nickte. Sie wusste, dass Michael Gödecke nicht nur handwerklich mit Holz gut umzugehen verstand, sondern zuweilen auch Kunstobjekte daraus fertigte. Er wusste also, wovon er redete.

Aber von Holzkunst redete er jetzt und hier natürlich nicht wirklich. »Du meinst also, Karen klammert?«, kombinierte sie.

Der Hafenmeister lachte auf. »Du schonungslose ehemalige Enthüllungs-Journalistin! So, wie du es ausdrückst, klingt es richtig übel. Als trüge ich mich schon mit Fluchtgedanken! Aber glaube mir, so ist es nicht. Karen ist die Richtige für mich, davon bin ich überzeugt. Wenn es nach mir geht, dann bauen wir uns für die Zukunft etwas richtig Schönes auf. Wir beide zusammen.«

Geht es denn nicht nach dir, wollte Sina fragen. Aber etwas anderes brannte ihr auf der Zunge und wollte heraus. »Weißt du eigentlich, dass sich die Leute das Maul zerreißen, seit wir gemeinsam im *Dwarslooper* waren? Unglaublich, wie man hier unter Beobachtung steht!«

»Wie? Welche Leute zerreißen sich über uns das Maul?« Das Gesicht des Hafenmeisters hatte sich endgültig verdüstert.

»Na ja, der dicke Bodo Schmidt zum Beispiel, der immer mit seinen drei Kumpanen auf der Bank am Bahnhof sitzt. Der hat mich direkt darauf angequatscht! Und wenn der etwas weiß, dann weiß es bestimmt halb Langeoog. Und wenn er sich etwas nur einbildet …«

»… dann weiß es sofort die ganze Insel!« Michael Gödeckes Lachen klang bitter. »Tja, das ist der Nachteil, wenn man in solch einem Dorf lebt, wo jeder jeden kennt und scharf im Auge behält! Man vergisst es immer mal wieder, weil Langeoog ja den größten Teil des Jahres von Besuchern überschwemmt ist. Aber das wahre Leben spielt sich unter relativ wenigen Menschen ab. Das muss man wissen, wenn man sich dafür entscheidet, hier zu leben.« Er nickte ihr zu: »So wie du.«

»Und du.« Sie nickte zurück.

Sie schwiegen beide, bewegten sich in einem langsamen, ziellos wirkenden Schlenderschritt. Zwar lag der Inselbahnhof in ihrer Richtung, aber Sina hatte nicht das Gefühl, dass der Hafenmeister unbedingt dorthin wollte.

»Wobei hast du Karen denn geholfen?«, fragte Sina, als das Schweigen zu drückend wurde.

»Ach, vor allem dabei, zurück in den Ort zu kommen. Sie hatte kein Verkehrsmittel. Dann wollte sie noch in die Werkstatt, du weißt schon, die, die sie sich mit Manni Zempel geteilt hat. Verdünnung holen. Mich wollte sie wohl nur zur Unterhaltung dabeihaben.« Er schmunzelte. Jetzt sah er wieder glücklich aus, fand Sina.

»Dann sind wir noch ein bisschen über den Strand gelaufen; dazu kommen wir sonst kaum im Sommer, außer vielleicht früh morgens«, fuhr der Hafenmeister fort. »Aber sie musste noch in ihre Galerie, da hat sie eine Halbtagskraft, die sie ablösen musste. Deshalb bin ich wieder zurück.« Er zuckte die Achseln. »Und hier. Mit dir.«

»Da werden die Leute wieder was zu quatschen haben«, lachte Sina. »Vorhin habe ich mit Marian Godehau beim Italiener gesessen, Eis essen. Wahrscheinlich kriegt Stahnke das alles gerade eben schon aufs Brot geschmiert!«

»Na, dann pass mal auf, dass dein Freund nicht seine Dienstwaffe zückt und Amok läuft.« Der Hafenmeister grinste. »Wäre doch schade um mich! Journalisten gibt es ja wie Sand am Meer, aber gute Hafenmeister …«

Sina gnickerte. »Keine Angst, Stahnke neigt nicht zu solchen Ausbrüchen. Und falls doch, kriegst du nichts davon mit. Ich glaube, er schießt ziemlich gut!«

Mit geweiteten Augen markierte Michael Gödecke den Erschrockenen, schaute sich mit übertriebenen, ruckartigen Bewegungen nach allen Seiten um. Sina amüsierte sich köstlich.

Der Hafenmeister schüttelte seine Rolle ab, fasste Sina an beiden Schultern. »Du, ich muss langsam doch los«, sagte er. »Mach's gut und grüß deinen Superbullen von mir. Sag ihm ruhig, seine Anlegemanöver würden von Mal zu Mal besser. Trotzdem habe ich die Segelyacht seines Kumpels lieber an den Stegkopf verlegt, ganz nach außen. Da können die beiden weniger Schaden anrichten, wenn es mal wieder schiefgeht.«

Sina grinste noch einmal breit, dann wurde sie schlagartig ernst. »Mir hat übrigens einer die Reifen zerstochen«, sagte sie abrupt. »Irgendwann heute Vormittag. Mein Fahrrad stand vor der Klinik. Beide Mäntel und Schläuche wurden aufgeschlitzt.« Sie blickte Michael Gödecke in die Augen.

Der Hafenmeister sog keuchend die Luft ein. »Was? Das ist ja ... sowas Gemeines!«

»Ja«, sagte Sina. »Hast du vielleicht eine Ahnung, wer das gewesen sein könnte?«

»Ich?« Fassungsloses Erstaunen sprang ihm förmlich aus dem Gesicht. »Woher denn? Nee, absolut keine Ahnung. Wirklich nicht.«

Sie zuckte die Schultern. »Hätte ja sein können. Wollte nur gefragt haben. Na, dann mach's mal gut.« Sanft streifte sie seine Hände ab, winkte kurz und wandte sich ab. Als sie an der nächsten Ecke abbog, konnte sie sehen, dass er ihr immer noch nachstarrte.

29.

Ist ja klar, dachte Lüppo Buss, einer muss die Stellung halten. Hier im Büro läuft nun einmal alles zusammen, das ist auch im Handy- und Internet-Zeitalter noch so. Also muss hier auch immer einer sitzen und Stallwache halten, wenn gerade Action ist. Vollkommen verständlich ist das.

Warum aber musste gerade er das sein?

Weil Nico Backhaus das so bestimmt hatte. Hauptkommissar Backhaus. Tja, so sah das aus. »Und du hältst hier die Stellung, Lüppo. So, alles klar ansonsten? Dann mal alle los.« Backhaus hatte das Sagen. Da konnte Stahnke auch nichts machen. Urlauber Stahnke! Der konnte froh sein, dass Backhaus ihn überhaupt im Team duldete. So flexibel war er ja.

Klar, dachte Lüppo Buss, er braucht ja auch ein Ergebnis, und das möglichst schnell, ehe sich alle über ihn das Maul zerreißen. Da ist er gut beraten, keine Hilfe abzulehnen. Nachfragen wegen Vorschriftenverstößen würden schon nicht kommen, wenn der Erfolg ihm recht gab. Und wenn nicht, kam es darauf auch nicht mehr an.

Das Telefon schrillte. »Polizei Langeoog, Buss.«

»PK Hinz hier. Diana. Gerade kriege ich Bescheid, dass Spaziergänger am Rand des Wäldchens abgelegte Kleidung gefunden haben. Dunkler Jogginganzug, Mütze soll auch dabei sein. Könnte unserem Radfahrer gehören.«

»Sehr gut. Bleib dran, Fundort sichern und fotografieren. Die Klamotten sichten und möglichst schnell zur Untersuchung ins Labor. Fasern, Spritzer, Schuppen, DNA. Gleich Meldung, wenn du mehr weißt.«

»Ist gut, mach ich.«

Erst als sie das Gespräch beendet hatte, wurde sich Lüppo Buss bewusst, dass er die junge Kollegin geduzt hatte. Er musste schmunzeln. Da war ihm sein Unterbewusstsein wohl einen Schritt voraus gewesen. Natürlich stand er auf diesen Typ Frau, und das mit Nicole, die er für seine große Liebe gehalten hatte, das ruhte ja nun schon eine Weile. Trotzdem, Dienst war Dienst. Also immer schön korrekt bleiben.

Später vielleicht. Immerhin hatte sie sich das Duzen ja gefallen lassen.

Wieder Telefon. »Polizei Langeoog, Buss.«

»Schröder hier. Wegen dem Fahrrad. Also, die Leute meinen, das würden sie nicht kennen.«

Der Inselpolizist straffte sich. »Hier ist die Polizei Langeoog, mein Name ist Buss. Handelt es sich um einen Fahrraddiebstahl? Oder haben Sie ein Rad gefunden?« Neben all dem Trubel ging das normale Leben ja auch noch weiter.

»Wie, nee.« Der Anrufer klang verwirrt. Dann: »Ach so. Hier POK Schröder. Es geht um das Täterfahrrad. Ich war mit der Identifizierung beauftragt.«

Lüppo Buss schlug sich mit drei Fingern gegen die Stirn. Himmel, hatte er auf der Leitung gestanden! »Ja, Kollege Schröder, jetzt bin ich im Bilde. Sie haben das Rad, das nach dem Vorfall bei der Inselbahn liegen gelassen wurde, den Nachbarn des Geschwisterpaares Bottmeier vorgeführt, richtig? Und – Resultat negativ? Ist das sicher?«

»Na ja, wie man es nimmt.« Kollege Schröder verfiel wieder in den gemütlichen Erzählton, der ihm mehr zu liegen schien als die quasi-militärische Kultur der exakten

Meldung. Der Inselpolizist fand das nicht unsympathisch, solange er verstehen konnte, worum es ging. »Die Nachbarn rechts wie links wollen nicht ausschließen, dass das bewusste Rad den Bottmeiers gehört. Sie haben es eben nur nie zuvor bei ihnen gesehen. Was ja nicht ganz dasselbe ist.«

»Das stimmt allerdings«, pflichtete Lüppo Buss bei. »Fahren die Bottmeiers denn gewöhnlich überhaupt Rad?«

»Die Nachbarn sagen ja. Er fährt häufig zum Seglerverein oder zu den Sportschützen, sie macht wohl auch gerne mal längere Touren.« Schröder schien sich ausgiebig mit den Leuten unterhalten zu haben.

»Die haben die beiden also schon Rad fahren sehen, kennen dieses Rad aber nicht?«

»Genau so ist es.« Der Inselpolizist konnte Schrödi förmlich nicken hören. Ein Freund vorschneller Rückschlüsse schien er nicht zu sein.

»Was für ein Rad ist das bewusste denn überhaupt?«, fragte Lüppo Buss weiter. »Ich meine, Damen- oder Herrenrad?« Vielleicht konnte diese Info Nico Backhaus in der offenbar schwierigen Frage helfen, ob er nun einen Mann oder eine Frau gesehen hatte. Himmel noch mal, Männlein oder Weiblein! Wenn das alles die Runde machte, würde der Spott haushohe Wellen schlagen. Der Hauptkommissar aus Aurich tat ihm jetzt schon leid.

»Sowohl als auch«, antwortete Schröder. »Oder vielmehr: weder noch.«

Jetzt wurde es dem Inselpolizisten doch zu kryptisch. »Haben Sie meine Frage nicht verstanden?«, schnauzte er in den Hörer. »Soll ich Ihnen vielleicht eine Zeichnung machen?«

»Ich glaube eher, ich sollte Ihnen eine machen«, erwiderte Schröder seelenruhig. Und ehe der Inselpolizist an die Decke gehen konnte, setzte er hinzu: »Es ist eins von diesen Modellen mit schräger Stange. Die geht von da, wo der Lenker ansetzt, direkt schräg nach hinten bis runter zur Radnabe. Der Einstieg hat halbe Höhe, man kann also entweder wie eine Frau mit dem Bein durchsteigen oder auch wie ein Mann mit Schwung das Beinchen heben. Für beide Geschlechter zu verwenden. Unisex nennt man das wohl.«

Verflucht, dachte Lüppo Buss, da hat sich ja wohl alles gegen uns verschworen. Dass der Nico einfach nicht den Blick fürs Wesentliche hatte! Mann, Frau – so etwas erkannte man doch auf einen Blick!

»Was für Räder gibt es denn noch bei den Bottmeiers?«, fragte er.

»Wie, was für Räder noch?«

Manchmal schien dieser Schröder etwas schwer von Begriff zu sein, bemerkte Lüppo Buss. »Na, wenn beide Bottmeiers bezeugtermaßen öfter mal mit dem Fahrrad fahren, dann müssten doch irgendwo in deren Haus oder auf dem Grundstück irgendwelche Räder stehen, nicht wahr?« Er sprach betont langsam. Noch einen Tick langsamer, und es hätte wirklich jedem auffallen müssen.

»Ach so, ja. Ich schaue schnell mal nach. Melde mich wieder.« Schröder beendete das Gespräch. Ob er sauer war? Der Inselpolizist zuckte die Achseln; schließlich war er hier nicht der Personalrat.

Sekunden nach dem Auflegen klingelte das Telefon erneut. »Polizei Langeoog …«

»Ja, hi, Diana hier.« Die Kollegin klang vor Aufregung

kurzatmig, und Lüppo konnte die roten Flecken auf ihren Wangen förmlich durchs Telefon sehen. Sofort lief es ihm heiß den Rücken herunter.

»Ich hab die Klamotten«, fuhr die Blonde fort. »Dunkles Zeug, lange Hose, Sweatshirt mit langen Ärmeln und Kapuze. Dazu eine Strickmütze. Beschreibung passt.«

»Na wunderbar. Große Klasse!« Der Inselpolizist musste sich bremsen, um nicht zu euphorisch zu klingen. Solch eine große Leistung war es ja auch nicht, eine Fundsache entgegenzunehmen. Aber er freute sich einfach mit der jungen Kollegin.

»Tja, wie man's nimmt«, schränkte Diana Hinz ein. »Leider haben die Finder die Sachen begrabbelt, und zwar gründlich. Wollten wohl schauen, ob sie die vielleicht noch gebrauchen können.« Die letzten Worte sprach sie in gedämpftem Ton. »Trotzdem lassen wir die Sachen natürlich auf DNA-Spuren untersuchen. Die Personaldaten der Finder haben wir ja.« Sie unterbrach sich erschrocken: »Ich meine natürlich, wenn du einverstanden bist.«

»Bin ich, selbstverständlich. So machen wir das.« Etwas anderes kam dem Inselpolizisten in den Sinn: Nico Backhaus und das Männlein-Weiblein-Problem. »Sag mal, sind das eigentlich Männer- oder Frauensachen?«

»Hmm. Schwer zu sagen. Kaufhausware – die taugt für alles und jeden. Oder auch nicht.«

Lüppo Buss stöhnte. »Was für eine Größe ist das denn?«

Es raschelte. Anscheinend wühlte Kollegin Diana in den Fundsachen. Der Inselpolizist stöhnte erneut. Das würde lustig werden, wenn es wirklich auf DNA-Spuren ankommen sollte!

Dann war die Blonde wieder am Hörer. »L«, sagte sie.

»Was?!« Lüppo Buss verlor langsam die Ruhe.

»Größe L«, wiederholte Diana Hinz. »Das heißt large, also groß. Es gibt die Einheitsgrößen M ...«

»Weiß ich«, ging der Inselpolizist schnaufend dazwischen. »Also eine Männergröße, richtig? Männer sind doch, äh, large, oder nicht?«

»Wie man es nimmt. Dieser Hauptkommissar Stahnke, der Bär aus Leer, der braucht wohl eher Triple-XL, ich meine, nur so als Beispiel.« Sie prustete ins Telefon; das mit dem Bären schien sie witzig zu finden. Das sollte sie bloß Stahnke nicht hören lassen.

»L ist also für Männer, die nicht ganz so, äh, groß sind. Aber eindeutig für Männer, nicht wahr?«

»Nicht unbedingt. Große Frauen tragen auch manchmal L. Ich zum Beispiel.«

Wieder hatte Lüppo Buss dieses Wärmegefühl im Nacken. »Also kein eindeutiger Hinweis auf das Geschlecht des Trägers?«

»Nein. Das Zeug passt einer relativ großen Frau ebenso wie einem mittelgroßen Mann. Genauen Aufschluss kann da nur der genetische Fingerabdruck geben.«

»Alles klar, vielen Dank. Lüppo Buss – Ende.« Er schmetterte den Hörer in die Gabel. Höchst unbefriedigend! Und dass sich Kollegin Diana jetzt noch auf die DNA-Analyse verlassen wollte, zeugte in seinen Augen von großem Optimismus und sonnigem Gemüt.

Trotzdem, das warme Gefühl blieb.

Telefon. Der Inselpolizist riss den Hörer ans Ohr. »Buss?!« Ach herrjeh, total den Spruch vergessen!

»POK Schröder hier. Wegen der Räder im Hause Bottmeier. Habe ich überprüft. Derzeit ist nur eins vorhanden. Fast neuwertiges *KTM*-Zwölfgang. Eindeutig ein Herrenmodell.«

Oha, dachte Lüppo Buss, so schwer von Begriff ist der Gute also doch nicht, sonst käme er mir jetzt nicht so preußisch-zackig. »Ausgezeichnet, vielen Dank, Herr Kollege«, sagte er dezidiert freundlich. »Mutmaßlich das Rad von Bernhard Bottmeier, der ja ... das Haus bekanntlich ohne Fahrrad verlassen hat.« Und das für immer, setzte er in Gedanken hinzu. Mit schönem Gruß an die Freunde und Helfer von der Polizei. »Das Rad von Ursula Bottmeier wäre demnach in Gebrauch.«

»Das ließe sich schlussfolgern.« Kollege Schrödi klang immer noch etwas spitz, aber nicht allzu übelnehmerisch. »Es scheint sich dabei übrigens ebenfalls um ein Rad der Marke *KTM* zu handeln. In dem betreffenden Abstellraum, der übrigens vorbildlich aufgeräumt ist, gibt es eine kleine Werkbank mit Schublade. Darin fand ich zwei Service-Hefte, je eins für ein Herren- und ein Damenrad der bewussten Marke.«

»Alles klar, danke. Dann ist die Geschlechterfrage ja wenigstens in diesem Punkt eindeutig geklärt. Also, nochmals danke und tschüss!«

Schröder zögerte eine Sekunde lang, offenbar unschlüssig, ob er hier schon wieder aufgezogen werden sollte. Dann aber grüßte er einigermaßen freundlich zurück und beendete das Gespräch.

Vorsichtshalber ließ Lüppo Buss seine Hand noch ein paar Sekunden über dem Telefonapparat schweben. Als der aber wider Erwarten nicht gleich wieder läuten wollte, stemmte der Inselpolizist beide Ellbogen auf die polierte Schreibtischplatte und atmete tief durch. Er fühlte sich wie im Auge eines Tornados. Draußen wirbelten seine Kollegen, arbeiteten sich an nicht weniger als drei Mordfällen ab – und hier drinnen hockte er in geradezu unwirklicher Ruhe. Das war nicht richtig, das ging doch nicht an, dies hier war schließlich seine Insel!

Natürlich aber kämpfte er den Drang, aufzuspringen, die Bürotür hinter sich zuzuwerfen und sich draußen nützlich zu machen, nieder. Jeder an seinem Platz, und sein Platz war jetzt hier. Draußen waren nicht zuletzt Backhaus und Stahnke. Auch wenn der Himmel wissen mochte, was die beiden gerade trieben.

Auf Langeoog war ja manches anders als im Rest der bundesdeutschen Kriminalisten-Welt. Hier war Lüppo Bus oft auf sich allein gestellt, erledigte alles selber und schrieb anschließend noch eigenhändig die Berichte. Anderswo, wo Teamarbeit Alltag war, hatte man dafür jeweils einen eigens abgestellten Kollegen, den Aktenführer. Der kümmerte sich um Verschriftlichung, Ordnung und Ablage, und wenn Absprache nötig war, um doppelte oder unnütze Arbeit zu vermeiden, dann hatte er den Überblick. Na, dachte der Inselpolizist, dann will ich das heute und hier mal sein. Auch wenn ich nicht das Gefühl habe, irgendetwas zu überblicken.

Apropos Akten. Waren da nicht noch welche zu sichten? Mit den Unterlagen von Manfred Zempel war er ja so weit durch, aber da lagen noch welche, die sie aus Ulf Diekmanns privatem Büro mitgebracht hatten. Nicht gerade das, wonach Lüppo Buss der Sinn stand, aber Dienst war nun einmal Dienst. Und solange das Telefon nicht klingelte …

Das Telefon klingelte nicht. Der Inselpolizist seufzte

und griff sich die Akten vom Aktenbock. Lustlos, aber systematisch begann er zu blättern und zu sichten.

Und hielt schon nach wenigen Seiten inne, denn ein Dokument kam ihm sehr bekannt vor. Absender: Landkreis Wittmund. Da, diese Formulierung hatte er doch schon einmal gelesen: »Aus den genannten Gründen können wir Ihnen keine Genehmigung erteilen, das o.a. Objekt weiterhin zur Vermietung an Feriengäste zu nutzen.« Ach richtig, Diekmann war ja das Gleiche widerfahren wie Zempel! Waren wohl beide Opfer dieses mysteriösen Denunzianten geworden, über den mittlerweile ganz Langeoog spekulierte. Und vor dem manch einer zitterte.

Der Inselpolizist nahm sich nun doch noch einmal den betreffenden Zempel-Ordner vor. Den betreffenden Bescheid fand er auf Anhieb. Ja, der gleiche Wortlaut, stellte er fest. Fast, denn einen kleinen Unterschied gab es: Bei Diekmann hieß es *weiterhin*. Bei Zempel war es offenbar um einen Erstantrag gegangen.

Der nächste Unterschied wurde offenkundig, als Lüppo Buss weiterblätterte. Da waren noch andere Bescheide vom Landkreis an Diekmann, alle mit annähernd gleichem Wortlaut, was die Quintessenz anging: Verbot der weiteren Vermietung. Ulf Diekmann war also gleich mehrfach betroffen gewesen. Ob es hier um alle seine Mietobjekte ging, konnte der Inselpolizist nicht beurteilen. Aber auf jeden Fall um mehrere.

Diekmann hatte also durch den anonymen Denunzianten, der hier sein Unwesen trieb, einen massiven wirtschaftlichen Verlust erlitten. Für seine Ambitionen, seinen gesellschaftlichen Status auf Langeoog mehr und mehr zu steigern, dürfte das ein herber Rückschlag gewesen sein. Ein echter Grund, um Hass zu schieben und rot zu sehen. Lüppo Buss hätte es gut nachvollziehen können, wenn Diekmann an diesem Denunzianten Rache geübt und ihn erschossen hätte.

Stattdessen hatte er Manfred Zempel ermordet, den harmlosen Manni, der niemandem etwas tat. Einen Leidensgenossen, der genauso wie Diekmann um die Chance gebracht worden war, aus seinem Eigentum Kapital zu schlagen. Weitaus weniger zwar als der wohlhabende Filialleiter, aber im Prinzip waren die beiden in derselben Situation gewesen. Warum also hätte einer von ihnen den anderen töten sollen?

Lüppo Buss griff sich die beiden Akten und legte sie nebeneinander. Sein Blick huschte hin und her, tastete Abschnitte, Sätze und Wörter ab. Die Furchen in seiner Stirn vertieften sich.

Dann blieb sein Blick hängen. Zuckte zum Nachbarblatt und wieder zurück zur alten Stelle. Ein leiser Pfiff schlich sich durch Lüppo Buss' Zähne.

Dann griff er zum Telefon. Schnell, ehe es wieder läutete.

30.

Treffer, dachte Stahnke, als er den Hafenmeister kommen sah. Nico Backhaus hatte Michael Gödecke bei dessen Freundin vermutet, schließlich hatte er die beiden kurz zuvor Richtung Strand gehen sehen, und das Geschäft von Karen Moosbach lag ganz in der Nähe der Strandpromenade. Also hatte er sich dorthin gewandt, während Stahnke zum Yachthafen gefahren war. Ein gewissenhafter Hafenmeister, so hatte er spekuliert, überließ seine Anlage in der Hochsaison niemals längere Zeit sich selbst – beziehungsweise einer Vertretung. Und er hatte recht behalten.

Wenige Minuten zuvor hatte er mit Sina telefoniert, daher war Gödeckes Eintreffen auch keine Überraschung gewesen. Nur die Tatsache, dass er ebenfalls mit einem Fahrrad kam, überraschte den Hauptkommissar. Hatte Sina nicht erzählt, er wäre ohne Fahrzeug unterwegs?

Sich dem Hafenmeister unauffällig zu nähern, war kein Problem, schließlich war Stahnke als Besatzungsmitglied einer im Hafen liegenden Yacht zugangsberechtigt. Außerdem hatten Gödecke und er schon ein paar Worte miteinander gewechselt – gleich nach dem missglückten Anlegemanöver, das der Hafenmeister so geschickt entschärft hatte. Himmel, war Stahnke das peinlich gewesen! Noch immer glaubte er hier und dort kaum verhohlene Belustigung zu erkennen, auch wenn einige der Augenzeugen dieser Panne inzwischen weitergesegelt waren. Zudem hatte der Hafenmeister die Segelyacht seines Nachbarn zwischenzeitlich an den Stegkopf verbannt. Wieder ein

Grund zur genüsslichen Häme; Schadenfreude zählte eben auch für Segler zu den schönsten Freuden.

Gödecke hatte Stahnke anscheinend noch nicht gesehen, jedenfalls schob er sein Rad an ihm vorbei, ohne ihn zu beachten, und lehnte es in den Schatten der Bootshallenwand. Wollte er es denn gar nicht abschließen? Offenbar nicht. Stattdessen nahm er ein anderes Fahrrad, das direkt daneben an der Metallwand lehnte, ein rostiges ohne Sattel, das eher einer Rad-Ruine glich, und schob es vor das erste Rad, so dass es dieses weitgehend verdeckte. Dann ging er eilig zu seinem Bürocontainer am Zugangssteg zum Yachthafen.

Seltsam, dachte Stahnke. Als ob er das Rad verstecken wollte! Das übrigens eindeutig ein Damenrad war. Sehr seltsam. Warum wollte er es verbergen? Das Tatfahrzeug konnte es ja nicht sein, das war zurückgelassen und von den Kollegen sichergestellt worden. Warum also?

Und: Sollte er sich aufs Gucken beschränken – oder sollte er fragen?

Als sich eine Hand auf seine linke Schulter senkte, zuckte der Hauptkommissar zusammen, als hätte er ein schlechtes Gewissen. Das aber hatte er zuletzt nur Lüppo Buss gegenüber gehabt, und der wusste ja nun schon, dass Stahnke sich heimlich auf Langeoog aufgehalten hatte, ohne ihm zu helfen. Das Thema war durch. Und Sina … konnte das Sina sein?

Schweißgeruch umfächelte ihn. Mit deutlich ranziger Note. Nein, eindeutig nicht Sina. Stahnke drehte sich um.

Diesen dicken Mann kannte er. Der hockte doch häufig am Bahnhof, zusammen mit diesen drei anderen Witzfiguren, oder er schlich im Ort herum und steckte seine hässliche Nase in Dinge, die ihn nichts angingen, was praktisch alle waren. Hieß er nicht Schmidt, Bodo Schmidt? Was hatte der Kerl ihn anzugrabschen?

»Sie müssen aufpassen«, raunte der Dicke ihm zu. Seine Rechte lag immer noch auf Stahnkes linker Schulter, und sein Arm war nicht lang genug, um seine Wampe auf Distanz zu halten.

»Was glauben Sie, was ich hier tue!« Der Hauptkommissar sog schnüffelnd Luft ein, ohne sich die geringste Mühe zu geben, seinen Widerwillen zu verbergen, schüttelte die Hand ab und trat einen Schritt zurück. »Heißer Tag gewesen heute, was? Vielleicht sollten Sie sich mal frischmachen.«

Andeutungen waren an Bodo Schmidt verschenkt. Er rückte einen Schritt nach, bis sein Bauch wieder beinahe andockte. »Auf Ihre Freundin müssen Sie aufpassen«, sagte er im gleichen unterdrückten, verschwörerischen Ton. »Vor allem, wenn Sie nicht hier sind, hier auf der Insel. Und das sind Sie ja meistens, nicht?«

Wie soll ich denn wohl auf Sina aufpassen, wenn ich gar nicht hier bin, fragte sich Stahnke. Aber er dachte nicht daran, diese Worte auszusprechen, denn die Lust, dieser zweibeinigen Qualle ein paar an die Löffel zu hauen, war weit größer. So groß, dass er seine ganze Beherrschung aufbieten musste, um sich daran zu hindern.

»Sie ist ziemlich viel jünger als Sie selbst, nicht?«, fuhr Schmidt ungeniert fort. »Find ich ja toll, wenn so ein gestandener Kerl wie Sie so ein junges Ding an Land ziehen kann! Aber dann darf man das Mädel auch nicht so viel alleine lassen. Hier auf der Insel, da gibt es eine Menge Männer. Auch viele junge Männer. Da ist die Versuchung groß, verstehen Sie?«

Stahnke verstand, dass der dicke Kerl hier in größter Gefahr schwebte – und dass er das anscheinend überhaupt nicht verstand. In noch größerer Gefahr war höchstens seine eigene Karriere bei der Polizei, wenn man die überhaupt so nennen konnte. Eigentlich war sie es kaum wert, Rücksicht darauf zu nehmen. Trotzdem biss der Hauptkommissar die Zähne zusammen und hielt die Hände still.

»Heute zum Beispiel hat Ihre kleine Sina wieder mit diesem Journalisten zusammengesessen, diesem Fusselkopp, mit dem sie ja wohl früher schon mal was gehabt hat. Ziemlich lange und in aller Öffentlichkeit! Und gestern Abend war sie mit dem Hafenmeister im *Dwarslooper*. Da sind sich die beiden ziemlich nahe gekommen, das kann ich Ihnen flüstern.«

Stahnke spürte den Stich. Marian, immer wieder Marian! Nahm das denn nie ein Ende? Nicht, dass er glaubte, Sina würde ernsthaft zu Godehau zurück wollen – aber seine eigene Eifersucht war einfach nicht zum Schweigen zu bringen. Und was war das mit Michael Gödecke? Wider Willen hob er auffordernd die Augenbrauen.

»Ja, die hatten richtig Spaß miteinander! Und ich war bestimmt nicht der Einzige, der das mitbekommen hat. Da muss sich die Sina auch nicht wundern, dass ihr einer das Fahrrad tiefer gelegt hat.«

»Wie bitte?« Jetzt zuckten Stahnkes Hände doch. Das mit den beiden Platten hatte Sina ihm zwar erzählt, nicht aber diesen Zusammenhang, der für Bodo Schmidt ganz offensichtlich zu sein schien.

»Na ja, beide Reifen aufgeschlitzt! Hat bestimmt irgendwem nicht gepasst, dass Sina mit dem Hafenmeister rumscharwenzelt hat. Vielleicht ja diesem Journalisten, wer weiß? Den hab ich zwar in der Kneipe nicht gesehen, aber das heißt ja nichts, da war eine Menge los zu der Zeit.«

Der Hauptkommissar entspannte sich wieder. Marian so etwas zu unterstellen, war natürlich kompletter Blödsinn.

»Wäre ja aber auch schade, den beiden jetzt einfach so in die Parade zu fahren.« Der Dicke quasselte ungerührt weiter. »Wo die doch endlich etwas Festes gefunden haben! Da haben sie schließlich alle beide ewig lange nach gesucht. Und jetzt, wo sie endlich einen gemeinsamen Hafen angesteuert haben und zur Ruhe kommen können, da sollte man es ihnen wirklich nicht kaputt machen, nur so aus Leichtsinn, meine ich.«

Schmidt verstummte abrupt, als Stahnke ihm seinen Zeigefinger in die gut gepolsterten Rippen rammte. »Von wem reden Sie eigentlich?«, schnauzte der Hauptkommissar ihn an. »Von meiner Freundin und, äh, diesem Journalisten?«

»Was? Nee, natürlich nicht! Sie kapieren wohl auch gar nichts.« Jetzt wich Bodo Schmidt doch ein wenig zurück. »Ich rede natürlich von unserem Hafenmeister und seiner Karen. Karen Moosbach.«

Stahnke kapierte tatsächlich gar nichts. Das sah man ihm wohl auch an.

»Überlegen Sie mal.« Bodo Schmidt breitete die Arme aus, neigte den Kopf, sprach so verbindlich wie ein Pastor. »Diese arme Frau, Karen Moosbach, die ist ja Künstlerin und hat es schon deswegen nicht so leicht. Und immer Pech mit den Männern hat sie auch gehabt. Darum ist sie auch von hier nach dort gezogen, viele Jahre lang. Mal klappte es irgendwo mit dem Geldverdienen nicht, mal hat irgendein Kerl dafür gesorgt, dass sie es an einem Ort nicht mehr aushielt. Bis es sie irgendwann nach Langeoog verschlagen hat. Und endlich hat mal alles gepasst! Hier kommt ihre Kunst ganz gut an, vor allem bei den Touris, ihr Laden läuft – und in der Liebe hat sie auch Glück gehabt. Na, wenn das nicht Schicksal ist! Da wäre es doch echt schade, wenn man ihr das alles wieder kaputt machen würde, so ganz nebenbei. Oder?«

»Kaputt machen?« Stahnke musste sich räuspern, so heiser klang er plötzlich. »Meine Sina soll denen die Beziehung kaputt machen? Nur weil sie sich abends in der Kneipe mit dem Hafenmeister nett unterhält?« Er horchte in sich hinein; nein, da war nichts, kein falscher Ton und auch kein Stich von Eifersucht. Solange Marian nicht im Spiel war, schien sein Vertrauen in Sina grenzenlos zu sein. Blöder Marian.

»Wer weiß?«, erwiderte Schmidt – und fuhr nach einem Blick in Stahnkes Gesicht hastig fort: »Wer weiß, was manche Leute sich dabei so denken, wollte ich sagen. Da müssen ja nur zwei Leute mal nett zueinander sein, und schon bilden die sich wer weiß was ein!«

Da werden die Leute bei uns beiden ja wohl auf keine Gedanken kommen, dachte Stahnke, der sich seiner grimmigen Miene durchaus bewusst war. »Was wollen Sie nun eigentlich von mir?«, herrschte er den Dicken an. »Wollen Sie, dass ich meine Freundin einsperre? Oder ihr das Leben verbiete, solange ich nicht im Lande bin? Das können Sie ja sowas von vergessen, Sie Fossil! Mal abgesehen davon, dass Sie das überhaupt nichts angeht – in welchem Jahrhundert leben Sie eigentlich? Gehen Sie mir bloß von der Pelle und scheren Sie sich auf Ihre Bahnhofsbank, wo Sie hingehören, Sie Walross!«

Niemand konnte Bodo Schmidt ernsthaft als übermäßig sensibel beschreiben, aber was ihm in solcher Deutlichkeit gesagt wurde, das verstand selbst er. »Ist ja gut, ich mein ja bloß. Und ich hab's gut gemeint«, brummelte er und trollte sich in Richtung *Kajüte*.

Stahnke brauchte einen Moment, um sich halbwegs zu beruhigen. Was sich diese Dörfler bloß einbildeten! Glaubten, nur weil sie einen schon mehr als einmal gesehen hatten, hätten sie das Recht, einem ungebeten Ratschläge zu erteilen. Oder sogar Vorschriften zu machen! Nee, Freunde, dachte der Hauptkommissar, das muss ich echt nicht haben. Ein Großstadtmensch war er ja nicht, aber eine Kleinstadt wie Leer war für ihn doch die Untergrenze. Mehr Dorf als Leer brauchte kein Mensch.

Und was war das jetzt mit Sinas aufgeschlitzten Reifen gewesen? Wer sollte das getan haben – etwa diese Karen Moosbach, aus Rache, dass Sina sich mal etwas länger mit ihrem Freund unterhalten hatte? Dann müsste die Frau ja eine ganz nette Klatsche haben.

Stahnke sah Schmidts breiten Rücken gerade schwankend in der *Kajüte* verschwinden. Sollte er doch noch einmal nachhaken? Jetzt wäre dazu noch Gelegenheit. Andererseits hätte er dazu dem aufdringlichen Dicken nachlaufen müssen, und das verbot ihm sein Stolz.

Außerdem wollte er sich doch diesen Hafenmeister vornehmen! Am besten ging er das jetzt endlich an. Dabei konnte er das Gespräch sicher ganz unauffällig auf dessen Freundin lenken. Stahnke setzte sich in Bewegung und ging auf den Bürocontainer zu.

Aber dort war der Hafenmeister nicht mehr. Typisch, dachte der Hauptkommissar.

31.

Lüppo Buss legte den Telefonhörer auf, als sei er ein rohes Ei. Schade, dachte er, jammerschade, dass gerade eben keine Kamera samt Mikro mitgelaufen ist. Solch ein Bravourstück begnadeter Alltagsdiplomatie hätte es doch verdient, für die Nachwelt festgehalten zu werden! Als Lehrfilm für angehende Botschafter in prekären Bakschisch-Staaten zum Beispiel. Oder aber als Bewerbungsvideo, falls er selber mal Lust bekäme, sich als professioneller Händeschüttler im diplomatischen Dienst zu versuchen.

»Klick«, machte die Gabel unter dem Gewicht des Hörers. Ganz leise nur, aber unvermeidbar. Der Inselpolizist hielt kurz den Atem an. Seifenblase geplatzt? Nein, stellte er fest. Alles noch da.

Dabei hatte seine Telefonrecherche alles andere als erfolgversprechend begonnen. Zunächst hatte in der Wittmunder Landkreisverwaltung niemand abnehmen wollen; klar, halb vier war längst vorbei, bei diesem schönen Wetter arbeitete keiner länger als unbedingt nötig. Also hatte Lüppo Buss bei der Wittmunder Polizeidienststelle angeklingelt und sich dort nach verwaltungstechnischen Zuständigkeiten erkundigt. Schon das war nicht einfach gewesen, da er zunächst an junge Kollegen geraten war, die ihn nicht persönlich kannten und auch keine Einheimischen waren. Mit unendlicher Geduld und totaler Ausschöpfung des Kollegialitätsprinzips war es ihm schließlich gelungen, mit einem älteren Oberkommissar verbunden zu werden, der gebürtiger Wittmunder war und sich auskannte.

Was der zu sagen hatte, klang jedoch sehr nach Sackgasse. Zwar wusste er, worum es Lüppo Buss ging, denn die Sache mit den Serien-Denunziationen hatte sich auch auf dem Festland herumgesprochen. Und er wusste auch, wer der zuständige Sachbearbeiter beim Bauordnungsamt war. Aber er wusste noch mehr, nämlich, dass dieser Sachbearbeiter zur Zeit im Urlaub weilte. Wo? Keine Ahnung. Wie lange noch? Gerade erst losgefahren. Wer in der Zwischenzeit zuständig war? Das wäre jetzt doch etwas viel verlangt.

Der Inselpolizist aber hatte nicht locker gelassen. Ob der Kollege diesen Sachbearbeiter persönlich kenne? Nee, mehr so über drei Ecken, über Vereinskollegen. Was für ein Verein? Segelklub, ach so. Dann sei der Sachbearbeiter also Segler – hatte er vielleicht auch für den Urlaub einen Segeltörn geplant, vielleicht mit der Familie? Ja, durchaus möglich, allerdings sei der Mann Junggeselle. Welches Revier er denn bevorzuge? Das wusste der Wittmunder Oberkommissar nun aber nicht, obwohl er selber ebenfalls Wassersportler war: »Ich segle Dickschiff, er Jolle. Da begegnet man sich nicht so oft, weder auf dem Wasser noch im Hafen.«

Sackgasse. Lüppo Buss' Ehrgeiz aber war geweckt. Also rief er beim Klubheim des betreffenden Seglervereins an. Dort herrschte Trubel, offenbar feierte man irgendetwas, und er bekam nur eine unwissende Aushilfe nach der anderen zu fassen. Also griff er zu einer Notlüge, um nicht als Störfaktor aus der Leitung gefegt zu werden, und kündigte eine größere private Feier in näherer Zukunft an, für die er gerne einen Termin buchen wollte. Das endlich brachte ihm die Wirtin persönlich an den Hörer.

Jetzt galt es noch, die Sprache auf den jollensegelnden Amtsmitarbeiter zu bringen, ohne als neugierige Umsatz-Null erkannt zu werden. Als er frech log, diesen Menschen unbedingt als Discjockey dabeihaben zu wollen, brach ihm der Schweiß aus. Was, wenn der Typ in seinem Verein als komplett musikabstinent bekannt war? Aber er hatte Glück, der Vorwand ging glatt durch. Tja, der Gute sei noch zwei Wochen in Urlaub, aber dann gerne. Wo? Jollensegeln, Binnenrevier. Ja, aber wo genau? Wieder schwitzte Lüppo Buss wie ein Schweinebraten, denn als vorgeblich guter Bekannter hätte er das eigentlich wissen können. Aber die Wirtin war nicht sehr misstrauisch; vielleicht hatte sie auch nur Stress und wollte die erhoffte Feier möglichst schnell in ihrem Auftragsbuch stehen haben. Jedenfalls gab sie Auskunft: Essen, Baldeneysee.

Was es nicht alles gab! Zum Segeln in den Ruhrpott – und das, wo man doch die schöne Nordsee samt erstklassiger Luft direkt vor der Nase hatte! Aber der Baldeneysee war natürlich auch schön, Lüppo Buss hatte sich das von Stahnke erzählen lassen. Eine gestaute Ruhrschleife, ein reizvolles Revier, gar keine Frage, hatte der Hauptkommissar berichtet, und auf dessen Urteil gab der Inselpolizist eine Menge.

Wie man den Jollensegler am Baldeneysee erreichen könne, wo er denn abgestiegen sei? Aha, Wohnmobil. Und die Handynummer? Nee, Handy hätte der im Urlaub immer aus, das sei Prinzip. Lüppo Buss zerkaute einen saftigen Fluch. Keine Chance? Nee, gar keine.

Dann, erklärte der Inselpolizist, müsste er sich die ganze Sache mit der Feier noch einmal gründlich überlegen. Ohne den richtigen DJ …

Eine Möglichkeit gäbe es vielleicht, hatte die Wirtin – in großer Sorge um die erhoffte Buchung – dann doch noch preisgegeben. Am frühen Abend nämlich, nach vollbrachten Segel-Taten, pflege der Verwaltungsmann im Urlaub stets bei einem bestimmten Griechen einzukehren. Bifteki mit Blick auf den Baldeneysee. Und dessen Telefonnummer, die hätte sie. Falls mal was wäre.

Lüppo Buss atmete tief durch und notierte.

Und die Feier, was sei jetzt damit?

Der Inselpolizist versprach, wieder anzurufen. Und legte schnell auf, denn der Frust der enttäuschten Wirtin drohte auch ohne Worte schwarz und schwer durch den Hörer zu quellen.

Im Restaurant *Hügoloss* am Baldeneysee war der Wittmunder Jollensegler Stammgast und gut bekannt. Er hatte auch noch nichts zu essen bestellt, wohl aber schon drei Ouzo. Man brachte ihm das schnurlose Telefon hinaus auf die Terrasse. Mit aller ihm zu Gebote stehenden Höflichkeit stellte Lüppo Buss sich vor und erläuterte sein Anliegen.

Der Wittmunder war ebenfalls freundlich; ein schöner Tag auf dem Wasser und die Ouzos hatten ihn locker gestimmt. Aber dienstliche Angelegenheiten am Telefon? »Tut mir leid, das geht gar nicht.«

Der Inselpolizist zeigte größtes Verständnis für die Verschwiegenheitsproblematik, gegen die er seinerseits ein wenig verstieß, um die Dringlichkeit seiner Bitte deutlich zu machen. Der Wittmunder blieb sehr verbindlich und zeigte auch großes Verständnis. »Aber nee, kann ich nicht machen, bedaure. Echt.«

In diesem Moment musste wohl eine Bedienung auf der

Terrasse erschienen sein, denn der Jollensegler rief, den Hörer nur ungenügend abgedeckt: »Mir noch 'nen Ouzo! Und auch so ein Kujambelwasser!«

Dieser Ausdruck brachte bei Lüppo Buss eine alte Erinnerung zum Klingen. »Ach, Sie waren auch bei der Marine?« Ein Schuss ins Blaue, denn dieser Ausdruck für aus Pulver und Wasser angerührten Fruchtnektar mochte wohl auch anderswo gebräuchlich sein.

Aber der Schuss war ein Treffer. »Wie, Sie auch? Womöglich ebenfalls in Wilhelmshaven?«

»Ja, die meiste Zeit. Versorgungsschiff *Freiburg*.«

»Nee, ist nicht wahr! Das war doch auch mein Schiff! Die reinste schwimmende Strafkolonie! Wann waren Sie denn da?« Der Wittmunder gab seine Reserve auf, und innerhalb von drei Sätzen waren sie beim Du. Wie sich herausstellte, war Lüppo Buss einige Jahre älter als sein Telefonpartner, so hatten sie zu unterschiedlichen Zeiten auf dem Schiff gedient, das einige weitere Jahre später außer Dienst gestellt worden war. Ein paar der Offiziere aber hatten sie beide erlebt; minutenlang tauschten sie Anekdoten aus, in denen die Streifenträger nicht gut wegkamen. Und auch das Schiff selbst, das dem *Fliegenden Holländer* gleich aus ihrer beider Vergessen auftauchte, mit Erinnerungsfetzen aus Jugendzeiten bewachsen wie mit Muscheln und Tang, nahm sich in ihren Erzählungen aus wie eine wracke Anhäufung von Unzulänglichkeiten. Und doch, auch das wurde klar: Einem Außenstehenden gegenüber hätten sie nichts darauf kommen lassen.

»Weißt du noch? Wir waren damals der Norddeutsche Trachtenverein! Kampfauftrag: Den Feind so lange zum Lachen bringen, bis Soldaten kommen!« Später konnte

Lüppo Buss nicht mehr sagen, wer von ihnen das von sich gegeben hatte. Wahrscheinlich alle beide.

Dann, genau im richtigen Augenblick, brachte der Inselpolizist seine Frage noch einmal vor. Jetzt lagen die Dinge anders, und der Wittmunder sah keinen Grund mehr, warum er seinem alten Marinekameraden nicht behilflich sein sollte. Und das konnte er mühelos, denn er verfügte anscheinend über ein fotografisches Gedächtnis. Allen Ouzos zum Trotz.

Lüppo Bus bedankte sich herzlich und wünschte noch einen schönen Urlaub. Dann legte er ganz, ganz vorsichtig auf.

Okay, dachte er. Die anonyme Anzeige gegen Manfred Zempel, die den ablehnenden Bescheid in Sache Vermietung des geerbten Hauses an Feriengäste zur Folge gehabt hatte, war also die erste dieser Art gewesen. Die erste der ganzen Serie. Zwischen der ersten und der zweiten Anzeige hatten mehrere Wochen gelegen. Danach sei es dann Schlag auf Schlag gegangen. Ulf Diekmann sei dabei einer von vielen Betroffenen gewesen, allerdings sei gegen ihn mehrfach Anzeige erstattet worden; kein Wunder bei der Menge an vermieteten Immobilien, die er besaß.

Fast alle anonymen Anzeigen seien vermutlich von ein und derselben Person erstattet worden; zwar seien alle maschinell geschrieben und ausgedruckt worden, aber gewisse Ähnlichkeiten in Form und Duktus legten das nahe. Fast alle – nur die erste nicht. Die war handschriftlich ergangen und hatte sich ganz anders gelesen, wenn sie auch in der Sache ebenso zutreffend gewesen war wie die folgenden. Das Schreiben habe man übrigens Herrn

Zempel zugänglich gemacht – auf Nachfrage, ganz ausnahmsweise und natürlich in Kopie.

Der Inselpolizist nahm Zempels Unterlagen ein weiteres Mal vom Aktenbock und begann zu blättern, mit den Fingerspitzen, als hätte er es mit wertvollen historischen Dokumenten zu tun, die bei der geringsten unsachgemäßen Berührung zu Staub zerfallen konnten. Wie hatte er solch einen Hinweis übersehen können?

Fast hätte er das noch einmal getan, denn der kopierte Brief war ziemlich unscheinbar und kaum zu lesen. Die Schrift sah aus, als sich hätte jemand, der eigentlich Sütterlin schrieb, zu normaler lateinischer Schreibschrift zwingen müssen. M, n und u bildeten kleine Zackenlinien und waren kaum voneinander zu unterscheiden, und das kleine s nahm sich wie ein f aus. Erst, wenn man das kapiert hatte, konnte den Inhalt deuten. Er stimmte mit der Schilderung des Wittmunders überein.

Und die eigenartige Schrift kam Lüppo Buss bekannt vor.

32.

Ladenschluss war eigentlich schon um, aber Karen Moosbachs Galerie hatte trotzdem noch geöffnet, und die Künstlerin persönlich bediente weiter hinten noch eine Kundin. Nico Backhaus drückte sich ungeduldig im vorderen Teil des Ladens herum und musterte die ausgestellten Bilder. Dünen und Himmel, Strand und Himmel, Meer und Himmel. Auch ein paar großformatige Blüten, die immerhin farblich interessant wirkten, aber auch nur auf den ersten Blick. Ansonsten dominierten Blau und Sandgelb. Konfektionsware, entschied der Hauptkommissar. Wer sich so etwas in die Bude hängte, war selber schuld. Schon gar bei diesen Preisen.

Die Kundin schien anders darüber zu denken, jedenfalls schlug Karen Moosbach gerade einen ausladenden Schinken in bunte Verpackungsfolie ein. Zum Kassieren kam sie mit Kundin und Scheckkarte nach vorne an den kleinen Tresen, der eigentlich ein antikes Kontorpult war, dekoriert mit altmodischen gläsernen Briefbeschwerern, die in der Sonne funkelten. Das Kartenlesegerät aber war modern, und der Abbuchungsvorgang verlief schnell und zur vollen Zufriedenheit der Verkäuferin. Karen Moosbach strahlte jedenfalls und hatte auch für den wartenden Nico Backhaus ein Lächeln übrig.

Backhaus lächelte zurück, auch wenn er sich innerlich schüttelte. Diese Frisur war wirklich eine Katastrophe! Obwohl er inzwischen darauf gefasst war, versetzte ihm der Anblick ihrer rasierten Kopfseite jedes Mal wieder einen Schock. Dabei sah die Frau doch von der anderen

Seite so gut aus! Man sollte meinen, diese andere Seite gehörte gar nicht zu ihr, sondern zu einer anderen Person. Oder sei Ausdruck einer anderen Persönlichkeit. Oder vielleicht der anderen Hälfte davon?

»Geht es so mit? Herzlichen Dank! Ich wünsche Ihnen viel, viel Freude mit meinem Werk. Und grüßen Sie Ihren lieben Mann!« Karen Moosbach komplimentierte die Käuferin aus der Tür. Dann wandte sie sich Backhaus zu, das gebrauchte Lächeln noch im Gesicht. Ihr Haar flog einseitig um ihren Kopf. »Und was kann ich für Sie tun, Herr Hauptkommissar? Vielleicht eine schöne Erinnerung an Ihre Zeit auf Langeoog?«

Nico Backhaus fröstelte. »Für Erinnerungen ist es noch etwas früh«, entgegnete er steif, »noch bin ich durchaus hier im Einsatz, und ein Ende ist …« Er räusperte sich laut, um sich selbst daran zu hindern, weiter ins Plappern zu kommen. »Übrigens, mein Name ist Nico Backhaus, ich leite die polizeilichen Ermittlungen. Aber wie ich höre, wissen Sie ja bereits, wer ich bin.«

»Aber ich bitte Sie!« Karen Moosbach lachte glockenhell und etwas zu laut. »Wenn Prominenz auf der Insel ist, bleibt das nicht lange verborgen! Zumal, da Ihre Anwesenheit ja mit diesen beiden fürchterlichen Morden zu tun hat. Oder vielmehr, jetzt sind es ja schon drei.« Sie bedeckte ihren Mund mit den Fingern beider Hände.

»Ja, ganz recht.« Nico Backhaus nickte. »Ziemlich neue Entwicklung. Spricht sich auf dieser Insel aber schnell herum, wie es scheint.« Eindringlich fixierte er sein Gegenüber.

»Das stimmt, das ist so auf Langeoog.« Karen Moosbachs Wangen wurden einen Tick dunkler. »Nachrichten gehen hier rum wie ein Lauffeuer. Wenn man die richtigen Leute kennt, erfährt man alles und jedes – sogar, wenn man aus seinem Laden gar nicht herauskommt! Irgendwie fliegt einem doch alles zu.«

Nico Backhaus schaute sich noch einmal im Geschäft um. Nach Festlandsmaßstäben mochte der Begriff Galerie ein wenig hoch gegriffen sein, aber ein respektabler Laden war es allemal. Und wenn solche Summen wie vorhin auch nur einmal pro Tag kassiert wurden, war es auch ein einträglicher. »Bewirtschaften Sie Ihr Geschäft ganz allein?«, fragte er.

»Wo denken Sie hin!« Karen Moosbach schüttelte ihre halbe Mähne. »Ich habe zwei Hilfskräfte, die mir hier zur Hand gehen, auf Teilzeitbasis. Wissen Sie, tagsüber ist der Ansturm oft sehr groß, das schaffe ich niemals alleine. Außerdem muss ich ja auch noch zum Malen kommen, nicht wahr? Und eine Pause hier und da braucht doch jeder Mensch.«

Der Hauptkommissar nickte verständnisvoll. »So wie heute auch. Rein zufällig habe ich Sie nämlich am Nachmittag im Ort gesehen. Sie gingen mit Herrn Gödecke, dem Hafenmeister, in Richtung Strand. Muss auch mal sein, nicht wahr, dafür hat jeder Verständnis.« Von wegen zugeflogen, dachte er dabei. Die neuen Nachrichten, die Frau Moosbach schon kannte, dürften aus erster Hand gestammt haben.

»Was kann ich denn für Sie tun, Herr Chefermittler?« Das glockenhelle Lachen schien für den Moment ausgedient zu haben. »Wie Sie sehen, wollte ich gerade schließen. Wenn es Ihnen also nichts ausmacht …« Sie wies auf die gläserne Ladentür.

»Oh nein, das macht mir gar nichts aus«, sagte Nico Backhaus höflich. »Schließen Sie nur ab! Ich nehme Sie nur für ein paar Minuten in Anspruch, wenn Sie gestatten.«

Es sah ganz so aus, als sei ihr nicht nach Gestatten zu Mute, aber der Hauptkommissar lächelte jeden Ansatz, sein scheinbares Missverstehen zu korrigieren und ihn hinauszukomplimentieren, gnadenlos weg. Also drehte Karen Moosbach den Schlüssel von innen herum und pflanzte sich dem Beamten gegenüber auf, die Hände in die Hüften gestemmt.

»Könnten wir vielleicht nach hinten gehen?«, erkundigte sich Backhaus. »Dort gibt es doch sicherlich weitere Räumlichkeiten, oder?«

»Allerdings, mein Büro«, schnappte die Künstlerin. »Und oben das Dachgeschoss, das vermiete ich an Feriengäste. Wollen Sie da vielleicht auch noch hin?«

»Wenn es Ihnen nichts ausmacht, selbstverständlich gerne.« Nico Backhaus lächelte zuckersüß.

Seinem Gegenüber platzte der Kragen. »Hören Sie mal, Sie mögen es vielleicht nicht glauben, aber selbstständige Künstlerin mit eigener Galerie zu sein, ist eine höchst anstrengende Tätigkeit. Da gibt es keine Acht-Stunden-Tage mit pünktlich Feierabend wie bei Beamten! Auch jetzt habe ich noch allerhand zu tun. Darf ich Sie also bitten, endlich zur Sache kommen? Was wollen Sie von mir?«

Nico Backhaus hob die Handflächen; Zeit, die Situation zu entschärfen. »Von Ihnen genau genommen rein gar nichts. Außer vielleicht eine Auskunft.« Er wusste selber nicht so genau, warum er die Frau so auf die Palme gestichelt hatte. Vielleicht, weil sie sich ganz ohne Not in Widersprüche verstrickte? Von wegen »aus dem Laden nie herauskommen«! Heute war sie eindeutig draußen gewesen, und zwar länger als nur für einen Gang zur Toilette.

Karen Moosbach entspannte sich. »Dann ist es ja gut.

Wissen Sie, Herr Hauptkommissar, als Selbstständige steht man ganz schön unter Druck, auch wenn keiner etwas von einem will. Immer muss man sich um alles kümmern, immer muss alles laufen, weil, wenn es das nicht tut, laufen einem gleich die Kosten davon. Da können einem schon mal die Nerven durchgehen.« Mit einer Handbewegung lotste sie ihn in den hinteren Teil der Galerie.

Um Himmels willen, dachte Backhaus, dieses öde Mittelstandsgeschwätz! So etwas nannte sich nun Künstlerin. Wenn sie die Risiken der Selbstständigkeit als so drückend empfand, warum war sie dann nicht in die Verwaltung gegangen? Oder zur Bank?

»Jedenfalls tut mir mein Aufbrausen sehr leid«, fuhr die Malerin fort, während sie die Tür zu ihrem Büro öffnete. »Mit was für einer Auskunft kann ich Ihnen denn dienlich sein?«

»Genau genommen suche ich Ihren Freund«, sagte Nico Backhaus und betrat das Büro. Neugierig blickte er sich um. »Wissen Sie zufällig, wo er sich gerade aufhält? Wir müssten ihn nämlich dringend sprechen.«

Das Büro war erstaunlich groß, diente aber offenbar zugleich als Lager; Bilder in verschiedenen Formaten standen gleich stapelweise schräg an die Wände gelehnt, Rückseite zum Raum, und belegten damit zugleich einen Teil der Bodenfläche. Die eigentliche Büroeinrichtung war sehr modern und kontrastierte zu der altmodisch-biederen halbhohen Wandvertäfelung, den freiliegenden Backsteinen der Außenwand und den massiven Holzrahmen von Türen und Fenster. Im Gegensatz zum Ladenbereich, der großzügig verglast war, gab es hier nur ein einziges, relativ kleines Fenster. Dass es vergittert war, leuchtete ein; hier mussten, gemessen an den Verkaufspreisen der Gemälde, erhebliche Werte lagern.

»Michael?« Karen Moosbach war dem Hauptkommissar ins Büro gefolgt. »Was wollen Sie von Michael?« Ihre Stimme klang ein wenig schrill, als hätte das Glöckchen einen Sprung bekommen.

»Nun ja, vor allem möchten wir von ihm wissen, wo er …« Backhaus drehte sich zu der Malerin um und verharrte dann in der Bewegung. Mit dem hübschen Gesicht seiner Gastgeberin war eine Veränderung geschehen, ganz so, als hätte sich die Stoppelfrisur ihrer verunstalteten Schädelhälfte über den gesamten Kopf ausgebreitet. Schlagartig wurde ihm bewusst, dass Karen Moosbach für eine Frau recht groß und kräftig war. Und so, wie sie sich vor ihm aufgebaut hatte, kam das gut zur Geltung.

»Was, *wo er*?« Jetzt schrie sie fast. »Meinen Sie heute Nachmittag, als Bernhard Bottmeier abgenippelt ist, obwohl Sie ihn doch in Ihrer Gewalt hatten? Ist wohl nicht viel her mit Ihrer Gewalt, was? Und das wollen Sie jetzt wohl meinem Michael anhängen, hab ich recht? Mann, Sie sind doch nicht ganz bei Sinnen!«

Ich schon, dachte Nico Backhaus und wich vorsichtig einen halben Schritt zurück, ich schon. Aber bei dir, Madame, bekomme ich langsam meine Zweifel.

»Für Michael lege ich meine Hand ins Feuer, verstehen Sie?«, fuhr Karen Moosbach mit unverminderter Heftigkeit fort. »Der hat damit nichts zu tun, der macht so etwas nicht, dafür ist er gar nicht der Typ! Lassen Sie ihn gefälligst in Frieden, haben Sie mich verstanden?«

Hinter Backhaus' Stirn rasten die Gedanken. Diese Frau ist ja völlig vernarrt in ihren Typen, überlegte er.

Die würde ihn noch in Schutz nehmen, wenn er mit rauchender Knarre und blutverschmierten Händen neben ihr stünde. Beziehungsweise mit einer Klarsichttüte von *Insa's Mode-Treff* in der Hand. Zu einem halbwegs objektiven Urteil war die doch gar nicht mehr fähig. Gutes Zureden hatte da wenig Zweck, das würde sie nur noch wütender machen. Am besten, er sah zu, dass er hier rauskam. Der Hafenmeister war ja offenkundig sowieso nicht hier.

Aber wie sollte er an dieser Furie vorbeikommen? Es gab zwar noch eine zweite Tür, aber er wusste nicht, wohin die führte und ob sie nicht vielleicht verschlossen war. Und das Fenster war sowieso unpassierbar. Sollte er sich etwa mit Gewalt freie Bahn verschaffen?

Unwillkürlich schob er seine Hand unter sein sommerlich leichtes Sakko, dorthin, wo seine Dienstwaffe im Holster verstaut war. Wenn alle Stricke rissen, konnte er immer noch darauf zurückgreifen, die würde hoffentlich genügend Eindruck machen.

Ein fürchterlicher Schlag traf ihn mitten ins Gesicht. Durch seine obere Zahnreihe zuckte ein wütender Schmerz, und als er einen überraschten Schrei ausstoßen wollte, strömte es warm in seinen Mund. Der Raum um ihn her schwankte hin und her, dann kippte er, und etwas schlug ihn hart an Hinterkopf und Rücken. Erst, als er aus nächster Nähe das teils transparente, teils rot verschlierte Glasding, das ihn im Gesicht getroffen hatte, austrudeln sah, realisierte er, dass er rücklings auf dem Dielenboden lag.

Über ihm ragte Karen Moosbach auf, jetzt wahrlich schön und schrecklich zugleich wie ein mörderischer Engel, wie eine Rachegöttin, so bedenkenlos von ihrer Sache überzeugt, dass ihr jedes Mittel recht war.

Wirklich jedes, offenbar. Sie beugte sich zu ihm herab, ihre Hand griff nach seiner Waffe, riss sie aus dem Holster, drehte sie hin und her, musterte sie. Konnte sie erkennen, dass dies noch keine von den neuen Polizeipistolen war, die auf ihren Besitzer geeicht und nur durch dessen Fingerabdruck zu entsichern waren? Nico Backhaus benutzte noch das alte Modell, auf eigenen Wunsch. Alte Gewohnheit. Ob diese Gewohnheit ihn jetzt umbrachte?

Karen Moosbach steckte die Waffe weg, beugte sich erneut zu ihm herunter, tastete seine Taschen ab, fand die Handschellen, zog sie heraus, samt Schlüssel. Dann packte sie ihn am Arm und zog ihn über die glatten Dielen zur Fensterwand, anscheinend ohne Mühe. Als sie ihn an das Heizungsrohr kettete, schrie er noch einmal auf, so eng drückte sie die Fessel um sein Handgelenk zu. Sein Schrei klang seltsam gedämpft. Ob das daran lag, dass sich seine rechte Gesichtshälfte anfühlte, als sei sie auf das Doppelte ihres normalen Umfangs angeschwollen?

»Schrei, soviel du willst«, knurrte die Frau ihn an. »Hier wird dich keiner hören.« Dann steckte sie Waffe und Handschellenschlüssel ein und huschte mit schnellen, kraftvollen Bewegungen davon. Die Tür schlug zu, ein Schlüssel knirschte im Schloss.

Ein schlimmer Tag, dachte Nico Backhaus. Gerade war daraus sein mit Abstand schlimmster geworden. Schlimmer konnte es nicht mehr kommen.

Dann spürte er das Blut über sein Gesicht fließen und korrigierte sich: Lieber nicht zu voreilig sein.

33.

Frau Luitjens gehörte zu den wenigen Insulanerinnen, die Lüppo Buss nicht duzte. Ihren vollständigen Vornamen hatte er eigens nachschlagen müssen, ehe er sich auf den Weg zu ihr machte, da er sie nur als Tant' Etti kannte: Er lautete Esther. Klang jüdisch, was Tant' Etti aber eindeutig nicht war. Tatsächlich war Esther einfach ein Name biblischen Ursprungs.

Als der Inselpolizist in Frau Luitjens' Vorderküche saß, hätte er das auch ohne vorherige Recherche leicht kombinieren können. Neben der Tür hing der *Neukirchener Abreißkalender* mit frommen Sprüchen für jeden Tag, überall standen Kerzen und Nippeskram mit Christen-Fischlein drauf, und über dem Ostfriesensofa prangte ein verblichener Druck von Leonardo da Vincis *Letztem Abendmahl* im geschnitzten Holzrahmen. Ob Frau Luitjens wusste, dass auf diesem Bild mutmaßlich auch Maria Magdalena, Vertreterin des horizontalen Gewerbes und angeblich Lebenspartnerin von Jesus Christus, verewigt war?

Lüppo Buss konnte sich freuen, überhaupt noch empfangen worden zu sein, obwohl es schon fast *Tagesschau*-Zeit war. Frau Luitjens hatte zwar die Stirn gerunzelt, ihn aber trotzdem höflich hineingebeten. Vielleicht mit Rücksicht auf seine Position als offizielle Amtsperson? Nicht nur das, die alte Dame war sogar in die Küche geeilt, um für ihren Besucher Tee zuzubereiten. Dabei war es dafür nun wirklich schon sehr spät, und der Inselpolizist hätte einem kühlen Bier absolut den Vorzug gegeben. Diesen Wunsch aber traute er sich in dieser Atmosphäre nicht zu äußern.

Atmosphäre! Der Inselpolizist war ja allerhand Gerüche gewohnt, rein beruflich schon, und dass jede Wohnung ihren eigenen, ganz speziellen Geruch hatte, den ihre Bewohner selbst überhaupt nicht wahrnahmen, war ihm völlig klar. Hier bei Frau Luitjens aber roch es richtig unangenehm. Eine Mischung aus Moder, Bohnerwachs und altem Fischbratfett, kombinierte er. Das wollte so gar nicht zu den edel aussehenden Textiltapeten und dem dicken Samtläufer auf dem Mahagonitisch passen. Lüftete die Alte denn nie? Aber vielleicht tat er der Dame auch unrecht, rief er sich innerlich zur Ordnung. Alte Leute rochen nun einmal. Wenn sie regelmäßig Medikamente nahmen, konnte sich das verstärken, ohne dass sie es selber mitbekamen.

Leise knarrend schwang die Zimmertür nach innen auf. Frau Luitjens erschien im Türrahmen, das ausladende Hinterteil voran. Sie hat sich sogar umgezogen, stellte Lüppo Buss fest. Gerade hatte sie noch eine Kittelschürze getragen, jetzt war sie in schwarzem Rock und weißer Bluse. Hatte sie das etwa darunter angehabt? Unwahrscheinlich. Wie also kam er zu dieser Ehre?

»So, Herr Oberinspektor, hier kommt der Tee«, trällerte sie, während sie sich zu ihm umdrehte. Das hölzerne Tablett, das sie vor dem Bauch trug, schien ihre ganze Aufmerksamkeit zu beanspruchen. Der Oberkommissar konnte das Teegeschirr leise klirren hören. Milde lächelnd sah er davon ab, die Unkenntnis der Hausherrin in Sachen aktuelle Polizeiränge zu korrigieren. Die Kanten der Teppiche, die den ganzen Boden bedeckten und einander überlappten, bereiteten ihm da größere Sorgen. Wenn es schon kein Bier gab, dann wollte er wenigstens Tee – in der Tasse und nicht auf dem Boden.

Frau Luitjens erreichte den Tisch unfallfrei, setzte das Tablett ab und begann, das Geschirr zu verteilen. Dekor Ostfriesenrose, stellte Lüppo Buss fest, hauchzart, offenkundig alt, aber nirgendwo der kleinste Sprung. Außer Tassen und Untertassen, Stövchen und Kanne gab es auch einen Gebäckteller mit einem kleinen Stapel Neujahrskuchen; so mitten im Jahr war das bestimmt die letzte Reserve. Der Inselpolizist stand also wirklich ganz oben auf der Gäste-Rangliste. Darauf durfte er sich etwas einbilden.

Die Gastgeberin platzierte die Tassen und die kleinen Krümeltellerchen. Als sie dem Inselpolizisten die Untertasse zurechtschob, tanzte das verzierte Silberlöffelchen darauf, so sehr zitterte ihre Hand. Lüppo Buss versuchte, ihr Alter zu schätzen. Weit jenseits der Pensionsgrenze, so viel stand fest. Vermutlich Mitte oder Ende siebzig. Dafür machte sie sich mit ihrer kerzengeraden Haltung und ihrem straff gebundenen weißen Haar doch noch recht gut.

Als Denunziantin offenbar auch.

Der Oberkommissar musste die alte Dame bei diesem Gedanken wohl etwas streng angesehen haben. Der Kluntje jedenfalls, den sie ihm gerade mit einer fein ziselierten Zange in die Tasse legen wollte, knallte aus mittlerer Höhe laut hinein. Erschrocken riss Frau Luitjens die Augen auf. Ihr Gesicht rötete sich schnell, und als sie nach der Kanne griff, schepperte deren Boden über das Stövchen.

»Darf ich vielleicht eben helfen?«, erkundigte sich Lüppo Buss. »Sie haben sich schon all die Mühe gemacht, da kann ich das Einschenken wohl übernehmen.« Um endlich Tee in die Tasse zu bekommen, setzte er in Gedanken hinzu.

»Ach, aber das gehört sich doch so, dass die Hausfrau den Tee einschenkt«, protestierte die alte Dame schwach, ließ aber dann doch die Kanne stehen und plumpste in ihren Sessel. Lüppo nahm Teekanne und Schwenksieb und ließ die Kluntjes knistern. Das Gebräu war dunkelgoldgelb, gerade so, wie er es liebte.

Der Inselpolizist nahm ein paar Tröpfchen Sahne, dann griff er zum Löffel und rührte kräftig um. Mal gucken, ob sie meckert, dachte er dabei, denn natürlich gehörte sich das nicht. Die Teeschichten, so besagte das Zeremoniell, sollten gefälligst getrennt getrunken werden: erst die sahnige, dann die bittere, zuletzt die süße. Papperlapapp, dachte er. Er wollte alles zusammen, also rührte er um, egal, was andere sagten. Außerdem kühlte der heiße Tee so schneller ab, und er hatte Durst.

Frau Luitjens aber meckerte nicht. Sie starrte an ihrer eigenen Tasse und ihrem Besuch vorbei an die Wand. Schweißperlen sammelten sich auf ihrer rosa Stirn.

Na denn, dachte Lüppo Buss und setzte seine in einem Zug geleerte Tasse ab. »Warum haben Sie denn bloß diesen Brief geschrieben?«, fragte er.

Frau Luitjens' abwesende Miene zeigte keine Regung. »Weil das nicht in Ordnung war«, erwiderte sie ohne einen Hauch von Überraschung in der Stimme.

»Nicht in Ordnung, natürlich.« Der Inselpolizist nickte und griff erneut nach der Kanne. »Verordnungen sind dazu da, dass sie beachtet werden, damit alles schön ordentlich bleibt, deshalb heißen sie ja auch so. Aber trotzdem: Warum haben Sie ausgerechnet Manni Zempel verpfiffen? Es gibt doch so viele Vermieter, die sich nicht an die Regeln halten! Spätestens jetzt wissen wir das ja.«

Der Kopf der alten Dame ruckte, und sie schaute Lüppo Buss an, als käme sie soeben von einer langen, weiten Reise zurück und fände in ihrem Sofa ein zirpendes Alien vor. »Wie? Ach was! Das soll doch jeder selber wissen. Nee, die Sache mit Tant' Lissys Haus, die war nicht in Ordnung.«

Tant' Lissy? Richtig, diese weitläufige Verwandte von Manfred Zempel, deren Haus der geerbt hatte. Was hatte das jetzt mit der anonymen Anzeige zu tun? Aber das fragte der Inselpolizist lieber nicht. »Erzählen Sie«, sagte er stattdessen.

»Lissy und ich waren früher in einer Klasse.« Wieder driftete der Blick der alten Dame in die Ferne, diesmal wohl in vergangene Zeiten. Aber sie riss sich zusammen. »Gleich alt. Aber in den letzten Jahren hat das keiner mehr gedacht, kein Wunder, sie war ja so krank. Ich dagegen bin noch ganz gut beieinander.«

Lüppo Buss nickte. Nicken war immer gut, damit einer schön im Erzählfluss blieb. Aber Frau Luitjens hatte ja auch recht, sie sah wirklich ziemlich gut erhalten aus.

»Wir waren beide früh verwitwet, und sie hatte ja niemanden, also habe ich mich um sie gekümmert. Viele Jahre lang war ich wohl jeden Tag bei ihr, als sie selber nicht mehr aus dem Haus konnte. Als es ihr dann aber immer schlechter ging und ich das alles nicht mehr so konnte, hat sie sich selber entschlossen, ins Hospiz zu gehen. Aber vorher hat sie mir noch etwas versprochen.«

Ach, daher weht der Wind, dachte Lüppo Buss und füllte seine Teetasse erneut. Der Tee schmeckte richtig gut, auch wenn er immer stärker wurde. Frau Luitjens hatte ihre Tasse noch nicht einmal angerührt. Oben auf der Flüssigkeit bildete sich eine hellgraue Schicht.

»›Mein Haus‹, hat sie gesagt, ›mein Haus, das sollst du kriegen, Esther, wenn ich nicht mehr bin.‹ Das waren ihre Worte. Esther, das ist nämlich mein Vorname, wissen Sie?«

Der Inselpolizist nickte: »Weiß ich.« Gute Recherche war doch echt wichtig, dachte er.

»Ich wollte das nicht, und das hab ich ihr auch gesagt: ›Lissy, ich will das nicht.‹ Aber sie hat nur den Kopf geschüttelt und gesagt: ›Geld hab ich ja keins, aber das Haus, das sollst du mal kriegen. Du bist die Einzige, die ein Recht darauf hat.‹ Dann hat man sie weggebracht, nach Leer ins Hospiz, und ich hab mich nur noch um ihre Topfblumen gekümmert und nach dem Postkasten geguckt. Dann kam irgendwann die Nachricht, dass sie verstorben wäre. Beerdigung in aller Stille, ich konnte nicht einmal Abschied nehmen.« Ihr versagte die Stimme. Mit einem zerknüllten Taschentuch tupfte sie sich den Schweiß und auch ein paar Tränen ab.

»Und das Haus?«, hakte der Inselpolizist nach, sobald ihm das vertretbar erschien.

Frau Luitjens zuckte die Achseln. »Topfblumen und Postkasten, ich bin da einfach immer weiter alle paar Tage hin. War ja die Einzige, die einen Schlüssel hatte. Tja, und dann hat der eines Tages nicht mehr gepasst.«

»Manfred Zempel?« Lüppo Buss hob seine Teetasse an den Mund. Der Tee war nicht mehr richtig heiß; keiner von ihnen hatte daran gedacht, das Teelicht im Stövchen anzuzünden. »Neues Schloss eingebaut?«

Frau Luitjens nickte. »Den hatte ich überhaupt nicht auf der Rechnung gehabt! Hat sich ja auch zu Lebzeiten nie um seine Großtante gekümmert. Aber er, er kannte mich gut! Wusste auch, dass ich immer bei Lissy gewesen bin und sie betütert habe. Deshalb hatte sie ja damals auch gesagt, ich sollte das Haus bekommen. Bloß, dass sie das offenbar nie aufgeschrieben hat, denn von einem Testament war nicht die Rede. Man hat allein nach dem Verwandtschaftsgrad entschieden, tja, und da gab es eben nur diesen Manfred Zempel.«

Sie schüttelte den Kopf, um Fassung ringend. »Der Kerl hätte doch gut zu mir kommen und sagen können: ›Hör eben, der Notar hat mir das Haus zugesprochen, kannst du mir vielleicht den Schlüssel geben?‹ Aber nee, dazu konnte der sich ja nicht aufraffen! Stattdessen ein neues Schloss, so dass ich auf einmal dastand und dachte, hab ich etwas am Kopf oder was?!« Das Rot ihres Gesichts bekam einen kräftigeren Ton. Vorher mochte es Scham gewesen sein, jetzt war es eindeutig Ärger.

»Aber war Ihnen das Haus nicht eigentlich egal?«, fragte Lüppo Buss vorsichtig.

»Egal, was heißt egal! Natürlich war mir das egal. Häuser machen viel Arbeit, was Sie wohl glauben! Hab ja schließlich auch so drei Stück, und so toll ist das Haus von Lissy auch nicht. Aber diesem Kerl, diesem Taugenichts, der sich erst einen Dreck um seine pflegebedürftige Verwandte kümmert und dann angerannt kommt und die Hand aufhält, dem hab ich es auf den Tod nicht gegönnt!«

Das kam mit solcher Inbrunst heraus, das glaubte der Inselpolizist sofort. »Und dann sind Sie auf die Idee gekommen, ihn anzuzeigen und ihm so richtig eins auszuwischen«, kombinierte er.

»Nein.« Frau Luitjens schüttelte den Kopf.

»Wie, nein? Ich kenne doch Ihre Schrift. Der Brief kam eindeutig von Ihnen.« Eine starke Behauptung war allemal besser als ein schwacher Beweis, dachte Lüppo Buss; ein graphologisches Gutachten hatte er schließlich noch nicht.

»Nein heißt, nicht ich bin auf diese Idee gekommen.« Esther Luitjens hob rechthaberisch ihr Kinn.

»Sondern wer?«

»Ulf Diekmann.«

Gerade hatte Lüppo Buss nach einem Krüllerke, einem gerollten Neujahrskuchen, greifen wollen; stattdessen fiel ihm die Hand dröhnend auf den Tisch. »Diekmann? Was hatten Sie denn mit dem zu tun?«

»Na, ich bin doch bei der *Sparkasse*! Hin und wieder habe ich auch Geld anzulegen. Da hat mich immer der Chef persönlich beraten.« Das kam ziemlich spitz heraus.

»Schön und gut. Aber wie kam der denn dazu, Ihnen zu raten, Manfred Zempel anonym anzuzeigen?«

Die stolze Fassade von Esther Luitjens bekam Risse; sie senkte den Kopf. »Da habe ich mich gesprächsweise wohl ... ein wenig gehen lassen. Wissen Sie, ich hab ja niemanden mehr, mit dem ich mich mal aussprechen kann! Als ich den Termin bei Herrn Diekmann hatte, war die Sache mit dem Türschloss noch nicht lange her. Und als der Herr Filialleiter dann so erwähnte, dass Immobilien, die sich für Ferienwohnungen eignen, auf den Nordseeinseln immer noch die beste Geldanlage wären und als er scherzhaft fragte, ob ich ihm nicht eins von meinen Häusern verkaufen wollte, da ist es so aus mir herausgeplatzt. Nämlich, dass ich ihm das Haus von Tant' Lissy gerne verkaufen würde, mickrig wie es ist. Aber dass das ja nun leider diesem Taugenichts von entferntem Verwandten zugesprochen worden war, ungerecht, wie die Welt ist.«

Der Inselpolizist nahm nun doch ein Krüllerke. Beim

Hineinbeißen verstreute er reichlich Krümel, weil er vergessen hatte, sein Tellerchen unterzuhalten. Die Hausherrin aber schien das nicht zu bemerken. »Das hat den Herrn Diekmann sehr interessiert«, fuhr Esther Luitjens fort. »Ich hab ihm dann gesagt, so schlimm wäre das wieder nicht, das Haus würde sich in diesem Zustand auch gar nicht zum Vermieten eignen, da müsste man erst eine Menge umbauen, überwiegend Maurer- und Klempner-Geschichten, nichts, was ein Tischler kann. Man müsste also allerhand Geld in die Hand nehmen, bevor man welches verdienen könnte. Ich dachte, dann grämt sich der nette Herr Diekmann nicht, dass er das Haus nicht bekommen kann. Aber was soll ich Ihnen sagen, dadurch fand er die Sache erst richtig interessant!«

»Inwiefern?« Der Inselpolizist tupfte die Krümel mit angefeuchtetem Zeigefinger vom Tischtuch. Schiere Butter und Kardamom, er liebte diesen Geschmack.

»Ja-ha.« Esther Luitjens war plötzlich ganz Geschäftsfrau. »Das hat er mir netterweise ganz genau erklärt. Wenn nämlich der Zempel, hat er gesagt, mit dem Haus von Anfang an Geld verdient, und sei es auch nur wenig, weil der Standard eben kein hoher ist, dann kann er nach und nach all die Arbeiten erledigen lassen, die nötig sind, um die Auflagen zu erfüllen und teurer zu vermieten. Dann wäre er aus dem Schneider! Wenn man aber dafür sorgt, dass er gleich investieren muss, ehe er mit dem Haus Geld verdienen kann, dann steht der Zempel auf dem Schlauch. Weil, Geld hatte der nämlich keins. Er hatte sein Konto zwar nicht bei Herrn Diekmann, aber irgendwie wusste der das trotzdem.«

Lüppo Buss nickte. Da hätte man auch ihn fragen

können, denn dass Manni Zempel kein Geld hatte, wusste schließlich jeder. Deshalb hatte Manfred Zempel, der Kunsttischler, in der Vergangenheit auch immer wieder Reparaturaufträge annehmen müssen, simple Holzarbeiten in irgendwelchen Fremdenzimmern und Ferienwohnungen, die eigentlich unter seiner Würde waren und schlecht bezahlt noch dazu, um überhaupt über die Runden zu kommen. Das war ihm peinlich gewesen, und als Marian Godehau ihn einmal für das Inselblättchen interviewt hatte, da hatte Manni Zempel das auch glatt abgestritten. Es sollte keiner wissen – obwohl natürlich jeder Langeooger Bescheid wusste.

Aber wie perfide solche Geldgeier wie Diekmann und diese Frau Luitjens denken konnten, das wussten noch viel zu wenige. Irgendwer sollte ihnen das mal erzählen ... Der Inselpolizist rief sich zur Ordnung. Von wegen, dachte er. Denunzieren führt zu nichts Gutem. Haben wir ja gesehen.

»So hätte Manfred Zempel zwar ein Haus gehabt, aber nichts damit anfangen können«, fuhr Frau Luitjens fort, »außer selbst drin zu wohnen. Aber eine Werkstatt hätte er sich da wohl nicht einrichten können. Und weil so ein Haus ja auch laufende Kosten verursacht, wäre ihm das irgendwann zu viel geworden. Und dann hätte er verkaufen müssen!« Jetzt strahlte die alte Dame, als hätte sie gerade eben die Lottozahlen von nächster Woche erfahren.

»Dann hätten Sie Tant' Lissys Haus gekauft und wären so doch noch in dessen Besitz gekommen«, fasste der Inselpolizist zusammen.

»Aber nein, wo denken Sie hin, Herr Oberinspektor!« Esther Luitjens hob abwehrend die Hände. »Ich doch nicht! Sagte ich nicht schon, dass ich an dem mickrigen

Ding gar kein Interesse habe? Nee – Herr Diekmann hätte es gekauft! Eine kleine Provision hätte ich bekommen, jedenfalls deutete er das an. Er wollte ja unbedingt mehr Immobilien auf der Insel haben, so viele wie möglich. Und wenn er hätte abreißen und neu bauen müssen, das wäre ihm ganz egal gewesen. Er konnte sich das ja leisten.«

Diekmann also. Ja, das passte, dachte Lüppo Buss. Der Mann war ständig darauf aus gewesen, seinen Status und seine Position auf der Insel zu steigern und zu verbessern. Grundbesitz war eine der Trumpfkarten, auf die er gesetzt hatte. Und dass Diekmann bereit gewesen war, andere Leute durch hinterhältige Strategien indirekt um ihr Erbe zu prellen, konnte er sich gut vorstellen. Das passte zu dem.

Warum aber hatte er Zempel dann umgebracht? Dieser Punkt war dem Inselpolizisten nach wie vor rätselhaft. So interessant die Ausführungen von Frau Luitjens auch waren, die entscheidende Frage beantworteten sie nicht.

»Dann kamen plötzlich diese anderen Briefe«, sagte Esther Luitjens.

»Wie? Welche anderen Briefe? Was meinen Sie?« Lüppo Buss hatte das Gefühl, etwas verpasst zu haben.

»Diese anderen anonymen Anzeigen! Irgendwann kam Herr Diekmann zu mir und fragte mich auf den Kopf zu, ob ich vielleicht auf den Geschmack gekommen wäre und was ich mir dabei denken würde. Ich wusste überhaupt nicht, wovon er sprach! Aber tatsächlich gingen beim Landkreis in Wittmund weitere Anzeigen gegen Vermieter ein, alle ebenfalls anonym. Herr Diekmann dachte wirklich, die wären von mir. Aber ich hatte damit nichts zu tun, glauben Sie mir!«

»Ich glaube Ihnen«, sagte der Inselpolizist im Tonfall tiefster Überzeugung.

»Herr Diekmann war natürlich auch deswegen so aufgebracht, weil er ebenfalls angezeigt wurde.« Frau Luitjens schüttelte missbilligend den Kopf, als spräche sie von Majestätsbeleidigung. »Und es dauerte nicht lange, dann gab es sogar eine Anzeige gegen mich! Mir ist fast das Herz stehengeblieben, als ich deswegen ein amtliches Schreiben bekam. Mich anzuzeigen! Ist das zu fassen!«

Lüppo Buss enthielt sich eines Kommentars, denn »Geschieht Ihnen recht« wäre dem Gesprächsverlauf nicht förderlich gewesen. Stattdessen fragte er: »Waren die Vorwürfe, die gegen Sie erhoben wurden, denn überhaupt berechtigt?«

»Das ist ja das Schlimme!«, rief Frau Luitjens aus. »Ja, das waren sie! Jede Einzelheit, die in diesen anonymen Schreiben aufgeführt war, hat gestimmt. Das war richtig unheimlich. Als ob da einer durch Wände gucken oder sogar gehen könnte. Man fühlte sich in seinem eigenen Haus plötzlich nicht mehr unbeobachtet und sicher.«

Eine Erinnerung stieg in Lüppo Buss auf. Was hatte Backhaus ihm da kurz nach dem Mord an Zempel mitgeteilt – Etti Luitjens würde überhaupt nicht an Touristen vermieten? Ganz offenkundig eine glatte Lüge. Jetzt konnte er das verstehen. Etti Luitjens war wohl die Lust an zahlenden Gästen zumindest kurzfristig vergangen, nachdem man ihr ihre eigene Medizin zu kosten gegeben hatte.

Aber eine Lüge blieb trotzdem eine Lüge. Diese scheinbar so honorige Dame nahm es mit der Wahrheit nicht sonderlich genau.

»Das war jedoch alles nichts gegen den schrecklichen Moment, als plötzlich dieser Zempel vor mir stand und mir meinen eigenen Brief unter die Nase hielt«, fuhr Esther Luitjens fort. »Da habe ich gedacht, ich müsste gleich im Boden versinken.«

»Manfred Zempel ist zu Ihnen gekommen?« Klar, dachte Lüppo Buss, das war die Kopie, die er bei Zempels Unterlagen gefunden hatte. Solch eine Konfrontation dürfte einigen Zündstoff in sich geborgen haben. »Was wollte er denn von Ihnen, und wie lief das ab?«

»Er hat nichts davon gesagt, dass er etwas haben wollte.« Etti Luitjens dachte offenbar bevorzugt in materiellen Kategorien. »Er hat mir nur gesagt, dass er meine Schrift wiedererkannt hätte, und dass er wissen wollte, wieso ich das gemacht habe. Oh Gott, war mir das peinlich!«

Das war ja auch das Mindeste, dachte Lüppo Buss und fragte: »Wieso Schrift wiedererkannt? Woher kannte er Ihre Schrift denn?«

»Na ja, er hat früher mal die eine oder andere Reparatur für mich erledigt. Fenster oder Treppenstufen, immer so Sachen, wo es um Holz ging. Solche Aufträge habe ich ihm schriftlich erteilt. Handschriftlich.«

Lüppo Buss runzelte die Stirn. Hatte Etti Luitjens nicht abgestritten, jemals Aufträge an Manfred Zempel erteilt zu haben? Dieser Frau schienen Lügen wirklich keine Probleme zu bereiten.

»Ich habe ihm dann gesagt, wie es gewesen war.« Etti Luitjens breitete die Arme aus: »Was sollte ich denn machen? Weglaufen konnte ich ja nicht. Also habe ich Zempel erzählt, dass Herr Diekmann mir den Rat gegeben hat, die anonyme Anzeige zu schreiben, weil Herr Diekmann auf diese Weise an sein Haus kommen wollte.« Die alte Dame nickte selbstbestätigend: »Genau das habe ich ihm gesagt.«

»Sie haben ihm nicht gesagt, dass Sie ihm sein Erbe missgönnt haben, weil Sie fanden, dass es eigentlich Ihnen zugestanden hätte?« Der Ton des Inselpolizisten geriet recht scharf. So langsam ging ihm die Impertinenz dieser Matrone doch über die Hutschnur.

»Nein, wieso? Was hat das denn auch damit zu tun?« Etti Luitjens klang beleidigt. »Überhaupt, was heißt missgönnen? Was erlauben Sie sich?«

Der Inselpolizist ignorierte das. »Wie hat Herr Zempel denn auf Ihre Mitteilung reagiert?«, fragte er.

Etti Luitjens zuckte die Achseln. »Tja, geschimpft hat er natürlich! Sehr unflätig, er war ja überhaupt ein Mensch ohne viel Bildung. Dass Diekmann ihm das büßen würde, dass dem das noch leid tun solle – solche Drohungen hat er ausgestoßen! Bloß gut, dass er nicht mehr dazu gekommen ist, sie in die Tat umzusetzen.« Erschrocken über ihre eigenen Worte, legte sich die alte Dame die flache Hand auf den Mund. »Damit will ich natürlich nicht gesagt haben, dass ich mich über Zempels Tod gefreut hätte«, nuschelte sie durch ihre Finger.

»Das haben Sie gerade«, sagte Lüppo Buss. So langsam begann er zu begreifen, was Ulf Diekmann dazu gebracht hatte, Manfred Zempel zu töten. Einer, dem Ansehen – nebst Besitz – das Wichtigste war, mochte für den Erhalt einer ansehnlichen Fassade durchaus zum Mörder werden. »Wie hat Ulf Diekmann denn erfahren, dass Herr Zempel von seinen – und indirekt auch von Ihren – Machenschaften wusste?«, fragte er.

»Von mir natürlich«, erwiderte Etti Luitjens ungerührt.

»Ich habe ihn sofort angerufen, kaum dass ich diesen Zempel endlich losgeworden war. Besser, Herr Diekmann erfährt es von mir als von dem, habe ich mir gedacht. Natürlich war Herr Diekmann schrecklich wütend und hat mir ernste Vorwürfe gemacht. Das klang so böse, ich musste richtig weinen! Da hat sich der Herr Diekmann dann etwas beruhigt und mir versprochen, dass er sich um die Angelegenheit kümmern würde. So war ich dann wieder etwas beruhigt.«

Der Inselpolizist hatte Mühe, seine nächste Frage in ruhigem Ton über die Lippen zu bringen. »Wann hat dieses Telefonat stattgefunden?«

»Letzten Samstag«, sagte Etti Luitjens. »Am späten Nachmittag. Sie wissen schon, an dem Tag, als abends dieses lärmige Hafenfest war.«

Dass Manfred Zempel an genau diesem Abend erschossen worden war, sagte sie nicht. Erschossen von Ulf Diekmann. So war das also! Diese Sache wäre rund, dachte Lüppo Buss. Bis auf ein wichtiges Detail.

»Warum hat sich Manfred Zempel an diesem Abend in Ihrem Gartenpavillon aufgehalten?«, fragte er. »Und woher hat Ulf Diekmann das gewusst?«

Die alte Dame blickte beschämt drein. Ein bisschen. »Ich wusste ja nicht, wie ich diesen Zempel wieder loswerden sollte«, sagte sie. »Nachdem ich ihm das mit Herrn Diekmann erzählt hatte, wollte er ja gar nicht mehr aufhören zu schimpfen. Ich bekam auch meinen Teil ab, wegen meines Briefes, na ja. Schließlich wusste ich mir nicht anders zu helfen, als ihm einen Auftrag zu erteilen.«

»Einen Auftrag? Was für einen?«

»Änderungen in meinem Gartenhaus. Wie ich schon

sagte, mit Holz kannte der Mann sich ja aus. Ich wollte das Häuschen eigentlich vermieten, aber dann kam die anonyme Anzeige wegen der nicht gegebenen baulichen Voraussetzungen. Dieser blöde Denunziant! Und da dachte ich, gebe ich dem Zempel doch den Auftrag, mir einen Kostenvoranschlag über die erforderlichen Umbauten zu machen, vielleicht ist er dann ja endlich still. So war es dann auch. Er kündigte an, am Abend wiederzukommen und zu messen, und dann ging er endlich.«

»Und das haben Sie Diekmann gesagt? Warum?«

»Weil er es wissen wollte«, antwortete Frau Luitjens schlicht.

Diese Frau, dachte der Inselpolizist, diese ebenso vornehm wie harmlos tuende Frau hat Manfred Zempel direkt in sein Grab geschickt. Ist sie so dumm, dass sie das nicht begreift, oder ist sie so abgestumpft, dass ihr das einerlei ist?

Eins aber stand wohl fest: Zur Rechenschaft ziehen für das, was sie da angerichtet hatte, konnte man sie schwerlich.

»Noch einen Neujahrskuchen, Herr Oberinspektor?«, fragte die alte Dame zuckersüß.

»Nein danke«, erwiderte Lüppo Buss. »Ich glaube, mir ist schlecht.«

34.

War er weg gewesen, ohnmächtig? Vermutlich, aber nicht sehr lange, denn immer noch fiel Tageslicht durch das kleine Fenster. Das kleine, vergitterte Fenster. Nur ein bisschen gewandert war der Lichtfleck auf dem Dielenboden. Wenn er länger bewusstlos gewesen wäre, dann wäre es jetzt entweder dunkel oder die Sonne würde auf der anderen Seite des Hauses stehen. Nämlich als Morgensonne. Aber das konnte nicht sein, das würde er ja merken.

Prompt meldete sich seine Blase, zaghaft zwar, aber unverkennbar. Na toll, und er war hier an dieses Heizungsrohr gefesselt!

Von seinem Oberkiefer strahlte dumpfer Schmerz aus, sein angeschwollenes Gesicht pochte, und rund um Mund und Nase spannte die Haut unter angetrocknetem Blut. All das zusammen – und ein Gefühl des Ekels vor sich selbst – ließ Nico Backhaus endgültig wach werden.

Was, wenn man ihn erst morgen früh hier fand, wenn eine von Karen Moosbachs Aushilfen kam, um den Laden zu öffnen? Ausgeknockt von einer Frau, angekettet und vermutlich eingenässt? Er sah die Schlagzeilen schon vor sich: »Der Versager von Langeoog: Mord-Ermittlungsleiter selbst der einzige Gefangene!« Dazu ein Foto von ihm in seiner nassen Hose … Eins stand fest, sowie er hier los war, konnte er sich direkt einen Strick nehmen.

Er versuchte sich aufzurichten, soweit es seine Handfessel am unteren Heizungsrohr zuließ. Sofort wurde das Pochen im Kopf stärker und schmerzhafter. Backhaus spuckte ein paar saftige Flüche auf die Malerin aus, die ihn in diese Situation gebracht hatte. Was für eine Wahnsinnige! Für ihren Freund tat die offenbar alles, inklusive Körperverletzung, Freiheitsberaubung und Behinderung der Polizeiarbeit.

Mit einem gläsernen Briefbeschwerer hatte sie ihn niedergestreckt! Und er hatte die Dinger noch vorne im Laden bewundert. Dann hatte sie ihm seine Dienstwaffe abgenommen und rannte jetzt draußen damit herum. Ein weiterer dicker Minuspunkt auf seinem Konto. Sogar zwei oder mehr, falls sie mit seiner Waffe irgendwelchen Unsinn anstellte.

Der Ärger schien seinen Kopf klarer zu machen, und endlich fiel es ihm auf: Karen Moosbach hatte sich seine Waffe geschnappt, die Tür hinter sich abgeschlossen und war dann weg! Natürlich, die Handschellenschlüssel hatte sie auch mitgenommen. Aber die Hosen- und Jackentaschen hatte sie ihm vor ihrem Abgang nicht geleert.

Also musste auch sein Handy noch da sein!

Sofort rammte er seine linke Hand in die Hosentasche; die Bewegung war wohl zu hastig gewesen, denn sein Kopf schmerzte, als würde er gleich explodieren. Da war das Mobiltelefon! Kein Smartphone, oh nein, Backhaus war nicht nur bei der Wahl der Dienstwaffe altmodisch. Obwohl er sich dabei selber ganz vorne sah. Jedem, der es hören wollte, legte er gerne dar, wie viel Energie und seltene Rohstoffe für jedes neu produzierte Spielzeug dieser Art vergeudet, wie viel Umwelt zerstört, wie viele Menschenrechte in rohstoffreichen Dritte-Welt-Ländern mit Füßen getreten wurden. Und das alles nur, damit die Dinger weggeworfen werden konnten, sobald sie aus der Mode kamen, und neu produzierte teure Spielzeuge an ihre Stelle traten. Nein, an dieser Vergeudung beteiligte er sich nicht, er behielt sein altes Folder-Handy, obwohl das Display schon gesprungen war.

Und der Akku schon alt.

Seine Finger zitterten, als er das Ding aufklappte. Wie viele Striche auf der Ladeanzeige? Mist, nur noch einer! Und während er noch darauf starrte, wechselte die Farbe auch schon von Schwarz zu Rot. Mist, doppelter Mist! Da blieb ihm vielleicht nur ein einziger Anruf. Sollte er Lüppo Buss direkt über Handy anrufen? Die Nummer war nicht eingespeichert, und er war sich nicht sicher, ob er sie korrekt im Kopf hatte. Also besser das Polizeibüro, die Nummer kannte er inzwischen auswendig.

Er tippte sie ein. Verdammt, Vorwahl vergessen! Er löschte die Eingabe, begann von vorne, fing diesmal mit 04972 an. So, jetzt die Nummer des Anschlusses. Nur nicht daneben tippen!

Schon war es passiert. Und im nächsten Moment wurde das Display dunkel. Der Akku war verreckt. Der Hauptkommissar brüllte los vor Wut und schleuderte das tote Mobiltelefon durch den Raum.

Das Handy knallte gegen die Wand, prallte schräg zurück, schlug auf dem Schreibtisch auf, rutschte über dessen Platte und traf das Festnetztelefon. Das schnurlose Gerät kippte aus seiner Station und fiel krachend auf den Dielenboden.

Nico Backhaus' Herzschlag raste und stolperte abwechselnd. Dieses Telefon dort war immerhin geladen! Was aber, wenn es bei seinem Absturz Schaden genommen hatte? Dann hätte er, Backhaus höchstpersönlich, schon wieder Mist gebaut und eine weitere Chance zunichte gemacht. Die Horror-Schlagzeile drohte immer länger zu werden.

Vielleicht aber funktionierte das Telefon ja noch. Das ließ sich jedoch nicht feststellen, da es sich nach wie vor außerhalb seiner Reichweite befand. Mehr als deutlich, bestimmt über zwei Meter. Er versuchte es trotzdem, rutschte zurück in die Waagerechte, reckte den gefesselten Arm, so weit es ging, machte sich lang und wedelte mit den Beinen über den glatten Boden. Es sah so lächerlich aus, fand er, lächerlich und vergeblich. Vor lauter Zorn strampelte er immer wilder und trat schließlich laut fluchend um sich.

Sein Fuß traf etwas. Dieses Etwas gab erst nach und fiel dann um. Backhaus erschrak. Was hatte er denn jetzt kaputt gemacht? Schuldbewusstsein war bei ihm ein unwillkürlicher Impuls. Auf der einen Seite hätte er dieser verfluchten Maler-Tusse am liebsten das ganze Haus in Schutt und Asche gelegt – auf der anderen Seite aber gehörte sich blinde Zerstörungswut einfach nicht. Was Erziehung so anrichten konnte!

Tatsächlich hatte er in einen dieser Bilderstapel getreten, die schräg an den Wänden lehnten, und die Bilder umgestoßen. Das äußerste Bild hatte er offenbar voll mit dem Schuh erwischt; die Leinwand hatte zwar gehalten, der Rahmen jedoch, auf den sie gespannt war, war dabei in Trümmer gegangen. Die Enden zweier Leisten klafften an einer Ecke auseinander. Na ja, das ließ sich reparieren. Von schützenswerter Kunst konnte hier sowieso keine Rede sein …

Es dauerte einen Augenblick, ehe Nico Backhaus eins und eins zusammengezählt hatte. Dann machte er sich noch einmal auf dem Boden lang. Diesmal reichte er hin – bis an das kaputte Bild. Mit dem Fuß zog er es zu sich heran, packte mit beiden Händen zu und zerrte die Leinwand ohne falsche Rücksichtnahme vom Rahmen, wobei er peinlich darauf achtete, die Leisten nicht auseinanderzureißen. Vorsichtig bog und drehte er an den genagelten Rahmenecken herum, bis die vier Leisten zusammen eine Art krumme Angelrute bildeten, mit einer der kurzen Querleisten als Haken. Dieses Gebilde schob er behutsam über die glatten Dielen in Richtung Schreibtisch, ganz knapp am abgestürzten Telefon vorbei. Dann ein kurzer Druck nach rechts.

Und noch ein etwas längerer, weil das wabbelige Gebilde nicht so recht folgen wollte. Wieder nichts. Was jetzt? Wenn er zu stark drückte, konnten sich die prekären Eckverbindungen der Rahmentrümmer lösen, oder die Rute schlug zu stark aus und schleuderte das ersehnte Fernsprechgerät womöglich wie einen Eishockeypuck bis in den hintersten und unerreichbarsten Winkel des Raumes.

Backhaus ahnte, dass er nur einen Versuch hatte.

35.

Stahnke fand den Hafenmeister auf einem Boot, das er ihm gar nicht zugetraut hatte. »Donnerwetter, eine *Chris-Craft Riviera*!«, platzte er heraus, als er Michael Gödecke an Bord des hochbordigen Gleiters hantieren sah. »Sagen Sie bloß nicht, das wäre Ihr Boot! Das muss doch älter sein als Sie!«

Der Hafenmeister lächelte sein warmes Lächeln; kleine Faltenfächer in den Augenwinkeln veredelten sein braungebranntes Gesicht mehr, als dass sie sein wahres Alter verrieten. »Danke für die Blumen«, sagte er. »Baujahr 1979 – ich meine das Schiff. Echter Klassiker, nicht wahr? Ein paar Jährchen Unterschied zwischen uns beiden gibt es schon, aber ich verrate nicht, zu wessen Gunsten.«

Der Hauptkommissar bewunderte das versiegelte Stabdeck und das schimmernde Edelholz in der offenen Plicht, die dem Steg zugewandt war. »Römisch-katholisch anlegen« nannte man es, wenn ein Boot mit dem Heck zum Anleger vertäut wurde. Angesichts der vielen Pädophilie-Skandale der Kirche klang das nach einer derben Anspielung. Tatsächlich jedoch war diese Art anzulegen vor allem an der europäischen Mittelmeerküste gebräuchlich, und dort war man eben überwiegend katholisch.

»Ich hätte eher geschätzt, dass Sie ein Segelboot hätten«, merkte Stahnke an. »Solch ein Neun-Meter-Gleiter hat doch bestimmt eine ziemlich dicke Maschine und einen entsprechenden Verbrauch. Wirklich öko ist das ja nicht, oder?«

Die Lachfältchen des Hafenmeisters vertieften sich. »Haben Sie schon mal überlegt, was da draußen vor unserer schönen Insel so alles herumfährt? Containerriesen, fette Tanker und Kreuzfahrtschiffe vom Format kleiner Städte – und alle verfeuern sie Schweröl der giftigsten Sorte. In Massen! Eine Sauerei sondergleichen. Aber darüber freuen sich die Leute, das wird gefeiert, weil es Arbeitsplätze und Ferien aus der Retorte bringt. Aber ich, ich soll derweil die Welt retten, indem ich Sprit spare, was? Nee, schönen Dank! Ich habe schon kein Auto, das muss reichen.«

Der Hauptkommissar musste beifällig nicken. »Das sind Argumente. Trotzdem finde ich Segeln schöner.«

»Ist auch schön«, pflichtete der Hafenmeister bei. »Trotzdem, wenn man von der Insel mal schnell zum Festland will, ist ein schnelles Motorboot einfach die bessere Wahl. Und dann kann es ja auch etwas Schickes sein, finden Sie nicht?«

Auch das musste Stahnke zugeben. »Mit diesem Boliden wird jede Einkaufstour nach Bensersiel bestimmt zum Schaulaufen! Bloß aufpassen muss man, dass man die Fahrrinne nicht verfehlt. So ein tief gezogener V-Boden ist zum Trockenfallen sicher nicht besonders gut geeignet!«

»Suchen Sie immer noch das Haar in der Suppe? Ich habe Wattstützen dabei, damit falle ich schon nicht um.« Er seufzte. »Aber wer weiß, vielleicht fahre ich ja schon bald in einem anderen Revier, wo es kein Trockenfallen gibt. Bisher ist mein Vertrag hier noch nicht verlängert worden.«

»Ach! Und ich dachte ...« Stahnke unterbrach sich; war das klug, auszusprechen, was er gerade aussprechen wollte? Aber dann entschied er sich doch dafür, das

Steinchen ins Wasser zu werfen: »Ich dachte, jetzt, wo Diekmann tot ist, schwenkt der restliche Vorstand des Seglervereins um.« Jetzt bin ich gespannt auf die Wellen, dachte er.

Der Hafenmeister fixierte ihn mit zusammengekniffenen Augen; die Falten darum herum waren jetzt keine Lachfältchen mehr. »Glauben Sie nicht, dass ich nicht auch schon daran gedacht hätte«, sagte er. »Trotzdem, ich habe meine Fühler überall hin ausgestreckt, kaum dass ich gemerkt hatte, was da gegen mich lief. Damit werde ich jetzt nicht aufhören, nur weil ...« Er zuckte die Achseln. »Außerdem ist der Mann noch nicht einmal unter der Erde. Ich will nicht allzu pietätlos erscheinen, indem ich jetzt beim Vorstand auf der Matte stehe. Lassen wir mal ein, zwei Wochen verstreichen, dann sehe ich ja, ob die sich bei mir melden. Und wenn nicht – ein gutes Angebot von Rügen hätte ich schon.« Er tätschelte die seidig lackierte Backskiste, die er offenbar gerade aufklarte: »Da hat meine *Sehnsucht* auch immer genug Wasser unter dem Kiel.« Jetzt lachte er wieder.

Wieder nickte der Hauptkommissar, die Hände in die Hüften gestützt. Das alles klang so vernünftig, gut durchdacht und harmlos, dass er sich in diesem Moment überhaupt nicht vorstellen konnte, hier einen Mann vor sich zu haben, der zur Sicherung seiner beruflichen Existenz zum Mörder geworden war. Wenn seinen Worten zu trauen war, dann hatte Michael Gödecke gar nicht vorgehabt, um seinen Job zu kämpfen – zumal dieser Job nicht einmal ein echter Job war, sondern eine abhängige Tätigkeit auf eigenes Risiko. Vielmehr hatte er sich anderweitig umgehört und angeblich schon etwas anderes in

Aussicht. Wofür also sollte er darauf verfallen sein, Ulf Diekmann umzubringen? Eine Tracht Prügel im Dunkeln am Vorabend seines Langeoog-Abschieds hätte es doch auch getan, fand Stahnke.

Und Gödeckes Boot hieß *Sehnsucht*. Taufte einer sein Boot so, der vorhatte, künftig dauerhaft an ein und demselben Fleck zu wohnen und zu arbeiten?

Kaum. Sofern man seinen Worten glauben konnte.

Der Hafenmeister hatte sich wieder seiner Arbeit zugewandt. Anscheinend hatte er ein paar unterlaufene Lackstellen im Cockpit geschmirgelt und neu lackiert; jetzt war er dabei, gereinigte Pinsel, Lackdosen und Werkzeug zu ordnen und in die Backskiste zu packen. Klar, die *Chris-Craft Riviera* war eine alte Dame und brauchte viel handwerkliche Zuwendung. Anders als mit Mängeln behaftet hätte sich Gödecke dieses amerikanische Schmuckstück auch wohl kaum leisten können. So hieß es jetzt selber Hand anlegen. Stahnke kannte das, auf seinen eigenen Booten war früher auch immer irgendwo etwas zu überholen gewesen. Nur dass er sein Arbeitszeug selten so ordentlich weggeräumt hatte wie Gödecke seins. Der packte die Sachen sogar penibel sortiert in verschiedene Plastiktüten, ehe er sie verstaute.

Zwei dieser Plastiktüten waren durchsichtig. Sie wiesen zwar Flecken und andere Gebrauchsspuren auf, ihr Aufdruck aber war trotzdem noch gut zu erkennen: *Insa's Mode-Treff.*

Der Hafenmeister schaute hoch, bemerkte Stahnkes Blick und seine gerunzelte Stirn. Offenbar deutete er sie sehr präzise. »Glauben Sie bloß nicht, dass ich meine Klamotten in dieser Boutique kaufe«, sagte er in scherzendem

Ton. »Aber meine Freundin hat mir vor ein paar Monaten einen neuen Jumper geschenkt, mit Tüte! Und die andere stammt auch von ihr. Ich glaube, die Insa hat Karen mal ein Bild abgekauft, und jetzt revanchiert sie sich.«

Aha, dachte Stahnke, während er bestätigend lächelte. Der hat für alles eine logische Erklärung.

Sofern man seinen Worten glauben konnte.

Und wenn nicht? Der Hauptkommissar rief sich zur Ordnung. Hatte er denn ganz vergessen, weswegen er gerade hier war, Urlaub hin oder her? Dieser Mann dort war ihr Hauptverdächtiger für den Mord an Bernhard Bottmeier – und damit automatisch auch für den an Ulf Diekmann. Er war quasi der Nachrücker für Ursula Bottmeier, die zunächst diese Position eingenommen hatte. Wie waren sie nur darauf verfallen, einer Frau diese Taten zuzutrauen?

Er zuckte erschrocken zusammen, als Hafenmeister Michael Gödecke behände über das breite Heck seines Motorboot-Klassikers flankte und nur eine Schrittlänge vor ihm auf dem bebenden Steg landete. Wenn der nun etwas gewittert hatte! Wenn der ihm nun eine Waffe unter die Nase hielt – eine Waffe, die vielleicht in dieser Backskiste dort verborgen gewesen war und die Gödecke gerade eben, in Stahnkes Beisein, dort herausgezogen hatte! Was sollte er dann tun? Dann wäre er genauso geliefert wie Kollege Backhaus, dem der anvertraute Verdächtige aus dem Zug gehopst und in den Tod geflüchtet war. Eine Lachnummer! Dabei hatte Stahnke in seinem knappen Freizeitdress noch nicht einmal eine Dienstwaffe dabei.

Der Hafenmeister blickte dem Hauptkommissar direkt

ins verdutzte Gesicht. Er lächelte und wandte sich eilig nach rechts, weg vom Ufer. Dort befand sich eine der wenigen leeren Anlegeboxen, die der Langeooger Yachthafen momentan noch aufwies. Und dorthin steuerte gerade eine weitere Motoryacht, die offenbar vor wenigen Augenblicken, von Stahnke, nicht aber von Gödecke unbemerkt, eingelaufen war. Für einen Hafenmeister gehörte es natürlich zur Dienstbeschreibung, Augen und Ohren jederzeit überall zu haben.

Na ja, dachte Stahnke, für einen Kriminalbeamten eigentlich auch.

»Hey! Na, schon zurück? Das ging aber schnell.« Michael Gödecke leistete Hilfe beim Anlegen, was aber kaum vonnöten war; der Mann am Steuer der kompakten, achtern ziemlich hoch gebauten Yacht, die vor übermäßiger, kaum gezügelter Motorkraft zitterte wie ein Rennpferd, verstand sein Handwerk. Mit Ruderrad und Wendegetriebe manövrierte er das vermutlich sündhaft teure Schiff mühelos zwischen die Nachbarboote. Das Bugstrahlruder kam erst ganz zum Schluss zum Einsatz.

Tja, dachte Stahnke, das ist schon ein anderer Schnack als die Katastrophe, die mein lieber Nachbar bei unserer Ankunft hingelegt hat! Klar, eine Segelyacht hat nicht so viel Power unter dem Motorraumdeckel, und so einen guten Überblick vom Steuerstand hat man da auch nicht, aber trotzdem. Dieser Steuermann da hatte es einfach drauf.

Aber was hieß hier Steuer*mann*? Verblüfft registrierte Stahnke, dass es eine Frau war, die da vom Ruder auf das seitliche Gangbord trat, kaum dass die Maschine verstummt war. Eine recht hochgewachsene, gut aussehende

Frau in weißen Shorts und Top und mit dunkler Sonnenbrille über dem breiten, zufriedenen Lächeln. »Danke, du Freibeuter!«, rief sie dem Hafenmeister zu, während sie die gespleißten Augen der Festmacher routiniert über die Poller streifte. »Das war echtes Speed-Shopping heute! Mit dem Taxi von Bensersiel nach Aurich und zurück. Hab alles gekriegt, was ich wollte! Nett übrigens, dass du mir hilfst. Oder hast du nur Angst, dass Takes Neuerwerbung etwa einen Kratzer abkriegt?«

»Keine Sorge, Ursula, bei dir doch nicht!« Michael Gödecke strahlte zurück, während er routiniert die Vorleine mit zwei halben Schlägen auf dem Kreuzpoller festmachte. »Wir wissen doch, dass du mit jedem Boot lesen und schreiben kannst! Sonst hätte Take Hülsebus dich nie und nimmer mit seinem aus dem Hafen gelassen.« Galant reichte er der Frau seine Hand, während die leichtfüßig durch die Relingspforte am Bug auf den Steg sprang.

»Ganz der Kavalier.« Die Frau ließ sich vom eigenen Schwung bis dicht an den Hafenmeister herantragen; ihre langen, sanft gebräunten Beine schimmerten in der Sonne. Der Hafenmeister wich der Berührung nicht aus. Die Frau lachte: »He, mein Lieber, pass nur auf, dass deine Karen uns jetzt nicht sieht! Du weißt doch, was die von solchen Nettigkeiten hält.« Sie trat einen halben Schritt zurück, ohne Gödeckes Hand loszulassen. »Hast du an mein Fahrrad gedacht?«, fragte sie. »Falls nicht, sehe ich schwarz. Ich konnte meinen Schlüssel beim besten Willen nicht finden, und unabgeschlossen dürfte es bei der *Kajüte* schon einen neuen Liebhaber gefunden haben.«

»Keine Angst, alles geregelt.« Gödecke wies in Richtung

Bootshalle: »Da hinten hab ich es abgestellt, ein bisschen ab vom Schuss. Und ein altes Wrack von Fahrrad hab ich dagegen gelehnt, als Deckung. Glaub mir, das Ding hat bestimmt keiner freiwillig angefasst.« Die beiden lachten sich an.

Zwei schöne Menschen aus der *Bacardi*-Werbung, dachte Stahnke. Das war also Ursula Bottmeier, die Schwester des zuletzt Ermordeten, deren Verbleib ihnen solche Rätsel aufgegeben hatte. Hier war die schlichte Lösung: Mit einem geliehenen Boot zum Einkaufen aufs Festland! Und auch die Frage, wessen Fahrrad der Hafenmeister weggestellt und getarnt hatte, war hiermit beantwortet. Alles ganz harmlos. Zugleich war nachweisliche Abwesenheit von der Insel ein ziemlich gutes Alibi für die Dame, sofern sie noch immer jemand als Mörderin ihres Bruders in Betracht zog.

Blieb die Frage, ob sie bereits vom Tod dieses Bruders erfahren hatte. Ihr locker-flockiges Auftreten deutete ziemlich klar auf das Gegenteil hin, selbst wenn man berücksichtigte, dass ihr Verhältnis zu Bernhard Bottmeier durchaus als getrübt bezeichnet werden konnte. So kaltschnäuzig wirkte sie denn doch nicht. Also musste ihr jemand die Nachricht überbringen, und so wie es aussah, würde dieser Jemand wohl Stahnke heißen.

Der Hauptkommissar seufzte. Jetzt gleich? Oder sollte er nicht lieber zunächst den Hafenmeister dingfest machen? Ursula Bottmeiers Entlastung hatte den Tatverdacht gegen ihn schließlich weiter erhärtet.

Wieder begannen die Stegplanken unter ihm zu beben. Hinter ihm ertönten laute Schritte. Jemand kam den Schwimmsteg entlang gerannt, in hohem Tempo und ohne darauf zu achten, dass sein Getrampel vielleicht irgendjemanden störte. So bewegte man sich eigentlich nicht in Yachthäfen, dachte der Hauptkommissar.

Auch Ursula Bottmeier wurde aufmerksam und schaute zur Seite. »Wenn man vom Teufel spricht«, sagte sie halblaut. Ihr Lächeln erlosch.

Stahnke drehte sich um. Eine Frau kam in langen Sätzen auf ihn zu, ebenso hochgewachsen und langbeinig wie Ursula Bottmeier. Anscheinend rannte sie schon eine Weile, denn ihr Gesicht war gerötet und ihr Kopf pendelte vor Anstrengung hin und her. Das einseitig wallende Haar und die andere, die rasierte Kopfseite, drehte sie dabei abwechselnd in Laufrichtung. Als ob da zwei verschiedene Personen angelaufen kommen, dachte der Hauptkommissar, beide aus gleicher Perspektive gefilmt, die Aufnahmen dann sorgfältig geschnitten und zu einer einzigen fortlaufenden Sequenz montiert. Da könnte der Effekt auch nicht frappierender sein.

Aber natürlich wusste er, wer da angerannt kam: Karen Moosbach, die Malerin und Besitzerin der Bildergalerie in den Dünen, die Freundin des Hafenmeisters. Und die Mörderin von Ulf Diekmann und Bernhard Bottmeier.

Er wusste es sofort, als er sie auf sich zulaufen sah. Aber er hatte es nicht ihrer verzerrten Miene abgelesen, auch nicht ihrer aufgelösten Erscheinung und ihrer offenkundigen Hast, die sofort an Flucht denken ließ. Nein, das alles war es nicht, und wenn Stahnke später von dieser Begegnung erzählte, dann tat es ihm leid, dass er nicht wenigstens ein bisschen mit einer Intuition prahlen konnte, die weit über Routine und kriminalistische Erfahrung hinausging. Aber er war ein ehrlicher Mensch, und so gestand er natürlich ein, was ihm wirklich auf die Sprünge geholfen hatte.

Nämlich, dass Karen Moosbach eine Automatikpistole im Hosenbund trug. Und gerade jetzt zog sie die heraus.

Abermals wurde Stahnke bewusst, wie unvorbereitet er in diese Situation hineingestolpert war. Unbewaffnet – und auch mit den Kollegen hatte er schon seit einiger Zeit keinen Kontakt mehr gehabt. Jetzt war es dafür zu spät. Angesichts dieser heranschnaubenden Person mit den zwei Gesichtern und der Waffe in der pendelnden Hand wäre ein Griff zur Hosentasche der reine Selbstmord gewesen. Also blieb er bewegungslos stehen, Auge in Auge mit dem, was da heranpolterte wie das leibhaftige Schicksal.

Aber nicht lange. Karen Moosbach richtete die Pistole auf den Hauptkommissar – und machte damit eine knappe, aber eindeutige Bewegung: vorwärts, da entlang! Gehorsam drehte Stahnke sich abermals um, hielt seine Hände dabei so, dass sie gut sichtbar waren. Das Keuchen hinter ihm wurde lauter, heißer Atem ließ seine Nackenhaut erschauern, der Lauf der Waffe bohrte sich in seinen Rücken, machte ihm unmissverständlich klar, dass er auf die beiden *Bacardi*-Menschen zugehen sollte, die da vor der Motoryacht standen.

Das Gesicht des Hafenmeisters spiegelte totale Überraschung wider, gepaart mit Entsetzen. Sein gewohntes Lächeln und seine Souveränität waren dahin. Sollte Stahnke es je für denkbar gehalten haben, dass er und Karen Moosbach gemeinsame Sache gemacht hatten, so wäre dieser Verdacht jetzt und hier ausgeräumt gewesen. Dieser Mann hatte von nichts gewusst. Und jetzt wollte er es nicht glauben.

Ursula Bottmeier wirkte nicht halb so schockiert. Sie hob ihre Hände auf Schulterhöhe, aber nicht etwa angstvoll, sondern beschwichtigend. »Karen, nun komm, mach keinen Unsinn«, sagte sie mit fester Stimme. »Glaub mir, ich wollte nichts von deinem Zuckerschatz, auch wenn er so ein Süßer ist. Hab mir nur ein bisschen helfen lassen, das war alles! Ich weiß doch, dass er bei dir in festen Händen ist.«

Stahnke spürte, wie der Druck der Pistole nachließ; gleichzeitig fasste eine von Karen Moosbachs festen Händen ihn an der Schulter. »Stopp!«, zischte sie ihm ins Ohr, ohne der anderen Frau zu antworten. Sie standen jetzt noch etliche Meter von ihr und Michael Gödecke entfernt, auf Höhe des Bootes, das dem Hafenmeister gehörte.

»Außerdem, nichts gegen deinen Michael, aber ich hab ja schon noch genügend andere Chancen, wie du weißt«, fuhr Ursula Bottmeier fort. »Denk nur an Ulf Diekmann. Mit dem hab ich eine Menge Spaß gehabt, so lange, wie es gedauert hat. Aber als er dann anfing, sich für dich zu interessieren, da hab ich schön meine Finger von ihm gelassen. Das hast du doch hoffentlich registriert?«

Hatte sie das bei Sina gelernt? Stahnke kannte die Taktik: Den potentiellen Täter immer schön in ein Gespräch verwickelt halten, dann führt er seine Tat vielleicht nicht aus, bevor Verstärkung kommt. Nur: Auf welche Verstärkung konnten sie hier hoffen?

»Was redest du da von Diekmann!« Karen Moosbach war wieder halbwegs zu Atem gekommen. Sie sprach über Stahnkes Schulter hinweg, die Waffe zwischen seinem und ihrem Körper verborgen. »Von dem hab ich nie etwas gewollt! Ich habe mich entschieden, ein für allemal. Michael ist mein Mann, Langeoog ist meine Insel, niemand bringt uns mehr auseinander oder von hier weg! Also rede keinen Quatsch von Diekmann. Da ist nichts gewesen.«

Stahnkes Blick glitt über des Hafenmeisters Gesicht und sein Boot. Das Gesicht wirkte jetzt verschlossen, und sein Boot hieß immer noch *Sehnsucht*.

»Ach, es stimmt also doch, dass Liebe blind macht.« Ursula Bottmeier lächelte abfällig, als sei sie über derartige Gefühle erhaben. »Glaub mir, Liebes, der Typ war spitz auf dich wie Nachbars Lumpi! Kann man ja verstehen, so wie du aussiehst, Respekt! Aber für ihn wurdest du erst recht interessant, nachdem du dich hier richtig etabliert hattest. Und als er merkte, dass er bei mir zwar ganz schön weit, aber nicht bis an mein Erbe kam, da hat er dann angefangen, um dich herumzuscharwenzeln. Nun erzähl mir bloß nicht, du hättest davon gar nichts mitgekriegt!«

Karen Moosbach schüttelte den Kopf; Stahnke merkte es daran, dass ihm Schweißtröpfchen in den Nacken flogen. »Na ja, er war ziemlich aufdringlich, das stimmt. Aber wenn schon! Für mich gibt es keine anderen Männer mehr, seit Michael und ich zusammen sind.«

»Ja, das hat Ulf Diekmann auch bemerkt.« Ursula Bottmeier lachte freudlos auf; ihre Hände waren schon auf Taillenhöhe herabgesunken. »Was glaubst du denn, warum der alle Hebel in Bewegung gesetzt hat, um deinen Liebsten von dieser Insel herunterzukriegen! Doch nicht wirklich, damit sein komischer Seglerverein mehr Geld einnehmen kann – damit hat er das Manöver den anderen Vorständlern doch nur schmackhaft machen wollen. In Wahrheit wollte er den guten Michael loswerden, damit er bei dir endlich freie Bahn hat!«

»Wegen – mir?«

Stahnke spürte den Lauf der Pistole kraftlos seinen verlängerten Rücken hinunterrutschen. Er drehte den Kopf. Karen Moosbachs Mund stand offen, und ihre langen Haare, soweit vorhanden, hingen ihr über Auge und Wange. Sie wirkte wie in tiefe Gedanken versunken. War dies der Moment? Sollte er es riskieren, nach ihrer Waffe zu greifen oder zu schlagen? Seine Arme und Hände waren abgespreizt, es wäre nur eine einzige schnelle Bewegung nötig. Aber wenn die nicht saß, schoss die Frau vielleicht vor lauter Schreck. Der Hauptkommissar wollte niemanden in Gefahr bringen. Auch nicht sich selbst, denn seine Wirbelsäule lag ganz vorne im Kernschussbereich.

Er entschied sich stattdessen für das Wort. »Sie hätten mit Diekmann reden sollen«, sagte er behutsam. »Ihm erklären sollen, wie es um seine Chancen stand. Dann hätten Sie nicht auf ihn schießen müssen, und ihm und Bernhard Bottmeier und Ihnen selbst wäre manches erspart geblieben.«

Schlagartig war Karen Moosbach wieder voll präsent, und ihr hasserfüllter Blick zeigte Stahnke unmissverständlich, wie bescheuert seine Wortwahl gewesen war. Eine positive Alternative aufzuzeigen, für die es längst zu spät war! Wie gerne hätte er die Zeit zurückgedreht. Aber dies hier war kein Harry-Potter-Roman.

»Los«, schnauzte sie ihn an, »los, hoch da! An Bord, aber schnell!« Sie schubste ihn Richtung Stegkante, und Stahnke musste nach dem breiten Heckspiegel der *Sehnsucht* greifen, um nicht ins Wasser zu fallen. Gehorsam schwang er ein Bein hoch und kletterte an Bord. Karen Moosbach winkte den beiden anderen mit ihrer Waffe: »Na los! Ihr zwei auch. Marsch auf das Boot!«

Stahnke trat in die Plicht; selbst in dieser Situation kam er nicht umhin, das schimmernde, fachkundig lackierte Holz um ihn herum zu bewundern. Auch einen erneuten Blick auf die Pistole in Karen Moosbachs Hand erhaschte er, und was er sah, gefiel ihm nicht. Sieht aus wie eine Polizeipistole, dachte er. Wem von meinen Kollegen mag die gehören? Und wen hat diese Wahnsinnige hier womöglich noch umgelegt?

Auch Ursula Bottmeier entschied sich, der Aufforderung der Bewaffneten zu folgen. Geschickt schwang sie sich an Bord. Ihre langen, braunen Beine schimmerten dabei nicht weniger apart als der Lack der Yacht, aber Stahnke hatte dafür jetzt keinen Blick. Vielmehr fragte er sich, was Karen Moosbach sich davon versprechen mochte, sie beide auf das Motorboot ihres Freundes zu beordern. Er fragte sich das mehrmals, aber das Resultat war immer das gleiche. Und es gefiel ihm überhaupt nicht.

»Du auch«, sagte Karen Moosbach und winkte ihrem Freund. »Los, beeil dich.«

Michael Gödecke, der die Fäuste in die Seiten gestemmt und Anstalten gemacht hatte, sich zu weigern, gab sich einen Ruck und kam ebenfalls. Natürlich hätte seine Freundin nicht auf ihn geschossen, klar. Aber vielleicht auf die beiden anderen.

»Mach gleich die Achterleinen los«, wies Karen Moosbach ihn an, als er über das Heck kletterte. »Und dann lass die Maschinen an! Sie da!« Die Pistole wies wieder auf Stahnke. »Sie kümmern sich um die Vorleinen, aber erst, wenn ich Ihnen Befehl gebe! Und du gehst in den Salon.« Das Letzte war an Ursula Bottmeier gerichtet.

Die leistete anstandslos Folge, äußerlich ganz kühl. Ihrer glatten Miene aber war doch Besorgnis anzumerken.

Der Hafenmeister trat ganz dicht an seine Freundin heran. »Was soll das?«, herrschte er sie an, die Stimme voll unterdrückten Zorns. »Was hast du vor? Warum soll ich die Maschine starten? Wo willst du mit uns hin?«

Karen Moosbach legte ihm ihre freie Hand auf die Wange. »Noch kann alles gut werden«, erwiderte sie mit ebenfalls gedämpfter Stimme. Weiter hinten auf dem langen Steg war Bewegung zu erkennen, aber bisher schien noch niemand auf sie aufmerksam geworden zu sein. »Noch können wir das regeln. Dieser Polizist in meiner Galerie hält dich für den Mörder, aber das bist du ja nicht. Bestimmt hast du ein Alibi für die Tatzeit, nicht wahr, mein Schatz? Notfalls gebe ich dir eins. Wir uns gegenseitig! Dann kann uns keiner etwas. Und dass ich den Mann umgehauen und gefesselt habe, na ja, dafür kriege ich bestimmt mildernde Umstände. Weil ich doch einfach nicht will, dass dir etwas geschieht!«

»Bist du verrückt?« Michael Gödecke rückte von ihr ab. »Einen Polizisten angegriffen und gefesselt? Zusätzlich zu dem Mord an Ulf Diekmann? Und alles meinetwegen? Karen, ich erkenne dich nicht wieder! Was bist du nur für ein Mensch?«

»Ich bin der Mensch, der dich liebt, Michael.« Sie nickte, als sei damit alles erklärt. »Diekmann wollte dich von der Insel runter haben. Ich dachte eigentlich, des Geldes wegen oder weil er deinen Posten einem Freund zuschanzen wollte. Dass er dich aus dem Weg haben wollte, um sich an mich ranzumachen, wusste ich nicht. Aber das ist auch ganz egal, denn ich konnte das so oder so nicht zulassen!

Du kannst hier nicht weg, denn ich will hier nicht weg, und ich kann nicht mehr ohne dich! Auf dieser Insel hier habe ich endlich all das gefunden, wonach ich jahrelang vergeblich gesucht habe. Anerkennung als Künstlerin, Erfolg als Kauffrau, eine Aufgabe, ein Auskommen. Und dich, mein Liebster. Ich hab mir geschworen, dass ich das alles nicht mehr aufgeben würde. Nichts davon – und dich am allerwenigsten!«

Gödeckes braune Gesichtshaut war aschfahl geworden. »Und dafür bist du zur Mörderin geworden?«, flüsterte er. »Ist dir nicht klar, dass du damit alles zerstört hast, was dir so wichtig ist?«

»Nein, nein! Das stimmt nicht. Noch lässt sich das alles richten.« Sie warf einen Seitenblick auf Stahnke, der sich hütete, diesen Blick zu erwidern, und fuhr noch leiser fort: »Alle, die Bescheid wissen, sind hier an Bord. Du, ich, der Bulle und die Tusse da unten. Die anderen Polizisten verdächtigen höchstens dich, aber damit kommen sie ja nicht weit. Alles, was gegen mich vorliegt, kann ich damit erklären, dass ich aus Sorge um dich durchgedreht bin. Und dann« – jetzt raunte sie nur noch, und der Hauptkommissar konnte nur deshalb folgen, weil eine wohlmeinende Südwest-Brise ihm die Worte praktisch ins Ohr wehte – »dann lenken wir den Verdacht einfach auf Ursula! Sie stand sich mit ihrem Bruder bekanntermaßen nicht so gut, und Ulf Diekmann, den sie als Lover abserviert hatte, könnte ihr ja zur Last gefallen sein. Gründe genug also, die beiden umzubringen.«

»Also stimmt es doch.« Der Hafenmeister konnte kaum noch blasser werden, jedenfalls nicht als Lebender. »Ich hatte sowas läuten hören, dass es schon wieder einen

Toten gegeben haben soll – aber ich dachte doch nicht, dass das Bernhard Bottmeier ...« Er stockte. »Und sie war es ja sicher nicht«, setzte er mit einer Kopfbewegung zur Kajüte hinzu. »Heißt das also – das warst ebenfalls du?«

Karen Moosbach wedelte ungeduldig mit der freien Hand. »Was sollte ich machen, da führte eins zum anderen! Bernhard Bottmeier wollte Diekmann loswerden, weil er dachte, dass der tatsächlich seine Schwester heiraten und das finanzielle Konstrukt der Familie stören könnte. Ursula hat ihn wohl ganz gezielt in diesem Glauben gelassen! Und als der Seglervereins-Vorständler dann mitkriegte, was Diekmann mit Michael vorhatte und dass ich alles tun würde, um ihn daran zu hindern, da hat er gedacht, er könnte mich benutzen. Wollte sich schließlich nicht selber die vornehmen Hände schmutzig machen! Also hat er mir seine Waffensammlung gezeigt.« Sie lachte auf. »Manche Kerle sind ja so berechenbar! Nur dass dieser nicht mich flachlegen wollte, sondern Diekmann – durch mich. Kam mir natürlich gelegen! So bin ich ohne Mühe an eine Schusswaffe gekommen. Und vor allem konnte ich sie nach der Tat auch wieder loswerden. Natürlich ohne meine Fingerabdrücke drauf, ist ja klar.«

»Und warum ... hast du ihn dann auch ... ?« Der Hafenmeister starrte seine Freundin an, als könnte er ihr nächstes Opfer sein.

Karen Moosbach zuckte die Achseln. »Die Polizei hatte ihn am Wickel! Er war dumm genug gewesen, die Tatwaffe nicht sofort zu reinigen und wieder in seine abartige Sammlung einzusortieren. Als er das endlich nachholen wollte, war es zu spät, und er hat sich dabei erwischen lassen. Damit hat er mich in größte Gefahr gebracht! Zuerst hat er zwar noch dichtgehalten, das war mir klar, sonst hätten die Bullen ja sofort bei mir auf der Matte gestanden. Aber das wäre bestimmt nicht lange so geblieben. Zwischen Mord und Beihilfe besteht immerhin ein Unterschied von etlichen Jahren Knast! Also musste ich etwas unternehmen, ehe er umfiel. War ein bisschen gewagt, aber am Ende hat es ja geklappt.«

Sie schnaubte verächtlich: »Dieser blöde Bulle Backhaus hat reagiert wie ein Panzerschrank! Und erkannt hat er mich auch nicht, obwohl ich direkt unter seiner Nase entlang geradelt bin. Nicht einmal, als er vorhin in meinen Laden kam, hat er gemerkt, mit wem er es zu tun hat! Hatte tatsächlich dich auf dem Kieker. Tja, das ist ihm nicht gut bekommen.«

Stahnke sah den Hafenmeister grün im Gesicht werden. Er konnte sich gut vorstellen, dass sein eigener Teint gerade dieselbe Färbung annahm. Nico Backhaus' Knarre war das also!

»War vielleicht keine so gute Idee, den Mann nur außer Gefecht zu setzen. Sonst wäre reiner Tisch gewesen ... aber in meinem eigenen Laden, nein, das wäre nicht gegangen.« Sie schüttelte den Kopf. »So, jetzt schmeiß den Motor an. Wir müssen raus auf See, ein paar Kilometer mindestens.«

»Damit Ursula sich nicht verteidigen kann, wenn du ihr die Morde in die Schuhe schiebst?«, fragte Gödecke. »Damit der Polizist nicht gegen dich aussagen kann? Und damit man von beiden keine Spur mehr findet?«

»Genau. Los jetzt.« Sie hielt inne: »Hey, gute Idee! Die beiden könnten sich ja gemeinsam vom Acker gemacht haben. Weiß man ja, dass der Kerl auf jüngere Frauen steht. Sehr schön mitgedacht.«

»Nein«, sagte der Hafenmeister.

»Wie, nein? Hast du etwa eine bessere Idee?«

»Ja, hab ich. Du stellst dich, und zwar sofort. Gib mir die Pistole, oder gib sie von mir aus dem Hauptkommissar, aber mach Schluss, hörst du? Mach Schluss mit dem Wahnsinn. Du bist schon viel zu weit gegangen.«

»Ja, aber ...« Sie schien verwirrt. »Wie soll das denn gehen? Wie soll denn dann unsere Zukunft aussehen?«

»Unsere Zukunft«, sagte der Hafenmeister, »die gibt es nicht mehr. Die hast du gleich mit umgebracht – ist dir wahrscheinlich gar nicht aufgefallen. Mach Schluss! Das, was du da mit deinem mörderischen Feldzug erobern wolltest, das hat aufgehört zu existieren.«

»Aber wir ...«

»Kein wir«, unterbrach sie Gödecke. »Auch dieses Wir gibt es nicht mehr.«

Stahnke konnte von der Seite erahnen, wie sich Karen Moosbachs Gesicht verzerrte. Sie hob die Pistole. »Du startest jetzt die Maschine«, zischte sie ihn an. »Du fährst uns jetzt raus! Wir machen es genau so, wie ich gesagt habe. Dann werden wir ja sehen, ob es ein Wir gibt oder nicht.«

»Nein«, sagte der Hafenmeister.

Sie stieß ihm den Pistolenlauf in den Bauch: »Los jetzt! Oder ich schieße!«

»Schieß«, sagte der Hafenmeister.

Jeder Muskel der Frau, bis zum Zerreißen angespannt, bebte. Die Pistole in ihrer Hand zitterte. Stahnke hielt den Atem an.

Dann war Karen Moosbach plötzlich weg. Wie ein Schatten huschte sie zurück zum Heck des Bootes, flankte aus dem Cockpit hinaus und auf den Steg. Die beiden Männer schauten einander an, immer noch bewegungslos, wie vom Donner gerührt, die Gesichter gezeichnet von Anspannung und Entsetzen. Im Eingang der Kajüte erschien der Kopf von Ursula Bottmeier. »Ist sie weg?«, fragte sie. Ihr war noch am wenigsten anzumerken.

Als Stahnke wieder fähig war, einen klaren Gedanken zu fassen, war es der: Die Frau mit der Waffe rannte keineswegs in Richtung Ufer. Sie lief vielmehr zum seeseitigen Ende des Steges. Was hatte sie vor – wollte sie sich ins Wasser stürzen?

Nein. Karen Moosbach lief nur wenige Schritte, ein paar Boxen weiter. Dann erklomm sie mit schnellen, kraftvollen Bewegungen den Bug von Take Hülsebus' Motoryacht. Sie musste mitbekommen haben, dass Ursula Bottmeier kurz zuvor damit eingelaufen war. Noch ehe sie sich aufrichtete, streifte Karen Moosbach die Vorleinen von den Pollern. Dann hetzte sie zum Steuerstand. Zwei Sekunden später grollte die schwere Maschine los.

»Motor starten! Los, wir müssen ablegen!« Stahnke wurde bewusst, dass er dem Hafenmeister fast die gleichen Worte zurief wie kurz zuvor die Mörderin. Da hatte der Mann sich verweigert, auf die Gefahr hin, dass es ihn das Leben kostete.

Jetzt aber reagierte er sofort. »Leinen los!«, rief er dem Hauptkommissar zu, während er zum Steuerstand eilte. Kurz danach begann auch die Maschine der *Chris-Craft Riviera* zu donnern.

Da hatte Karen Moosbach die größere Yacht schon in Bewegung gesetzt. Allerdings hatte Ursula Bottmeier das Boot vorwärts in die Box gefahren, so dass Karen Moosbach es jetzt zunächst rückwärts herausmanövrieren musste. Das machte ihren kleinen Zeitvorteil wieder zunichte. Als sie den Bug endlich gen Hafeneinfahrt gerichtet und Gas gegeben hatte, war auch die *Sehnsucht* aus ihrer Box heraus und begann Fahrt aufzunehmen, wenige Meter hinter dem anderen Boot.

Stahnke schätzte ihre Chancen ab. Hülsebus' Yacht war nicht nur größer und höher gebaut, sondern offenbar auch stärker motorisiert als die *Sehnsucht*. Die aber war dafür leichter, das kam ihr in der Startphase zugute. Sie holten auf, und Gödecke lenkte sein Boot links neben das seiner ehemaligen Freundin. Schnell wechselte Stahnke zur Steuerbordseite hinüber. Lange würde es nicht mehr dauern, dann würde das größere Boot in Schwung sein und die *Chris-Craft* abhängen. Bis dahin musste er hinübergesprungen sein.

Der Gedanke behagte ihm überhaupt nicht, aber es schien keine Alternative zu geben. Diese Doppelmörderin mit der Polizeiwaffe stellte eine unkalkulierbare Gefahr da, die durfte er einfach nicht entkommen lassen, ganz egal, wie gering ihre Fluchtchancen letztlich auch sein mochten. Jeder weitere Tropfen Blut, den Karen Moosbach von hier ab vergoss, ging auf Stahnkes Konto. Also blieb ihm nichts anderes übrig, als den Sprung und den anschließenden Kampf zu riskieren. Drüben gab es niemanden, der dabei zu Schaden kommen konnte. Außer der Mörderin natürlich – und ihm.

Die *Sehnsucht* hatte das verfolgte Boot eingeholt, sie fuhren Bord an Bord, nur einen knappen Meter voneinander entfernt. Ihre Geschwindigkeit war jetzt gleich, aber die des größeren Bootes nahm weiter zu. Jetzt oder nie, dachte der Hauptkommissar und machte sich sprungbereit.

Der tiefe, durchdringende Ton eines Signalhorns ließ ihn zusammenfahren. In der Hafeneinfahrt, auf die beide Motoryachten mit hoher Geschwindigkeit zuhielten, war die *Langeoog IV* erschienen, die Inselfähre, die aus dieser Perspektive wirkte wie eine Wand aus weiß und orange lackiertem Stahl. Sie befanden sich auf Kollisionskurs, stellte Stahnke fest.

»Festhalten!«, schrie der Hafenmeister und riss das Ruder nach Steuerbord herum. Der Bug der *Chris-Craft* folgte willig und krachte gegen den Rumpf der neben ihr dahinbrausenden Yacht. Der Hauptkommissar klammerte sich mit aller Kraft an der Haltestange auf dem Kajütdach fest. Wenn er jetzt abrutschte, wurde er entweder zwischen den Bootsrümpfen zerquetscht oder von den rasend rotierenden Schrauben zerhäckselt.

Er hörte Karen Moosbach laut aufschreien. Die *Sehnsucht* prallte von der größeren Yacht zurück, Gödecke aber setzte erneut zum Rammstoß an. Wieder krachten die Boote zusammen. In den Lärm der Kollision mischte sich ein scharfer Knall. Neben Stahnke zersplitterte eine Fensterscheibe der Kajüte. Verdammt, die Frau hatte geschossen!

Der Hafenmeister holte noch einmal aus. Diesmal traf er die andere Yacht richtig. Während die rechte Bugseite der *Sehnsucht* splitterte, bäumte sich die Yacht von Take Hülsebus auf; die *Chris-Craft* hatte sie unter dem Überhang des Vorschiffs erwischt und ein Stückchen aus dem Wasser gehoben. Im nächsten Augenblick drehte das gerammte Boot nach Steuerbord weg. Stahnke schaute hinüber zum Steuerstand, um auszumachen, was diese Frau als Nächstes vorhatte. Am Ruder aber war niemand zu sehen. Anscheinend war Karen Moosbach bei der letzten Erschütterung gestürzt und hatte dabei das Steuerruder herumgerissen.

In einem enger werdenden Bogen raste die Yacht nun auf den Steg zu, von dem sie gerade erst abgelegt hatte. Michael Gödecke hatte Mühe, das Manöver nachzuvollziehen; die *Sehnsucht* fuhr jetzt wieder im Kielwasser des verfolgten Bootes. Stahnke konnte erkennen, wie sich Karen Moosbach wieder aufrappelte und instinktiv das Ruder zurück in seine frühere Position drehte. Dann erst schaute sie nach vorn.

Zu spät.

Stahnke erkannte die Segelyacht am Kopf des Steges, die jetzt direkt vor dem Bug der großen Motoryacht lag. Er erkannte seinen Nachbarn, der an Deck stand und mit beiden Armen hilflose Abwehrbewegungen machte; was er dabei schrie, war nicht zu verstehen. Dann warf er sich zur Seite und sprang über das Heck seines Bootes ins Hafenwasser. Gutes Manöver, dachte Stahnke. Viel besser als das Anlegen neulich.

Der Bug der großen Motoryacht bohrte sich krachend in die Flanke des Seglers, sprengte Bordwand und Kajüte, ließ Scheiben splittern. Unter der Wucht des Fahrmomentes schob sich der schwere Rumpf über das gerammte Boot und drückte es tiefer hinab. Stahnke glaubte das Gluckern des Seewassers zu hören, das in das zerstörte Boot strömte. Dort unten wurden gerade auch seine eigenen Klamotten nass.

Die nächsten Sekunden verbrachte der Hauptkommissar

damit, sich eisern festzuklammern, denn der Hafenmeister hatte alle Mühe, sein eigenes Boot daran zu hindern, ebenfalls in die Steganlage und die dort liegenden Yachten zu krachen. Aber er schaffte es, das Wendegetriebe rechtzeitig auf rückwärts zu schalten und die *Sehnsucht* zum Anhalten zu bringen. Eine dicke schwarze Rußwolke über dem Heck zeigte an, dass die alte Maschine dazu alles hatte hergeben müssen, was in ihr steckte.

Am Ende dümpelte der Bug der *Chris-Craft* kaum eine Schrittlänge von Take Hülsebus' Yacht entfernt. Klarer Versicherungsfall, dachte Stahnke und stieg einfach hinüber.

Dass ihm dabei Geschosse um die Ohren flogen, musste er nicht befürchten, denn Karen Moosbach war gerade dabei, über das hoch aufragende Vordeck und die wracke Segelyacht hinweg zu flüchten. Bei dem Aufprall hatte sie sich offenbar am Kopf verletzt; Blut strömte über die rasierte Seite ihrer Frisur. Jetzt sieht das wirklich wie eine Kriegsverletzung aus, dachte Stahnke, ohne zu realisieren, wie er darauf gekommen war.

Wichtiger aber war, dass die Mörderin bei ihrem Rammstoß anscheinend auch die Waffe verloren hatte. Als sie von Bord sprang, konnte Stahnke jedenfalls ihre beiden Hände sehen, und in keiner davon trug sie eine Pistole. Also nichts wie hinterher, dachte er und sprintete los.

Nötig war das allerdings nicht mehr. Als er den Steg erreichte, standen dort bereits Lüppo Buss und Nico Backhaus. Jedenfalls musste das Backhaus sein; sein Gesicht war bis zur Unkenntlichkeit verschwollen. Der Hauptkommissar legte Karen Moosbach gerade Handschellen an, und die Genugtuung, die er dabei empfinden musste, war selbst auf seinen verzerrten Zügen deutlich zu erkennen.

»Sie haben das Recht zu schweigen«, nuschelte er seiner Gefangenen gerade zu. »Aber das würde ich Ihnen verdammt noch mal nicht raten.«

Das, dachte Stahnke, muss er aber noch üben.

36.

Lüppo Buss erwachte so schlagartig, als hätte jemand seinen Wecker durch das Schlafzimmerfenster geworfen. Was war denn jetzt schon wieder los? Und hatte er etwa verschlafen?

Nein, hatte er nicht. Heute war Sonntag, die Urlaubsverstärkung hatte Wochenenddienst. Und los war nichts, rein gar nichts. Außer, dass draußen die Sonne schien und die Vögel randalierten.

So sollte es sein.

Wohlig räkelte er sich und drehte sich auf die Seite. Auf dem Nachbarkissen lugte ein wirrer Schopf blonder Haare unter der Bettdecke hervor, und für den Bruchteil einer Sekunde glaubte er schon, Nicole wäre wieder da. Aber das war sie natürlich nicht. Nicole war nicht einmal auf der Insel, und die Auszeit, die sie sich von ihrer beider Beziehung ausbedungen hatte, zog sich nun auch schon ziemlich lange hin. Musste er da noch ein schlechtes Gewissen haben?

Nein, entschied er. Musste er nicht.

Jetzt regte sich auch der Blondschopf. Ein verschlafenes Gesicht kam darunter zum Vorschein. Zwei Augendeckel kämpften mit der Schwerkraft. Oder kämpften sie gegen das Vormittagslicht?

»Guten Morgen«, sagte Lüppo Buss sanft.

»Guten Morgen«, erwiderte Diana Hinz.

Die Polizistin stemmte sich auf die Ellbogen und schaute sich in Lüppo Buss' Schlafzimmer um, als sähe sie es zum ersten Mal. Was durchaus nicht der Fall war. Zum ersten

Mal war sie hier gewesen, kurz nachdem der Inselpolizist ihr erleichtert in die Arme gefallen war, weil der Anruf aus Aurich endlich gekommen war. Nico Backhaus hatte sich gemeldet und berichtet, dass er Karen Moosbach heil und gesund abgeliefert hatte. Nicht, dass sie daran gezweifelt hätten, aber in die Arme gefallen waren sie sich trotzdem.

Danach hatte sich eins aus dem anderen ergeben.

»Heute muss ich wieder weg«, sagte Diana Hinz und strich sich die Haare aus dem Gesicht.

»Ja«, erwiderte Lüppo Buss. Sein Blick irrte durchs Zimmer, streifte ihr Profil, verharrte dort aber nicht. Natürlich gibt es viel zu sagen, dachte er. Aber was? Es war alles so kompliziert, das mit Nicole und so. So kompliziert, dass er es nicht einmal selber verstand. Wie sollte er es dann in Worte kleiden?

Diana Hinz schaute ihn an, ohne zu blinzeln. Nach einer Weile begann sie zu lächeln. »Alles okay«, sagte sie leise. »Es ist alles gut. Mach dir keine Sorgen, hörst du? Wäre doch schade drum.«

Ihm wurde heiß, so dankbar war er ihr.

Ihre Hand schlich sich unter den Decken zu ihm herüber. »Was meinst du – einmal noch? Zum Abschied?«

Später, als sie schwer atmend nebeneinander lagen, sagte Diana Hinz: »Abschiedssex ist doch viel schöner als Mitleidssex, findest du nicht?«

»Keine Ahnung«, antwortete Lüppo Buss. »Von Mitleidssex verstehe ich nichts.«

Sie lachte auf. »Das weißt du doch gar nicht! Du Mann!« Sie rollte sich noch einmal zu ihm hinüber, presste sich an ihn und küsste ihn nachdrücklich. Dann schlug sie die

Decke zurück und katapultierte sich aus dem Bett. »So, jetzt müssen wir uns aber beeilen, sonst kommen wir zu spät! Du hast doch hoffentlich nicht unsere Verabredung vergessen.«

Nein, hatte er nicht. Aber er wäre bereit gewesen, sie zu verdrängen, vielleicht für etwas Mitleidssex, nur so zum Vergleich. Seine Kollegin jedoch hatte die Tür zum Bad schon mitleidlos hinter sich geschlossen. Also seufzte er bloß und erhob sich ebenfalls.

Als sie sich dem *Café Leiß* in der Barkhausenstraße näherten, sahen sie die ganze Korona schon beisammensitzen und unter freiem Himmel frühstücken. Mittendrin saß Stahnke, vor sich einen Teller mit einer gewaltigen Portion Rührei und Speck, der er heftig zusetzte. Der Mann neben ihm musste wohl sein segelnder Nachbar sein. Auch der ließ es sich schmecken und machte einen relativ entspannten Eindruck – gemessen daran, dass er vor nicht allzu langer Zeit im Langeooger Hafen seine geliebte Segelyacht eingebüßt hatte. Aber Lüppo Buss hatte schon läuten hören, dass Take Hülsebus gut versichert war und den Versicherungsagenten auch gut genug kannte, dass der keine unerwünschten Fragen danach stellte, wer denn bei der spektakulären Kollision unter den Augen einer ganzen Schiffsladung Badegäste am Steuer der rammenden Yacht gestanden hatte. So konnte sich Stahnkes Nachbar auf die baldige Überweisung einer hübschen Geldsumme freuen; sein nächstes Schiff hatte er sich angeblich bereits ausgesucht.

Auf Stahnkes anderer Seite saß Sina. Auch sie schien wieder bester Laune. Jetzt, da die eifersüchtige Frau Moosbach in U-Haft saß, brauchte sie nicht mehr zu befürchten, dass ihr wieder jemand die Fahrradreifen aufschlitzte, nur weil sie sich zusammen mit dem Hafenmeister über ein missglücktes Anlegemanöver amüsierte. Aber sicher war sicher, und so hatte Lüppo Buss persönlich ihr ein Paar Reifen von der unkaputtbaren Sorte gekauft und aufgezogen. Mit den Dingern konnte man schadlos durch Scherben fahren, und auch eine Messerklinge konnte nichts Böses ausrichten.

Natürlich war auch Nico Backhaus gekommen. Er sah sich schon beinahe selber wieder ähnlich; die Schwellung im Gesicht war weitgehend zurückgegangen. Dabei waren seine Verletzungen nicht von schlechten Eltern gewesen: Riss im Jochbein, angebrochener Oberkiefer, ausgeschlagener Schneidezahn. Lüppo Buss musste nachträglich den Hut davor ziehen, dass der Hauptkommissar trotzdem die Nerven behalten hatte und handlungsfähig geblieben war.

Der Inselpolizist erinnerte sich noch gut an den Anruf. Erst hatte er Nico Backhaus kaum verstanden, dann hatte er ihm kaum glauben wollen. Schließlich aber war er natürlich doch zur Moosbachschen Galerie geeilt, hatte zwei Türen aufgehebelt und seinen Vorgesetzten aus seiner misslichen Lage befreit. Die abenteuerliche Konstruktion, mit der Backhaus den heruntergefallenen Telefonhörer zu sich herangezogen hatte, konnte er erst später so richtig würdigen. Unglaublich, an welch dünnem Faden ihr letztlich erfolgreiches Eingreifen gehangen hatte!

Im Yachthafen waren sie beide buchstäblich in letzter Minute eingetroffen. Gerade noch rechtzeitig, um die entscheidende Phase einer unglaublichen Seeschlacht mit anzusehen, in deren Verlauf der Hafenmeister seinen geliebten Oldtimer rücksichtslos geschreddert hatte. Ob er wohl auch so gut versichert war wie Hülsebus?

Michael Gödecke war natürlich auch da. Er war nach wie vor der Hafenmeister des Langeooger Seglervereins – und der Vorstand hatte ihm jetzt endlich das Angebot gemacht, den Posten auch für die kommenden Jahre zu behalten. Angeblich hatte Gödecke sich Bedenkzeit ausgebeten. Eine Retourkutsche? Oder wollte er wirklich weg? Man wusste es nicht. Sein Schiff hieß immer noch *Sehnsucht*.

Alle anderen Polizisten, die an den Ermittlungen beteiligt gewesen waren, waren ebenfalls gekommen – vollzählig, soweit Lüppo Buss das ausmachen konnte. Zwischen ihnen thronte der riesige Beene Pottebakker so selbstverständlich, als hätte er mit Polizisten noch nie ein Problem gehabt. Auch die Buchhändler Suntje Krebs und Torsten Meyer saßen mit in der großen Runde. Sie alle begrüßten Diana Hinz und ihn lebhaft und freundlich. Stühle wurden gerückt, eine breite Lücke am langen Tisch geschaffen. Niemand erlaubte sich ein anzügliches Grinsen. Gut so, dachte der Inselpolizist.

Nico Backhaus schien gerade das Wort zu führen. Wie hatte Lüppo Buss es ihm gegönnt, dass ausgerechnet er die entscheidende Festnahme vornehmen konnte! Nach all dem Pech, das Backhaus vorher gehabt hatte, wäre er ansonsten wohl auch zur Lachnummer geworden. Seine Karriere hätte er knicken können. Jetzt aber sahen die Dinge schon wieder ganz anders aus.

»Die Moosbach hat sich insgesamt ziemlich kooperativ verhalten«, berichtete Backhaus gerade. »Erst schien sie ziemlich depressiv zu sein und drohte sich total zu verweigern. Aber so nach und nach ist daraus dann so eine

Art produktive Gleichgültigkeit geworden. Sie muss ja auf nichts und niemanden mehr Rücksicht nehmen. Also erzählt sie einfach, vorausgesetzt, sie hat gerade Lust dazu. Inzwischen ist das Mosaik ziemlich vollständig.«

Lüppo Buss schaute zu Michael Gödecke hinüber; der führte sich gerade ein Blätterteigteilchen mit Puddingfüllung zu Gemüte und schien ungerührt zu sein.

»Ganz beiläufig«, erzählte Nico Backhaus weiter, »haben wir auf diese Weise schließlich auch erfahren, wer in Wahrheit der Denunziant von Langeoog war.«

»Wie? Ich dachte, das sei entgegen ersten Vermutungen doch Manni Zempel gewesen«, platzte Stahnke heraus. »Zunächst war er ja das Opfer der ersten Denunziation. Aber dann hat er sich gerächt und mit gleicher Münze heimgezahlt. Oder etwa nicht?«

»Etwa nicht!« Backhaus grinste immer noch etwas schief. »Oder höchstens ganz indirekt. Natürlich war er sauer, dass man ihn drangekriegt hatte und so viele andere nicht. Und er hat sich nicht nur aufgeregt und beklagt, er hat sogar selber mit dafür gesorgt, dass sämtliche Mietobjekte, an denen er gearbeitet hat, anschließend Abweichungen von den vorgeschrieben Normen aufwiesen. Aber selber angezeigt hat Zempel niemanden. Der hat nur darauf gewartet, dass ein anderer das tat.«

»Was dann ja auch geschah.« Stahnke nickte. »Bloß wer?«

»Niemand anderes als Karen Moosbach!«, trumpfte Backhaus auf. »Die nötigen Informationen dazu hat Manfred Zempel ihr ja frei Haus geliefert. Schließlich war sie Untermieterin in seiner Werkstatt. Wenn sie dort war, ist Manni gerne ins Erzählen gekommen – und Frau Moosbach hat ein gutes Gedächtnis.«

»Gut und schön«, sagte Sina. »Aber warum? Was hatte sie davon?«

»Es war ihr erster Versuch, Ulf Diekmann Knüppel zwischen die Beine zu werfen, um ihn von seinem Feldzug gegen unseren Hafenmeister abzulenken.« Backhaus nickte zu Michael Gödecke hinüber. »Diekmanns Objekte waren ja gleich mehrfach betroffen. Die anderen Anzeigen dienten vor allem dazu, die wahre Absicht der Kampagne zu verschleiern.«

Backhaus schaute triumphierend nach rechts und links. »Ein ganz schönes Gespinst, nicht wahr? So können auch aus lauter kleinen Wahrheiten faustdicke Lügen geflochten werden. Langeooger Lügen sozusagen. Aber jetzt haben wir dieses Gespinst ja endlich zerrissen.« Er hob sein Weizenbierglas: »Auf uns, Leute!«

»Auf uns!« Alle nahmen den Trinkspruch begeistert auf, auch Backe, und leerten Gläser und Tassen. Die Service-Kräfte sputeten sich, um für Nachschub zu sorgen. Zufriedene Blicke wurden gewechselt, gelöstes Lachen ertönte. Doch dann, unmittelbar ehe das laute Summen angeregter Unterhaltung wieder anschwoll, räusperte sich Lüppo Buss. »Eins ist aber komisch«, sagte er ruhig.

»Wieso? Was ist komisch?«, fragte Nico Backhaus. Wie alle anderen in der Runde schaute er gespannt auf Lüppo Buss.

»Ich habe gestern noch mit meinem neuen Freund, dem Jollensegler von der Landkreisverwaltung in Wittmund, telefoniert«, sagte der Inselpolizist. »Der hat mir erzählt, dass in den letzten Tagen weitere Anzeigen eingegangen sind. Betreff: Baumängel bei Mietobjekten auf Langeoog. Das ist komisch.«

Betretenes Schweigen in der Runde. »Ja, das ist wirklich komisch«, bestätigte Nico Backhaus. Sonst sagte keiner etwas.

In das Schweigen hinein waren schlurfende Schritte zu hören. Zwei Insulaner, die vielen der um den Tisch Versammelten gut bekannt waren, gingen langsam vorbei. Sie wandten sich nach der Gruppe um, von der unerwarteten Stille und Aufmerksamkeit offenbar unangenehm berührt.

»Etti Luitjens«, murmelte Lüppo Buss, als die beiden vorüber waren. »Die hat an Manni Zempels Grab ganz schön mitgebuddelt.«

»Und Bodo Schmidt.« Sina Gersema spuckte den Namen förmlich aus. »Dieser Kerl klebt an einem wie Hundekacke am Absatz.«

»Vielleicht einer von den beiden?« Nico Backhaus schien in Spekulationslaune zu sein. »Ob wir die mal dazu befragen sollten?«

»Zwecklos«, winkte Lüppo Buss ab. »Die würden uns höchstens einen großen Haufen Lügen vor die Füße kippen.«

Stahnke hob sein Glas. »Auf die Langeooger Lügen! Die werden bestimmt so schnell nicht alle.«

»Eine sichere Wette«, bestätigte der Inselpolizist. »Auf die Langeooger Lügen!«

Darauf tranken sie alle. Und davon, was sich in den folgenden Stunden vor dem *Café Leiß* abspielte, sollte man sich auf Langeoog noch lange erzählen. Ob Wahres oder Lügen, das wusste hinterher keiner mehr so genau.

ENDE

Peter Gerdes

geboren 1955 in Emden; Studium der Germanistik und Anglistik, anschließend als Redakteur und Lehrer tätig. Literarische Anfänge Ende der 70er Jahre; schreibt seit 1995 vor allem Kriminalliteratur. Mitglied im *Verband deutscher Schriftsteller (VS)* und im *Syndikat*, seit 1999 Leiter der *Ostfriesischen Krimitage*. Zahlreiche Anthologieherausgaben und Kurzgeschichten. Im Leda-Verlag erschienen unter anderem *Ein anderes Blatt* und *Thors Hammer* als Doppelband, *Ebbe und Blut, Der Tod läuft mit, Fürchte die Dunkelheit, Solo für Sopran* (auch als Hörbuch erhältlich), *Sand und Asche, Wut und Wellen, Zorn und Zärtlichkeit, Der Fluch der goldenen Möwe* sowie *Der siebte Schlüssel*, dem die Jury des Literaturpreises *Das neue Buch* das Prädikat »Bemerkenswertes Buch« zuerkannte. Außerdem sind die Kurzgeschichtensammlungen *Stahnke und der Spökenkieker* und *Kurz und schmerzlos* lieferbar.

Peter Gerdes
Solo für Sopran
Inselkrimi – Langeoog
978-3-939689-63-8

Peter Gerdes
Sand und Asche
Inselkrimi – Langeoog
978-3-939689-15-7

Peter Gerdes
Wut und Wellen
Inselkrimi – Langeoog
978-3-939689-34-8

Peter Gerdes
Der Fluch der goldenen Möwe
Inselkrimi – Langeoog
978-3-86412-013-8

Peter Gerdes
Zorn und Zärtlichkeit
Kriminalroman
978-3-939689-64-5

Peter Gerdes
Fürchte die Dunkelheit
Kriminalroman
978-3-934927-60-5

Peter Gerdes
Fürchte die
Dunkelheit
Kriminalroman
978-3-934927-60-5

Peter Gerdes
Ein anderes Blatt
Thors Hammer
2 Kriminalromane
978-3-939689-11-9

Peter Gerdes
Der siebte Schlüssel
Kriminalroman
978-3-934927-99-5

Peter Gerdes
Ebbe
und Blut
Kriminalroman
978-3-934927-56-8

Peter Gerdes
Der Tod
läuft mit
Kriminalroman
978-3-934927-86-5

Monika Detering
Langeooger
Liebestöter
Inselkrimi
978-3-86412-002-2